MW01236295

MARIA POPESCU

Nora, în căutarea identității

First published by George Vasilca & Mara Popescu 2022

Copyright © 2022 by Maria Popescu

All rights reserved. No part of this publication may be reproduced, stored or transmitted in any form or by any means, electronic, mechanical, photocopying, recording, scanning, or otherwise without written permission from the publisher. It is illegal to copy this book, post it to a website, or distribute it by any other means without permission.

This novel is entirely a work of fiction. The names, characters and incidents portrayed in it are the work of the author's imagination. Any resemblance to actual persons, living or dead, events or localities is entirely coincidental.

Maria Popescu asserts the moral right to be identified as the author of this work.

Maria Popescu has no responsibility for the persistence or accuracy of URLs for external or third-party Internet Websites referred to in this publication and does not guarantee that any content on such Websites is, or will remain, accurate or appropriate.

Designations used by companies to distinguish their products are often claimed as trademarks. All brand names and product names used in this book and on its cover are trade names, service marks, trademarks and registered trademarks of their respective owners. The publishers and the book are not associated with any product or vendor mentioned in this book. None of the companies referenced within the book have endorsed the book.

Second edition

ISBN: 978-1-7781461-4-5

This book was professionally typeset on Reedsy.
Find out more at reedsy.com

Contents

Preface

Frumusețea romanului **"Nora în căutarea identității"** constă în trăire fiind o carte cu un puternic caracter psihologic de temperament sangvin, deosebit de interesantă, prin stil, formă, fond și mod de prezentare ce ține cititorul interesat de la început și până la sfârșit.

Scriitoarea Mara Popescu-Vasilca știe să pună în valoare într-un mod constructiv latura educativă a romanului, prin prezentarea ideilor, a acțiunilor, a discuțiilor dintre personaje, expunând întâmplări și acțiuni cu un rezumat interesant care crează judecăți de valoare ce plac cititorului.

Toate romanele Marei Popescu-Vasilca din colecția **"Dragostea arză-o-ar focul"** se referă la femei, fiindcă femeia este creația cea mai importantă care stă la baza vieții, de când a apărut pe pământ ea a reprezentat izvorul vieții și lumina perpetuării existenței umane în timp, fără de care nu se poate procreea.

Scriitoarea clădește amănunțit în romanul său **"Nora în căutarea identității"** momente cheie care înfățișează psihologia intimă și proprie a personajelor pe care ni le prezintă precum și temperamentul și manifestarea acestora în mediul social sau familial.

Nora, personajul principal este o femeie tânără, elegantă, ambițioasă și plină de feminitate care vrea să se afirme, să se descopere ca persoană, ca om, să se înțeleagă pe sine ca să-și poată explica ce anume dorește de la viață și în acest sens caută să simtă pulsul reușitei testându-și limitele în fiecare zi.

Crescută cu multă dragoste de părinți și având o bună comunicare cu aceștia, i-a permis o dezvoltare frumoasă, învățând să se comporte, sa fie elegantă, grațioasă, radioasă, să aibă încredere în propriile forțe și să nu aibă temeri în nicio situație.

Visele, trăirile și dorințele din copilărie, amintirile dragi nu se uita niciodată, astfel și Nora își amintește cu drag de primul sărut și de emoțiile ce le-a trăit, de vitrina cu pantofi eleganți cu toc în fața căreia visa la ziua când o să poată să revină să și-i cumpere.

În romanul "**Nora în căutarea identității**", viața miroase a miere, a pași pe alei, a dragoste, a dor de viață, a iubire și fericire.Visele Norei din copilărie rând pe rând devin realitate, din primii bani câștigați își cumpără pantofii cu toc mult visați apoi își reîntâlnește prietenul din copilărie, se îndrăgostesc și se căsătoresc.

Atunci când gustul iubirii și al dragostei nu mai este reciproc, un alt gust îi ia locul, gustul trădării și al distrugerii a tot ce a fost construit până atunci. Acest lucru se întâmplă și între Nora și soțul său, care au ajuns să guste din trădarea reciprocă.

Cu toții căutăm persoane care să ne însoțească pe drumul vieții, dar fără dragoste și iubire viața este fadă și golul rămas în suflet ne urmărește, căci dacă nu vibrează sufletul și inima nu avem nimic. În final nimic nu are importanță doar lupta pentru fericire, pentru ceea ce inima cere, frumosul, culoarea, magia, ce au miros de iubire, de dragoste și pace.

Scriitoarea Mara Popescu-Vasilca armonizează calitativ perimetrul interior, uman și cel mental al fiecărui personaj în raport cu identitatea menținând echilibrul între personajele ce gândesc și acționează diferit.

Nora este sinceră cu ea însăși și realizează repede că de fapt nu știe nimic despre ceea ce își dorește și ceea ce caută cu adevărat. De aceea trebuie să învețe văzând și făcând dar știe sigur că are o dorință nepotolită de a fi curtată de anumiți bărbați, de a fi dorită de ei și are o plăcere de a-i vedea chinuindu-se.

Nora nu este o femeie pierdută în trăirile vieții ei. Din contra, este o femeie plăcută, tenace, inteligentă și atrăgătoare care se descoperă pe parcursul vieții, fiind observată, adorată și curtată, care se lasă dusă de valul instinctelor sale feminine.

Scriitoarea zugrăvește cu foarte mare acuratețe toate aceste dorințe, căutări și întâmplări pe drumul vieții. Toate sunt normale și similare multor oameni cu trăiri intense și adevărate mai ales în floarea tinereții. Cu iubire maximă, dragoste și pasiune în căutarea mulțumirii depline și a sensului vieții.

Nora se lasă antrenată într-un joc al dragostei cu Liviu, un violonist care îi stârnește pasiunea și dorința într-o vibrație puternică în pas de tango arcuindu-se ca un arcuș de vioara în brațele sale. Ea are mult curaj și curiozitate, nu vrea să trăiască în incertitudine, vrea să facă lumină în mintea ei pentru că gândurile o urmăresc ca o umbră și nu vrea să abandoneze, merge înainte.

Scriitoarea Mara Popescu-Vasilca descrie foarte inteligent și subtil jocul dragostei care este periculos pentru că dragostea răscolește minți, suflete, inimi, ea te poate înălța sau distruge pe timp scurt sau lung sau pentru totdeauna iar dacă lucrurile sunt scăpate de sub control eșecul în dragoste se poate termina chiar tragic cu lacrimi și multă suferință.

Nora face multe căutări pline de emoții, de trăiri și dorințe și mai ales de curaj, ea iubește, se îndrăgostește cu patos, visează, suferă pentru găsirea propriei identități. Experiența de viață o face să fie mai înțeleaptă și înțelege că frumusețea vieții este trecătoare și la un moment dat caută liniștea în sânul întemeierii unei familii.

Supremația ființei umane în univers constă în demnitate și dreptate și paradoxal însuflețirea prin dragoste și iubire care conține influențe transmisibile de caractere și temperamente ce nu pot fi ignorate dar pot fi educate proporțional cu realitatea. Nimeni nu ar fi ceea ce este dacă nu ar fi asimilat în conștiință ceea ce a vrut și și-a dorit să fie și acest lucru se petrece în esență prin regăsirea spirituală, morală, anihilarea aroganțelor, simțul valorii și regăsirea existențială absolută.

Pe orice om poți să-l ridici, să îl prefaci în gând, să îl modelezi în suflet, fără să îi usuci rădăcina ca să îl mențîi verde și frumos și astfel îi putem vedea frumusețea cu ochii minții, ai sufletului și ai inimii.

Autoarea Mara Popescu-Vasilca ne arată în romanul său puterea divinității pentru că nimic nu este întâmplător, Nora tot timpul se ruga la cer și îl privea cu respect și credință iar Dumnezeu în bucuria sa i-a fost alături i-a luminat mintea și i-a adus liniștea, viața a strâns-o la pieptul său cu toată dragostea, apoi căsătorindu-se cu Emil a zâmbit cerului cu toată ființa ei, în semn de recunoștință.

Romanul este ca un titan filozofic al vieții văzută în orice clipă, dar mai ales social și emoțional vrând să arate cititorului că necazurile și căderile ne trezesc la realitate și putem fi învingători doar cu oamenii care rămân alături de noi până la capăt iar la polul opus ignoranța ucide bunătatea, omenia, până și credința se întunecă la nepăsare.

Omul trăiește prin sentimentele sale pe care își echilibrează o stare de bine, stare care cedează la nemulțumire, depresie, invidie și gelozie, de aceea trebuie să găsim calea vieții din interiorul sufletului, al inimii, să ne găsim echilibrul interior care va da stabilitate apoi spre exterior. Numai așa vom putea merge înainte și vom putea lua viața de la capăt.

Prin această carte scriitoarea Mara Popescu-Vasilca transmite un mesaj esențial cititorilor căci trebuie să nu lăsăm viața să ne pună în genunchi, acesta este rostul și sensul nostru. Să păstrăm în suflet doar frumusețe, sinceritate, bunătate,numai așa poți dansa, cânta, iubind și fiind fericit, căci acesta este echilibrul suprem al vieții!

Recomand cititorilor, cu toată căldura romanul **"Nora în căutarea identității"** iar doamnei scriitoare Mara Popescu-Vasilca îi transmit sincere felicitări!

Prof. Victor Manole
  Membru al Ligii Scriitorilor Români
  Membru al World Poets Association -România

One

Capitolul 1

Speram că voi reuşi
să înţeleg de ce am
nevoie să fiu evaluată,
dar văd că lumea trece,
fiecare-şi
vede de treburile personale...

Mă uit discret în urmă să văd dacă se uită cineva după mine. Mă joc cu gândurile de adolescentă, aş vrea ca toată lumea să mă privească, credeam că sunt specială. Aiurea, nu văd priviri curioase, nimic, sunt aşa ca toate celelate persoane din jurul meu. Am folosit un parfum de la mama ca să nu trec neobservată, dar nu ajută, asta e, ce să fac. Cine ştie, poate că va fi cineva care să vrea să mă cunoască vreodată. Nu-i nimic Nora, îmi spun, eşti la prima ieşire, mai ai timp, eşti pentru prima oară în centrul Bucureştiului singură şi cine ştie de câte ori o să mai fii.

Primisem întâiul salariu, aşa că am intrat pentru prima oară într-un magazin de lux, cu încălțăminte, în unul la care înainte de a termina facultatea, nu-mi puteam permite, puteam doar să mă opresc în fața vitrinei şi să visez la prima pereche de pantofi cumpărați de mine, din salariul meu. Vreau să le văd doamnele elegante care ies din magazin însoțite de ajutorii consultanților de imagine care să le însoțească la maşinile de lux din fața magazinului. Era imposibil să nu placă acest spectacol, modul în care mergeau pe tocuri aceste doamne, elaganța, dar mai ales felul în care ştiau să se poarte. Mă uitam şi oftam. Aşa e când eşti tânăr şi visezi.

La noi în familie când era vorba despre lux, acest subiect genera contra-verse, ai mei aveau idei preconcepute despre posesorii de articole de lux, dar mai ales despre preferințele anumitor persoane pentru astfel de produse, numai pentru a crea o impresie bună în cercul de prieteni. Eu voiam cu orice preț să fac parte din această elită socială, ca profesie şi mai ales ca persoană fizică. De astăzi totul s-a schimbat, comportamentul de consumator, acum, astăzi, cu salariul în poşetă, primii bani câştigați de mine.

Înainte, plecam cu amărăciune în suflet din fața vitrinei, oftam şi o luam spre casă, gândindu-mă la ziua în care voi putea transforma dorința în realitate.

Şi iată că a sosit şi această zi, este astăzi, sunt bucuroasă, în sfârşit am intrat în magazinul mult visat. De cum am pus piciorul înăuntru părea că sunt într-un film, sau într-o poveste. Puternica dimensiune emoțională care m-a cuprins în fața acestor rafturi cu pantofi de lux ce îmi permiteau comparerea prețurilor, vizualizarea celor mai noi modele oferite, găsirea modelului preferat pentru a mă ajuta să ştiu ceea ce îmi doresc cu adevărat, m-au impresionat şi emoționat.

Toți pantofii sunt aşezați pe rafturi în fața mea, ca soldații la raport. Cred că o să-mi cumpăr o grămadă de pantofi în viitor. Este o dorință de demult, de când eram mică. Aleg o pereche, sunt roşii, vreau să-i uimesc pe toți. Vreau să-i înfrunt pe cei ce nu vor fi de acord cu gustul meu, culoarea şi nici modelul. Acum am prins curaj, dar mai ales am argumente, ştiu să mă explic, să le spun clar ce vreau şi de ce fac alegeri şocante, pentru unii.

Mă aşez pe fotoliul din fața oglinzii, vreau să-i probez, sunt nerăbdătoare.

După părerea mea este un pantof elegant, cu o linie frumoasă, simplă, din piele. Îmi vine să-i miros sau să-i mângâi, mă emoționează momentul acesta. Îi las cu grijă pe mochetă.

În fața mea se prezintă un tânăr frumos, elegant. Pe ecuson scrie numele dar nu-l văd bine, el este un consultant de vânzări calificat în acest paradis pentru noi femeile, o, nu, eu încă sunt domnișoară, dar fac parte din aceiași categorie. Mă las dusă de atmosferă, pare că sunt într-o poveste.

Îl privesc, o Doamne, un băiat la picioarele mele, aproape că mă pierd, pare că vrea să mă ceară de nevastă. Îmi vine să râd dar mă abțin ca să nu mă judece greșit. Ridică privirea și mă invită să pun piciorul meu pe genunchiul lui. Mă înroșesc și mă pierd. Am înțeles că o să mă încalțe el ca să vadă dacă piciorul meu a fost destinat să poarte această pereche de pantofi. În același timp îmi povestește despre ei, pantofii roșii.

-Acești pantofi, domnișoară, sunt din piele naturală, netedă, tocul este și el acoperit cu piele. La bareta de pe gleznă este acest ornament din metal auriu cu cristale Swarovski, este foarte ușor și flexibil executat de firma Wojas, este un pantof de lux care sigur va genera contraverse în cercurile în care-i veți etala.

Eu plutesc, oare la ce se gândea muncitorul care i-a făcut, când stătea aplecat asupra lor? O fi fost bucuros gândindu-se că o femeie îi va purta pe drumuri neștiute? O să-i poarte la un spectacol sau la prima ei întâlnire? O fi tânără sau trecută de vârsta la care femeia încă visează. Speră să vină el, voinicul din poveste să i-l pună în picior?

-Domnișoară…

Mă vede pierdută, visând cu piciorul în mâinile lui, mai precis pe genunchi. Simt că iau foc. Mișcările sunt încete, mi se par voluptoase. Constat că mi se ridică tensiunea. E pentru prima oară când un bărbat pune mâna pe piciorul meu. Mă relaxez ca să nu mă fac de rușine. Oricum, sunt roșie ca un ardei, cred, sau ca pantoful pe care îl ține dc sub toc și îl împinge delicat pe picior. Doamne, ce mai e și asta? Îl privesc uimită. Iar nu mai văd nimic. Pare că e prințul care o caută pe fata babei după ce-și pierduse pantoful la bal, la curtea regelui. Apoi, face aceeași operațiune și cu celălalt. Îl așează pe mochetă cu grijă. Ce mai, văzuse cu cine are de-a face. Încerc să rezist. OK!

Sunt încălțată. Se ridică. Mă ajută să mă ridic și eu ca să fac primii pași. A înțeles tot, a văzut că sunt o tânără care-și cumpără prima pereche de pantofi, singură, de capul ei.

-Ce părere aveți domnișoară? Vă plac pe picior? Sunt comozi? Eu abia stau în picioare, vrea să mă lase singură, dar eu îl apuc de braț.

-Nu mă lăsa singură să nu cad. Știi, eu nu am mai încălțat niciodată o pereche de pantofi cu toc.

-Se vede, îmi spune cu delicatețe. Nu-i nimic, toate domnișoarele așa au început să crească, odată cu prima pereche de pantofi cu toc. Îmi zâmbește și mă ajută să mă așez. Răsuflu ușurată.

Așteaptă lângă mine. Mă privește. Dar eu mă așez mai bine în fotoliu, mă reazem cu spatele de spătarul moale, tapițat, și cu mare precizie pun picior peste picior ca să văd cum sunt pantofii, în cazul în care o să am ocazia să-i etalez așezată la cine știe ce eveniment monden. El mă privește, se pare că e surprins. Fusta se ridicase mult deasupra genunchilor, rămân plăcut impresionată de ce văd. Nu-mi stă rău de loc, mă gândesc. Prinsesem curaj. Pare că sunt o doamnă cu picioare frumoase. Schimb piciorul ca să văd cum e și cu celălalt doar de dragul de a mă privi, mai ales că avea cine să mă vadă. Acum am simțit că am mai crescut, prind curaj și încredere în mine.

-Da. Îi spun. Vreau acești pantofi domnule... mă uit pe ecuson... Rareș.

El se bucură, îi pune în cutie și îi duce la casă. Mă salută și pleacă spre alte doamne care abia așteaptau să le servească.

Am ieșit din magazinul de unde cumpărasem prima pereche de pantofi cu tocul înalt. Acum văd câteva persoane care observă punga elegantă a magazinului, cu firma, scrisă mare. Deci o femeie ca să fie privită trebuie să aibă mereu ceva care să atragă atenția. Am mai învățat ceva, bine că am spirit de observație. Mă gândesc dacă este greu să merg pe tocuri dar, dacă nu reușesc, o să-i dăruiesc mamei mele, purtăm același număr. Ea știe, merge pe tocuri de când o știu. Îmi spunea, *draga mea ca să mergi pe tocuri trebuie exercițiu, ținută și siguranță.*

La țară cu bunicii

Sunt la țară la bunicii din partea mamei. Îmi sunt dragi, îi iubesc. Ei mi-au spus Nora de când eram mică şi aşa a rămas. Sunt cuminţi ca nişte copii. Au învăţat mult de la viaţă, trăiesc fără să deranjeze pe nimeni. Bunica îmi arată nişte rochii de când eram mai mică şi veneam pe la ei în vacanţă. Râdem amândouă. Acum sunt domnişoară. Sunt aproape de absolvire a Facultăţii de Farmacie. Mai trebuie să susţin examenele de stat şi gata. Tot vorbind, printre altele, mi-a spus că trebuie să vină şi Vlad, băiatul vecinilor. Sunt curioasă cum arată. Îmi amintesc de el de când eram copii, ne jucam în vacanţe, cu toţii, Vlad ne alinia ca să ne numere, ne controla dacă avem hainele în ordine, ce mai ne examina înainte să începem joaca şi ne spunea aşa:

-Fetele la stânga şi băieţii la dreapta. Executaaaarea!

Băieţii trebuiau să aibă ceva care să semene cu o puşcă, ziceau ei că sunt arme. Le ordona să le ţină pe umăr şi le comanda:"la umăăăr arm". Noi ne prăpădeam de râs, când le ordona să rupă rândurile şi ne alergau prin poieniţă, ne apucau de cozi, ce mai, eram copii cu adevărat fericiţi.

Îmi amintesc şi de fratele lui, Valentin. Odată, m-a găsit ascunsă după teiul din faţa şcoli şi m-a sărutat, ne jucam de-a v-aţi-ascunselea. Adică nu era chiar un sărut, am avut o senzaţie de bine când s-a apropiat de obrazul meu, cred că ar fi vrut să mă ia în braţe, dar nu a avut curaj s-o facă. Eram amândoi roşii ca focul. Am alergat spre locul unde trebuia să scuipăm şi să batem cu palma, locul de unde plecasem încă nedumerită şi ameţită.

O mai fi crescut, mă gândesc. Când ne jucam de-a v-aţi ascunselea, abia aşteptam să mă găsească. De multe ori, credeam că n-ar fi fost rău să se îndrăgostească de mine chiar dacă era mai mic de statură. Când vorbeam cu bunica despre el spunea că o să crească şi că încă e în formare. Şi mai spunea că acum e la Bucureşti, student la medicină. O întrebam curioasă.

-Bunică, da' Valentin, vine? Ce ştii?

-Nu, el nu a vine, are examene de dat la facultate, a rămas în capitală.

Vlad, fratele lui e la Şcoala de Ofiţeri din Câmpina. Când venea acasă, toate fetele din sat se pregăteau de parcă ar fi fost sărbătoare. El se îmbraca în uniformă şi se plimba prin centrul satului. Îi stă bine în uniforma de gală, albă, pantaloni cu vipuşcă roşie, epoleţi pe care încă nu erau grade, era doar semnul Şcolii de Ofiţeri. Cascheta albă, mănuşile tot albe. Ieşea lumea pe la porți ca să-l vadă.

-Și noi fetele bunică eram pregătite, pieptănate și aranjate. Îmi amintesc cum îmi bătea inima în piept de bucurie. Copilării... Da, așa am crescut, cu modelul unui bărbat în uniformă. Adică nu prea știam noi atunci prea multe, credeam că tot ce zboară se mănâncă...

Acum însă aștept să-l văd, e aproape un bărbat, cred că o să mă bucur. Cine știe dacă o să mă recunoască. Nu se prea uita el la noi, eram prea mici, se uita după fetele mai mari atunci.

-Dar oare Vasile, fratele lui cum o fi?

Mă tot uitam pe la geamul bunicii de unde se vede la ei în curte. Dar nu este, poate că nu a venit încă.

Îmi amintesc și de Daniel, unul dintre frați, sigur e cel mai frumos, au trecut ani de când nu l-am mai văzut. Când eram la bunici, mergeam duminica la horă, venea și el, era în costum țărănesc. Frumos, înalt, cu ițari care păreau blugi, cămașa albă ca neaua, cu broderie și cu părul negru, lucios, sub care se ascundeau doi ochi negri. Când se întâmpla să se mai uite la noi, așa, în treacăt, ne lua tremuratul de emoție. E drept că nu ne prea vedea, eram cam mici pentru el. Se uita mai degrabă la fetele mai mari. Poate că dorințele erau mai ușor de îndeplinit cu ele.

Valentin era cel mai mic, îmi amintesc de el deși eram și eu mică, eram cu aproape doi ani după el. Povestea bunica, cât era muncitor și citea, citea mereu. La biblioteca satului, aproape toate cărțile au fost citite de el. Parcă voia să fie filozof, nu alta. Într-o zi o aud pe mama vorbind cu tata.

- Ce tot citește? Ce-o fi scris în cărțile alea?

Tata râdea în mustață, că el știa și el citise mult. Pe mama o cunoscuse chiar la bibliotecă. Ea se ducea cu fetele doar ca să vadă ce fac ei acolo, băieții care stăteau cu orele înăuntru. Luau și ele câte o carte, se făceau că citesc, mai mult se uitau la ei. Apoi, când ieșeau, începeau să povestească pe care dintre ei l-ar fi ales. Numai unul era despre care nu se vorbea.

-Da, despre Valentin, bunică ce mai știi? Trebuie să fi crescut acum, dacă e student, s-o mai fi întremat și el, era cam slăbuț, înalt și slab...

- Eiii, Valentin când era mic căuta plante, Nora. Le usca, făcea ceaiuri și prișnițe pentru dureri de reumatism și ducea pe la casele celor mai în vârstă, care se tot plângeau că-i doare câte ceva. El stătea printre ei, când se adunau dumineca în piața mare, unde vorbeau așezați pe bănci. Avea un caiet pe care scria: nea Ion, durere de mijloc, mamaia Ana, durere de picioare, tanti Floarea, dureri în gât. Asta făcea el la bibliotecă, citea despre plantele medicinale. Când se ducea acasă, prepara ce credea el că este bun pentru fiecare. Apoi le bătea la poartă, le explica care sunt ceaiuri, care se pun în apă ca să țină picioarele seara, să se odihnească, le mai spunea și ce efect au. Câte unul voia să-i dea ouă sau lapte, dar el refuza. Acasă la ei nu lipsea nimic. Ba mai mult, când se ducea la câte o familie mai săracă, le ducea câte o bucată de brânză sau de slănină. Mama lui le pregătea. Era bucuros că putea să facă bine. Când trecea prin sat și-l oprea cineva să-i spună că nu mai are dureri, și îi mulțumea lui, un tânăr, nu mai putea de bucurie. Alții îl îndemnau să se facă doctor, să se întoarcă în sat. Și tot așa a crescut, a plecat la oraș și s-a făcut doctor.

Revederea

Doar că săracul de el, n-a avut noroc. S-a însurat la oraș, cu mine, fata unui contabil, cam urâțică, dar eu cred că nu mai e nimeni ca mine. Așa îmi spunea mama nu sunt persoane urâte.

Pe Valentin îl întâlnisem de câteva ori pe la biblioteca universității, stătea mereu deoparte. Cine știe la ce se gândea. Îmi amintesc când mă pupase după copac... Doamne, ce mici eram!

Până într-o zi, când îl văd în parc, singur, pe o bancă, răsfoia o carte. Mă așez așa, ca din întâmplare. Îl recunosc, doar că acum crescuse și e al naibii de frumos.

-Ia te uită, mai sunt și studenți mediciniști romantici, zic, în timp ce mă uit pe coperta cărții. Mihai Eminescu, Poezii. Nu credeam că voi sunteți sensibili, sentimentali, că vă plac poeziile.

Tonul e glumeț. Mă așez lângă el, mă prezint.

-Eleonora. Eleonora Pascu.

Valentin se ridică, mă privește uimit, scoate șapca și îmi ia mâna. Așteptam să fie sărutată. El doar o apropie de buze, dar nu o atinse. Eu rămân dezamăgită. Aș fi vrut ca el să o sărute și eu să-l fac supusul meu, pe loc.

-Valentin Vlase, student la medicină anul IV, medicină generală. Dumneavoastră?

Eu încep să râd, mă așez în fața lui, îl apuc de mână și-l trag spre mine, aproape. Îmi ridic claia de bucle în vârful capului, mă întorc ca să mă vadă și din profil dar încă este surprins de gestul meu îndrăzneț.

-Nu mă mai cunoști? Sunt eu, Eleonora, ne jucam de-a v-ați ascunselea când veneam la bunici, la țară. Sunt Nora, aveam cozi și tu mă trăgeai de ele ca să mă prinzi, îți mai amintești?

Se uită de parcă nu-și mai amintește de mine, sigur, crescusem amândoi, da ceva, ceva, mai rămăsese din trăsăturile noastre de copii.

-Domnișoara Eleonoraaaa!! spune mirat, privindu-mă mai atent. Pare că destinul m-a scos în calea lui, ca să plătească pentru sărutul nevinovat pe care a încercat să mi-l dea de când erau copii.

- Hai, lasă gluma. Spune-mi Nora, dacă vrei să fim prieteni. Ce zici?

-Bine Nora, dacă așa vrei tu.

Eu, care sunt timid, nu mai văd și nici nu mai aud bine. Scutur capul, scot șapca din nou, îi iau mâna, o ridic. Momentul devine din ce în ce mai serios. Sesizez culoarea albă, pielea frumoasă, fină, forma delicată, cu degete lungi. O privesc, apropii buzele, închid ochii ca să pot înțelege cât e de important momentul care mi se oferă odată cu sărutul mâinii unei domnișoare. Nu e pentru prima oară. O mai sărutasem eu pe a mamei, dar senzațiile sunt diverse. Mă simt emoționat. O fi pentru că e pentru prima dată? Eleonora închide și ea ochii. Rămân cu gura lipită de mâna ei, moale și fină. Apoi o las ușor, de parcă aș fi vrut să o fac să creadă că nu vreau să cadă sărutul meu de acolo. O privesc, de unde era îndrăzneață, cu gura mare, devine tăcută, mă privește, atât, mă privește cum mă înroșesc. Mintea se involburase. Poate că aș fi vrut să știu dacă domnișoara din fața mea îmi va da bucurie sau bătaie de cap. Sau nici una nici alta.

-Bine te-am regăsit, Valentin! îmi spune bucuroasă.

Rămăsesem cu volumul de poezii ale marelui Eminescu în mână. Eleonora mă trage lângă ea ușor, și-mi spune:

8

-Ce mult timp e de când nu ne-am văzut Valentin, cred că au trecut patru ani, sau chiar cinci. Ce ai făcut în acest timp? Te-ai însurat? Ai o prietenă? Iubești pe cineva?

Simt cum intră cu bocancii în sufletul meu. De ce vrea ea să știe atâtea despre mine? Poate că-i sunt dator cu un răspuns. Îmi amintesc că am vrut să o sărut când eram copii, oare acel moment vrea să spună ceva? De ce mă cheamă la raport?

-La toate întrebările tale este un singur răspuns, nu. În rest am studiat.

-Tu ce ai făcut Nora?

-Eu, păi și eu sunt la Facultatea de Farmacie în ultimul an. Știi ceva ca să nu ne mai chestionăm hai să facem un joc cu volumul de versuri ale marelui Eminescu. Eu am să deschid cartea. Vedem la ce pagină se deschide, ce poezie e și dacă ne place să o citim ca să vedem dacă se potrivește pentru noi. Ce zici?

-Cum să se potrivească, noi abia ne-am revăzut după mult timp?

-E doar un joc, hai să vedem, vrei? Nu mă slăbește cu privirea Nora, trecuse cu mine prin timp și întâlnirea noastră de acum e lipită de atunci de când eram copii, deși au trecut ani de atunci.

-De acord. Hai mai aproape să vezi și tu, că doar nu te mănânc. Deschid chiar la pagina cu poezia *Ce e amorul?* Se potrivește cu noi, suntem tineri, chiar că nu știm ce e. Începe să citească el, încet și rar.

Ce e amorul? E un lung
Prilej pentru durere,
Căci mii de lacrimi nu-i ajung
Și tot mai multe cere.

De-un semn în treacăt de la ea
El sufletul ți-l leagă,
Încât să n-o mai poți uita
Viața ta întreagă."

-Valentin, de ce spune marele Eminescu, *că amorul e un prilej pentru durere?*

-Nu prea știu, eu cred că ar trebui să ne bucure.

-Crezi că se referă la durere, durere, ca atunci când te lovești, una fizică?

-Cred că este vorba despre o durere sufletească Nora.

-Adică cum sufletească? Sufletul doare?

-Este o metaforă, sufletul doare când e vorba de sentiment, când pierzi ceva care te întristează la maxim.

-Da când spune, *că sufletul ți-l leagă?* Cum să-l lege, Valentin?

-Nu prea știu. Atenția mea a fost direcționată pentru studiu, cu dragostea stau mai prost, răspunse timd Valentin.

- Hai să facem o înțelegere. Mai sunt cinci strofe. Pentru început, ajung astea. La următoarea întâlnire, mai citim două până când o terminăm. Ce zici?

-Da, răspund sigur de mine că va mai fi și altă întâlnire.

Mă ridic alerg pe după copacii din spatele băncii, pare că sunt fetița de atunci, de când eram copii. O privesc cu ochii copilăriei, îmi amintesc acum de ea, de chicotele noastre și de cum scuipam ca să marcăm locul plecării și cel al întoarcerii. Pare că dădusem timpul înapoi. Mă simt copil. Nu știam că pot să mai alerg atât de ușor după atâta stat pe băncile facultății și scaunele laboratoarelor. Mă bucur, mă ascund și eu și aștept cu sufletul la gură să o aud cum vine tiptil, tiptil, să mă găsească. Inima-mi bate, sunt nerăbdător să vină. O fi pentru că sunt fericit?

-Prinde-mă! Cu-cu!!!

Glasul ei pare că vine de undeva de departe de noi pământenii. Că ea este doar mesager al dorințelor noastre de copii mari de a ne juca din nou, de a nu pierde sau lăsa uitării gustul jocului nevinovat. Că sărutul pe care-l lăsasem atunci pe obrazul ei a fost ca un semn de recunoaștere, poate, pentru mai târziu pentru acest moment. Eu alerg, ea... când apare, când dispare. Dar tot am prins-o din spate. Am găsit-o, am apropiat-o de mine, dar ea nu s-a lăsat până când nu a scăpat râzând cu poftă. M-am lăsat păgubaș, m-am întors să mă așez pe bancă. Ea, a sărit din spate și s-a așezat prima. E încinsă, alergase ca atunci în copilărie. Mă privește ispititor. Mă las în genunchi în fața ei, simt cum mă-ncing, îi iau mâna și o sărut din nou, mă fixează cu privirea.

Primul sărut

Cum să rezist? Mă apropii de gura ei uscată, de sete, de dorinţă, de curiozitate şi de nerăbdare să facem ce nu făcusem cu ani în urmă. Închid ochii, cred că mi se pare. Simt cum mă aprind, sufletul meu se lasă dus de o suflare caldă, care vine spre ea. Miroase a nu ştiu ce, a ceva verde, a tinereţe, a fraged şi el primul sărut e aşa de departe. Oare de ce nu ne grăbim? Simt în sfârşit gurile noastre, sunt uimit. Respirăm, suntem vii, buzele virgine, sunt parfumate, sunt ale noastre, două guri inocente, de voinţă, de cunoaştere şi plăcere. Pare că se învârte totul cu noi. Stăm cu ochii închişi de teamă să nu se termine plăcerea să nu se stingă focul din noi. O las să ia o gură de aer apoi iar o sărut, sunt ca şi un călător prin viaţa ei, cerşesc sărutul, întrebându-mă dacă ea poate fi iubita mea? Pare că zbor, văd fluturi şi petale de trandafir în jurul nostru. Sunt, poate, gândurile noastre... ca un miracol cad peste noi. Prind curaj şi-i mărturisesc ce simt.

-Te iubesc, te iubesc de atunci de când eram copii, nu aveam altă zână, şi atunci, în gândurile mele, apăreai doar tu. De multe ori credeam că eşti indiferentă şi stăteam la margine de rând, aşteptam vremea iubirii, dar tu nu mi-ai lăsat nimic să vreau, să nu te uit, ai fost doar dezamăgire într-un fluviu învolburat de regrete. Şi acum... suntem îmbrăţişaţi. Nu-mi vine să mă desprind de tine, nu ştiu ce să cred.

Nora se îndepărtează puţin, ca să-şi şteargă nişte lacrimi. Nu ştiu de ce plânge. Rămâne aproape de mine, îşi fereşte privirea. E la pieptul meu, o întreb.

- De ce?

După o mică pauză, îmi răspunde:

-Nu ştiu de ce plâng. De bucurie, de emoţie sau de teamă că nu o să te mai văd. Poate că aşa e când săruţi pe cineva pe care l-ai aşteptat atât de mult, de când aveam codiţe, visam la acest sărut, îl aşteptam. E ceva care nu s-a mai întâmplat cu mine, pare că renasc, că am un corp care simte că trăieşte. M-au sărutat şi alţi băieţi, dar nu am simţit nimic, nu au fost săruturi serioase, erau aşa ca de la nişte fraţi sau prieteni. Poate că cel pe care mi l-ai dat tu când ne jucam de-a v-aţi ascunselea a rezistat în timp, şi acum mi-ai dat adevăratul sărut. Îţi mulţumesc?

Nu uitasem, doar că-l pierdusem odată cu trecerea timpului peste noi.

- Acum, cu tine, am simțit că mă topesc, că mă transporți în altă lume, de unde nu pot pleca, am prins rădăcini aici, lângă tine, Valentin. Asta e. Acum judecă și tu. Ce e cu noi? Poate fi asta o lună care promovează la maxim iubirea?

-Nora, tu ești prima fată pe care am sărutat-o. Nu mă întreba ce am simțit că nu știu să-ți explic. Dar pot să te asigur că e fantastic, incredibil, de necrezut ce se întâmplă cu noi doi, aici, acum. Nu vreau să te pierd. Printre atâtea sentimente simt cum se naște dorința de fi cu tine. Pare că s-au unit destinele noastre chiar acum, aici, pentru totdeauna sau cine știe până când. Îi iau mâna și o sărut de multe ori, simt aceeași plăcere lăsându-i un sărut de mulțumire pentru că e, altul pentru că suntem, și altele pentru că ne-am întâlnit.

Ne așezăm pe banca ce va rămâne și a noastră pentru totdeauna. Stăm nemișcați. Suntem într-o stare emoțională nouă. Căutăm răspuns, răspuns la o întrebare la care nu putem să explicăm cum de întâmplarea poate să te pună față-n față cu destinul?

Eu sunt încins, sunt în stare să o cer de nevastă acum, aici, aștept un gest din partea ei. Cred că dacă ar veni acest răspuns, aș crede că am cuprins universul într-un singur gând. Am înțeles că trebuie să las vreme iubirii ca să nu se transforme într-o dezamăgire, într-o mare de regrete, dar nu vreau să o pierd.

Mă simt aproape vinovat că am sărutat-o, dar mai ales că am profitat de inocența ei. Nu știu dacă poate fi un început de drum nou în viața mea așa de repede. Mi se pare că e repede, ne știm de când eram copii. *O fi ea, Nora, persoana cu care destinul a hotărât să mă unească?* Nu știu nimic. Închid ochii. Aștept să mă dezmeticesc ca să știu ce să-i spun ei, fetei care mi-a dăruit un sărut, unul nevinovat și pentru care eu trebuie să fiu responsabil și să-i promit ceva. Nu știu sigur ce. Poate că trebuie chiar acum să o duc la mine la cămin, să facem dragoste, dar acolo nu este un loc special pentru un eveniment atât de important. Mă întreb dacă și ea gândește la fel. Dacă o jignesc? Vrea și ea să facem dragoste? Suntem încinși, pe jar, tineri neinițiați, puri, vrem să facem ceva de care habar nu avem cum. Nu știm nici cum, nici ce...

Doamne, mă gândesc, sunt eu, robul tău, Valentin, luminează-mi mintea, învață-mă ce să fac. Simt cum îmi bate inima, mi se încinge capul numai la gândul că ar trebui să fac dragoste cu ea.

Da, sunt fixat pe această idee. Caut momentul potrivit, caut cuvinte, caut gesturi pe care nu le știu, ca să o invit la mine să văd ce spune. Ne ținem de mână strâns, nu vrem să ne dezlipim palmele. Pare că e o rețea de transmitere a ceea ce gândim. Poate că ideea să o duc acasă nu e rea, poate că și ea gândește la fel. Întorc capul, o privesc. Sigur așteaptă să fac eu primul pas. Dacă vede că eu nu mai spun nimic, îmi propune ea să mergem la ea acasă. Mi se pare că nu aud bine. Parcă cineva cu două talgere mari a venit și le-a lovit la urechea mea ca să mă trezească. Cum e posibil să mă invite la ea acasă? Doamne, ce minune mai e și asta?

Invitație neașteptată

-Știi ceva, hai la mine acasă! Părinții mei sunt plecați pentru două săptămâni în vacanță.

-Cuuuum? întreb nedumerit. Nu, Nora, nu se poate, ce au să spună vecinii dacă au să mă vadă intrând la voi?

-Nu-mi pasă, răspunde încet, pare că ea deja e înaintea mea cu dorința, cu gândul. Iar rămăsesem în urmă. E drept că nu mai fusesem așa amețit ca acum.

Mă mai dusese o fată mai mare, din sat, la ea acasă crezând că sunt pregătit să fac dragoste cu ea, dar s-a lăsat păgubașă când a văzut că tremur când ea abia-și scosese fusta. A început să râdă, mi-a dat una după ceafă și m-a dat afară, râzând în urma mea, spunându-mi: *pregătește-te, mă, fleață, că o să trebuiască să intri pe mâna femeii și atunci o să vezi tu pe dracu' gol.*

Am rupt-o la fugă uitându-mă înapoi să văd dacă nu cumva s-a răzgândit nebuna de Florica. Era mult mai mare, se spunea că ea e doctoroaia feciorilor. Dar eu nu știam ce-i aia.

Și acum trebuie să văd ce să fac cu această situație care merge de la obligație la plăcere. E clar că din plăcere se creează o obligație. Oare nu e prea puțin timp pentru nevoia mea de a o iubi? Numai două săptămâni nu e o perioadă prea scurtă pentru asta? Înțeleg că Nora are o capacitate psihologică de proiecție asupra mea. Oare o face doar pentru că mă găsește interesant? E una să te culci cu o fată și alta e să faci dragoste. Ca și cu umorul, una e să scrii cu umor și alta e să scrii despre umor. Of, Doamne, Luminează-mi mintea! Poate că trebuie să fac ce spune ea, acum că suntem tineri, cine știe, pe măsură ce îmbătrânim o să iubim în alt mod, mai matur. Dar acum, la tinerețe...

Mă uit mai bine la Nora, pare că seamănă cu Florica, doar că e mai tânără. Scutur capul, o mai privesc o dată și văd că mi se pare. Dacă are vreo problemă de statornicie? Dacă e doar interesul față de mine sau poate fi față și de alți bărbați, doar ca să aibă pentru fiecare o poveste specială, diversă? Nu o cunosc, trebuie să am curaj să mă apropii de ea ca să nu o mai judec fără să am și certitudini. Merge înaintea mea trăgându-mă hotărâtă spre casa ei. Eu nu fac altceva decât să o urmez. Pare că sunt unul abia vânat sau cumpărat, ales dintre milioane de bărbați. Mă întreb de ce eu?

Nu știu de ce. Am două dorințe, una care mă arde ca să mă duc, și alta care mă trage înapoi? Dar prima parcă mi-a luat mințile, sunt ca o rachetă, cred că dacă mai durează mult până acasă la ea, îmi iau zborul, intru pe orbită. Ard de nerăbdare. Prind curaj, ce naiba, sunt aproape doctor și mi-e frică de-o femeie? Adică, pardon, de o fată? Sper. Nu prea sunt eu sigur, rămâne doar de văzut...

Ajungem în fața unei vile drăguțe, cu multă verdeață, cu flori la poartă și în curte. Deschide, urcăm câteva trepte, descuie. În fața mea, o sufragerie mare, cu fotolii și canapele bej ca untul, curate, pe un covor tot bej, cu un chenar cu flori foarte bine asortate. Deasupra, o măsuță din sticlă, pe un support auriu, ovală. Sunt câteva cărți. Draperiile de la geam sunt lăsate. E o atmosferă caldă și incitantă. Mă simt bine, prind curaj.

Prima poveste de dragoste

Nora aruncă pantofii de la ușă, o fac și eu, apoi se întoarce grăbită și încuie ușa. O privesc atent. Ochii au o strălucire deosebită, suntem incitați, dornici, dornici de ceva ce eu nu știam că pot să-i dau. Felurile în care pot rata această ocazie sunt multe, unul poate fi să am o viziune melodramatică, să nu pot face nimic, Doamne ferește, mă gândesc îngrozit, altul să am o criză de responsabilitate sau chiar să refuz ca să nu mă fac de băcănie din cauza emoțiilor, cine mai știe? Dar acum trebuie să văd cum să fac ca să nu pierd esențialul, frumusețea momentului cu Nora, care este dispusă să mi se dăruiască. *Eu acum trebuie doar să mă concentrez, să pot să mă detașez de cunoștințele mele anatomice și chiar chirurgicale, să nu cumva să tai sentimentul care se crease din dorință, o dorință mai puternică decât rațiunea.*

Oare, după ce facem dragoste, am să o iubesc sau detest? Iar mă gândesc prea departe. Oricum, e firesc, aceste gânduri sunt cele care ar trebui să se schițeze după, sau cu o umbră de ironie, sau de autoironie care vor fi scrise în poveștile mele cu femei importante, ce vor trece prin viața mea. Oare astea sunt realități sau le inventează mintea mea acum, ca să mă pună mai mult în încurcătură? O fi adevărat că dragostea nu poate fi falsă sau adevărată, cred că trebuie doar să fie verosimilă.

Trage puloverul de pe ea, rămâne cu sânii goi, nu mai avea nimic pe dedesubt. Acum eu iar văd dublu, mă frec la ochi, nu mai văzusem decât sânul mamei când eram mic și-l alăpta pe fratele meu. Sunt în fața unui miracol, al Norei, sunt mici și stau drept înainte. Mărturisesc că e un început greu. Mă înroșesc, mă ia de mână și mă duce spre dormitor, deschide. Un pat imens, cu perne și așternuturi fine, albe.

O privesc cum își scoate fusta, desface fermoarul și o lasă să cadă. Apoi pășește peste ea, iese de undeva de unde era protejată, o împinge în spate cu piciorul, pare conștientă de ce face. Se apropie de pat. Pune un picior pe margine și începe să-și tragă ciorapul în jos în timp ce mă privește cum trag și eu de pantaloni. Cred că am febră, am luat foc, ard, ardem amândoi, nu o mai las să scoată și al doilea ciorap că mă năpustesc asupra ei sărutând-o pe unde apuc. Îmi iau inima-n dinți și îi pun mâinile pe sâni. Mai pusesem mâna doar pe cei din laboratorul de anatomie. Ăstia sunt de necrezut, fierbinți, tari, senzuali. Parea că sunt turbat sau venit de cine știe unde și ard de dorința de a o avea. Ea nu se împotrivește, mă lasă să mă joc cu sânii pe care îi sărut și îi privesc continuu, de parcă ar fi fost cei care ar fi trebuit să contribuie la începutul înfruptării din fructul oprit. Nora închide ochii, eu o îmbrățișez, îi caut gura, o sărut. Acum sărutul e mult mai sigur și mai incitant, sunt amețit și iar mă ia cu frică, dar acum nu mai pot să dau înapoi, oare acestea sunt plăceri vinovate? O să trebuiască să plătim când o fi să dăm socoteală...

Mă uit la Nora, e la pieptul meu, realizez că există o atracție a contrariilor, nu e nici pe departe tipul de femeie de care aș fi vrut să mă îndrăgostesc. Cred că la nivel mental o să se conecteze, poate, și sufletul, cine știe. Nu am avut exemplele altora în situații reușite de îndeplinire a dorințelor. Poate că fericirea și reușita în viață nu depind de dorințele imediate, poate că e nevoie de răbdare, să ne cunoaștem mai bine pe noi, puterile noastre, să ne controlăm emoțiile, dar mai ales să renunțăm la ținte de neatins ca în momentul de față. Ar trebui să mă gândesc la niște soluții, cum să câștig lucruri valoroase, de durată, ca să ne fie bine. Nu cred că e momentul potrivit...

E dimineață. Nora e trează. O țin la pieptul meu ca pe un trofeu. E liniște. Îmi vin în minte versurile din poezia lui Eminescu. Nu știu altceva, nici ce să-i spun și nici ce să fac. O strâng la piept în semn de mulțumire, că mi s-a dăruit și îi amintesc:

Ce e amorul?
  E lung prilej pentru durere,
  Căci mii de lacrimi nu-i ajung,
  Și tot mai multe cere.

De-un semn în treacăt de la ea
  El sufletul ți-l leagă,
  Încât să n-o mai poți uita,
  Viața ta întreagă.

Îmi curg lacrimi de bucurie, simt pe pieptul meu alte lacrimi din ochii ei de femeie care mi s-a dăruit mie, un tânăr, a pus toată speranța ei de fată în mine, m-a bucurat și surprins cât de frumos e să iubești, să poți să te dărui eşti, ou dezlănţul dorinţe încătuşate de o viaţă de tineri neprihăniţi. Totul într-un amestec de neştiinţă, curiozitate, dorinţă şi început de ceva. Poate de dragoste?

-Hai să citim toată poezia, Valentin. Vrei? Şi sare să aducă volumul de versuri ale marelui poet Mihail Eminescu. Mă acopăr de parcă mă ruşinez, de el şi de ea, femeia care m-a aşezat în altă categorie, aceea a bărbaţilor. Se aşeză din nou la locul ei. Deschid cartea la poezia care ne dusese într-o lume pe care noi nu o ştiam. O citesc de la început, în şoaptă, să nu ating vorbele cu puterea sunetului, să le mângâi înainte să le rostesc, să pot să le dau sens, să vadă că pe noi ne-au unit şi bucurat.

Ce e amorul? E lung
Prilej pentru durere,
Căci mii de lacrimi nu-i ajung,
Şi tot mai multe cere.

De-un semn în treacăt de la ea
El sufletul ţi-l leagă,
Încât să n-o mai poţi uita,
Viaţa ta întreagă.

O simt pe Nora cum respiră calm. E conştientă de faptul că ea a dat primul semnal spre împlinire? O strâng uşor la pieptul meu, las capul peste pletele ei moi, ca gândurile, ca vorbele rostite, vorbe pe care nu ştiam că le ştiu, mă minunam, mă întrebam de unde sunt aduse? Din ce lumi, de la cine? Pot fi de la Dumnezeu? Ne învaţă el cum să iubim? Ne arată strada pe care şi cu cine să o alegem în viaţă?

Dar încă de te-aşteaptă-n prag,
În umbră de unghere,
De se-ntâlneşte drag cu drag
Cum inima o cere.

-Ca noi, Valentin, spune ca să motiveze pornirea ei. Eu nu-i răspund. Citesc mai departe cu aceeaşi voce caldă, visătoare.

Dispar și ceruri și pământ
Și pieptul tău se bate,
Și totu-atârnă de-un cuvânt
Șoptit pe jumătate...

-Adică cum pe jumătate? Ridică capul și se uită la mine de parcă eu aș fi scris poezia sau caut să motivez contextul. Iar nu-i răspund. Iar citesc mai departe, o las singură să găsească rezonanța proprie în aceste versuri.

Te urmărește săptămâni
Un pas făcut alene,
O dulce strângere de mâini,
Un tremurat de gene.

Fac o pauză crezând că mai are ceva de spus. Nimic. E liniște.

Te urmăresc luminători
Ca soarele și luna,
Și peste zi de-atâtea ori
Și noaptea totdeauna.

Căci scris a fost ca viața ta
De doru-mi să nu-ncapă,
Căci te-a cuprins asemenea
Lianelor din apă.

Mă sărută peste tot. Acum simt că trebuie să fiu responsabil de acțiunile mele care au fost nesățioase.

Da, sunt un bărbat realist, matur, cu ambiții, serios, de cuvânt. Astea sunt caracteristicile mele de bază. Nu sunt sigur dacă procesul de maturizare este complet sau a venit automat cu trecerea anilor. Se pare că nu este așa. Profesorul de psihologie spunea că: acest proces este o traiectorie de creștere personală și care se întinde pe tot parcursul vieții. Deci am de învățat. Am mai citit undeva că: această creștere are loc din punct de vedere spiritual, biologic, intelectual, ce fac eu acum, și emotiv, iar în curs de...

Cred că eu am trecut de faza maturizării care este cea de dependență de alții, fiind pe drumul formării. Acum urmează faza EU, care este cea de independență proprie. Și iată-mă în faza NOI, cea de inter-dependență și respect pentru alții. Așa că trebuie să descopăr dacă, după cele patru sentimente și capacități noi din adâncul meu, sunt și dacă pot să mă consider matur. Am eu siguranță și încredere în mine? Am eu direcție în viață? Am și putere de voință și disciplină proprie? Dar înțelepciune am?

Stau întins, cu mâna sub cap, îmi las gândurile să mă analizeze, să-mi răspundă la întrebările pe care nu mi le-am mai pus până acum. Poate pentru că am făcut dragoste cu Nora? Trebuie să știu precis ce am de făcut. Dar mai întâi să văd cum sunt eu acum. Ce am înțeles și dacă m-am transformat sau maturizat?

Deci, siguranță și încredere în mine, am. Sunt aproape medic, am studiat, am note mari, sunt disciplinat și dornic să mai învăț. Dacă am direcție în viață? Da, am. Doresc să am o familie și, mai nou, pare că am și cu cine, cu Nora. Despre putere și voință, ce să mai spun? Am depus toate eforturile și forțele mele pentru a reuși în planul meu de formare ca specialist, ca om. Ei, acum cu înțelepciunea e mai greu. Îmi amintesc ce spunea preotul în biserică, când ne ducea mama pe toți și ne așeza în primul rând în fața altarului.

Înțelepciunea vine de la Dumnezeu ca și puterea, sfatul și priceperea. Deci, dacă vine din Duhul lui Dumnezeu, tot el este sursa de unde o pot primi. Și asta mai vine cu timpul, din experiențele personale și din bucățele. Mama ne spunea că de câte ori nu știm ce să facem, să-l întrebăm pe El, că vom primi răspuns cu siguranță. Totul e să aștepți. Și sigur acțiunea ta va fi răspunsul.

Ziua a doua

E dimineață, a doua de când stăm închiși în casă. Facem ce facem și tot în pat ajungem, suntem lihniți de foame și de dragoste. Ne ducem în bucătărie. Nora scoate pe masă ce găsește prin frigider. Eu caut farfurii și tacâmuri, ea mă așază pe scaun, își bagă mâna voluptos prin părul meu bogat, iar mă excită, mă gândesc, dar mă lasă, îi e milă de mine.

-Lasă că așez eu masa. Cum să-ți spun, Valentin? Dragule, Moțuleț, Pisoi? Mă umflă râsul, are fata asta, pardon, doamna mea, are simțul umorului, și râde, râde și iar râde.

-Nu-mi plac, te rog să-mi spui domnule, când suntem la masă, iubițel când suntem în pat și Valentin afară. Da, îmi răspunde cu un crenvurști în mână, se apropie ca un pericol de mine, e mai aproape, și mai aproape.

-Bine, domnule, ia uite aici ce face iubita ta, se așază obraznic pe piciorul meu. Eu nu mai apuc să bag în gură nimic, mă sărută și mă întreabă dacă-i simt gustul.

-Daaa, îi răspund, făcându-i jocul, întind mâna pe platou și iau o ceapă verde le trec pe piptul ei care reacționează imediat, s-au trezit, na beleaua, mă gândesc, iar m-a prins, sare și mă trage de mână în pat în timp ce nu știu ce să fac cu ceapa din mână. Și așa am mai avut prilejul să ne jucăm. Trebuie să fac ceva să ne potolim, mă gândesc. Într-un târziu, vine spre mine și-și lipește buzele senzuale pe mijlocul meu. Pare că mă frige, mă arde. Rămân surprins. Mă întorc la ea, o implor să se potolească, să mâncăm în sfânta pace. De data asta mă ascultă. Cred că epuizase metodele de a mă incita, se vede că e și ea obosită. Lăsăm tot pe masă și ne aruncăm îmbrățișați pe patul moale unde am dormit mult, foarte mult.

Ziua a treia

Dimineață am plecat la facultate, fiecare la a lui, aveam întâlnire cu îndrumătorii. Am stabilit să ne vedem tot în parcul facultății când terminăm. Mergeam de mână. O țineam aproape de mine. Eram bucuros că o găsisem, mai précis, mă găsese ea pe mine. Și tot așa, între facultate, casă, pat, masă, birou la studiu au trecut cele două săptămâni de miere, eu le-aș spune de tranziție, de transformare...

Ziua a 14-a

Am continuat așa până când au venit părinții ei. Știau că sunt acolo, știau de la Nora, le dădea raportul zilnic, ce facem, ce mâncăm, unde ne ducem, erau bucuroși că Nora nu mai e singură, a putut să se bucure și să iubească când și pe cine a vrut ea.

Dimineță ne-am trezit în parfumul îmbietor care venea dinspre bucătărie, ouă cu cașcaval. Masa e așezată pentru micul dejun în familie. Nora a intrat prima și m-a prezentat. Nicio stupoare. Pare că ei așteptau acest moment și ca sunt bucuroși că fiica lor are, în sfârșit, un băiat. Adică, un bărbat, acum, ce mai, eram și eu bărbat. Deja le scrisesem și eu alor mei despre toată tărășenia. Ei care abia așteptau să mă căpătuiesc s-au bucurat în legea lor. Erau mirați cum de o fată din București să se îndrăgostească de mine, care se vedea că nu sunt orășean, chiar dacă mă mai cizelasem, încă păstram aerul pur, al rădăcinilor mele de la țară. Pe Nora o știau și ei de când venea la bunici, așa că nu au fost surprinși de alegerea mea.

Cererea în căsătorie

Après examene i-am cerut mâna Norei. Îmi amintesc că eram cu toții la restaurant. Apoi a venit ospătarul cu paharele de șampanie. Nora nu bănuia nimic, eu, pe ascuns, am făcut tot, odată, în joacă, i-am luat inelul pe care-l primise de la părinții ei de o onomastică și l-am pus pe degetul meu să văd până unde intră. Așa că am fost la bijtier și am cumpărat unul care se potrivea măsurii pe care o luasem. Cum spuneam, șampania e în pahare, eu scot cutiuța, o deschid în drum spre partea dreaptă, mă așez în genunchi, așa cum văzusem și eu prin filme și o întreb dacă vrea să fie soția mea.

-*Vreau să fiu soția ta*, îmi spune în timp ce se uită atentă la inelul care strălucea pe degetul ei fin. Îi sărut mâna în timp ce mama ei își șterge lacrimile pe care nu le mai putea stăpâni. Dau mâna cu tatăl ei și cu mama soacră bineînțeles, care printre lacrimi mă îmbrățișează și mă sărută pe obraz. Sunt emoționat. Îmi tremură picioarele, fir-ar să fie, nu știam că e așa de greu. Am stabilit data nunții, unde să o facem, mai rămânea să facem invitațiile. Acum începe cea mai grea perioadă, trebuia să ne punem de acord mai întâi cu numărul de invitați, apoi cum să mă îmbrac, cum să fie rochia ei și așa ne certam de mama focului de dimineață până seara. Cel mai mult mă supăram când mă avertiza cu degetul și mă întreba:

Nunta

-Tu știi ce înseamnă nuntă, Valentin?

-Nu, îi răspund simplu.

Ea își iese din minți, nici nu mă mir, ce știi tu, un țăran, sigur așa se gândea. Dar nu a avut curaj să-mi spună. Și așa am ajuns și la ziua cu pricina, după ce nu a mai dormit cu mine două nopți ca să nu-i stric meșele, să nu-i rup unghiile false, să nu i se dezlipească genele, și ele false, de care eu râdeam pe înfundate de câte ori ne întâlneam prin casă. Se enerva, trebuie să recunosc că mă bucuram, nu știu de ce, când o vedeam așa adăugată cu accesoriile pe care le voia cu orice chip. În dimineața nunții eu a trebuit să plec la mătușa ei ca să nu o văd îmbrăcată mireasă înainte de biserică. Habar nu are că am intrat pe furiș în dormitorul nostru și am văzut rochia de mireasă fără ca ea să știe. Îmi tot spunea: *nu e bine să vezi rochia miresii că o să ne despărțim.* Dar nu simțeam nicio urmă de regret în vocea ei. Părea că vrea să se mărite cu mine, să facem nuntă și după aia ce-o fi o fi. Doar eu credeam că ea va fi soția mea pe viață așa cum erau ai mei, că nu trebuie schimbată soția, orice ar fi.

Gata, sunt la biserică, în fața altarului, colegii de facultate, șapte care erau și cavalerii mei de onoare, toți frumoși, înalți, distinși, ea, cu cele șapte domnișoare de onoare care o așteptau agățate de brațele celor ce trebuiau să le fie pereche. Doamne, dar urâte mai sunt farmacistele, ce, Doamne iartă-mă, nu o fi adus fetele de la arhitectură, ălea da, fete frumoase. Le vedeam, dar eram sigur că ele nu se uită la un băiat de la țară. Începe să cânte Marșul Nupțial. Se deschid larg ușile de la intrare. Apare ea, Nora, la brațul tatălui său. Rochia îi dă aerul unei prințese, voalul este lăsat peste obrazul colorat. Se apropie încet, eu simt că leșin. Mă uit la familia mea, toți pe două bănci. Erau îmbrăcați frumos și cuminți. Invitații lor se agitau, când Nora ajungea în dreptul lor, îi saluta, le făcea cu mâna de parcă ar fi putut să-i vadă. Doamnele aveau pălării, bărbații cu papioane. Vai de mine, îmi amintesc că Nora îmi spusese să-mi pun și eu papion și eu mi-am pus cravată, una asortată la vesta mea de mătase. Mă gândeam cu groază. Dar, nu s-a întâmplat nimic. S-a apropiat, m-a luat de braț și iată-ne în fața preotului, care numai el știe ce spune. Eu nu numai că nu mai văd, dar nici nu mai aud. După sfârșitul slujbei, ce îmi amintesc cel mai bine e că o tot călcam pe Nora pe ștaiful pantofilor, mă mir că nu m-a certat acolo. Dar când preotul mi-a spus că pot să sărut mireasa, Doamne, cred că mi-a spus de vreo trei ori, săracul, până la urmă am înțeles, da' cum să o sărut că nu o găseam pe sub voal. În sfârșit, ridică ea voalul, nu mai știu dacă am sărutat-o pe gură sau pe obraz. Am luat-o de mână, am ieșit repede la aer, simțeam că mă topesc.

La restaurant eram relaxat. Gata, toată lumea trăgea de mine și de ea, o iau de braț și o trag într-un colț și o întreb unde e masa noastră. Ea îmi arată locul. Deja erau așezați părinții și nașii, ne grăbim să ne așezăm. Prima grijă a fost să-mi scot pantofii, mă strângeau, de abia mai stăteam în picioare.

Ea a ieșit, s-a dus într-o cameră pregătită pentru relax, eu plec după ea, ușa e deschisă, mă așez într-o parte ca să nu mă vadă. E în picioare lângă șemineu, cu ochii ațintiți asupra unui candelabru cu cinci brațe cu lumânările aprinse. Părea tristă sau obosită. Sau poate se ruga la Dumnezeu să se termine mai repede ceremonia, sau să scape mai repede de mine. Cine mai știe la ce se gândea...

Căsuța noastră

Am cumpărat împreună o vilișoară lângă casa socrilor ca să fim mai aproape. Aveam liniște, mâncare, casă, părinții ei sunt discreți și foarte plăcuți. Am impresia că mă tratează ca pe un fiu. Eu mai stau cu socrul meu la masă la un pahar. Numai când nu am de învățat. Nu știu de ce, cred că de câteva ori ar fi vrut să mi se destăinuie. Să-mi spună ceva, doar când eram singuri. Când speram că o să o facă, dădea din mână în semn că nu are curaj. Văzusem de câteva ori că mama Norei se purta corect. Dar parcă lipsea partea afectivă, cine știe, poate că mi se pare...

1 Martie

Sunt cu Nora de mână, hoinărim prin oraș. Lăsăm gândurile să se ducă pe unde vor ele. Ea se tot uită prin vitrinele magazinelor. Mai mult ca să se admire. Ăsta cred că e unul din defectele ei. Îi place să se admire. Dar pe mine nu mă deranjează. Se îmbracă cu gust, e chiar interesantă. Adevărul e că e făcută să poarte orice pe ea. Nu există, până și prosopul de baie pe care și-l pune ostentativ, cu care se plimbă prin fața mea, cu care nu acoperă aproape nimic, pare că-l prezintă la parada modei. E fantastică. Începe să-mi placă.

În fața unei cofetării, văd o grămadă de bărbați care se îmbulzesc, se agită cu mâinile pe sus. Mai văd pe cealaltă parte a străzii, doamne cu ghiocei de vânzare. Mai sunt alte locuri în care bărbații par turbați. Se împing să ajungă undeva, unde? Nu știu, că nu văd nimic. Ne apropiem. Un tip ține în mână câteva mărțișoare. Mă prind. Of, e 1 Martie. O întorc pe Nora cu fața la mine, îi desfac jacheta.

- Ce vrei? mă întreabă.

-Cum ce vreau? Nu vezi că nu ai mărțișor? Ea mă privește mirată. O postez lângă o vitrină cu genți marca Armani, n-aș mai fi făcut-o, și îi spun:

-Așteaptă-mă aici, te rog.

-Nu, eu intru în magazin, îmi spune hotărâtă.

-Bine, vin și eu. Și mă arunc în grămadă, ca la rugbi, noroc că sunt înalt. Cu banii într-o mână și cu cealaltă încerc să-mi fac loc. Ajung lângă locul unde văd o inimă mare, roșie, din pluș, pe care sunt atârnate o mulțime de mărțișoare. Îmi iau toate ghionturile celor care ar fi vrut să treacă de mine. Sunt mai înalt decât ei, așa că le iau pe toate. Mă amuz, deși dorința mea de a nu le mai simți era evidentă. Mă străduiesc să ies din locul acesta groaznic. În sfârșit, vânzătorul mă vede, ia banii.

-Câte vreți?

-Cinci spun, făcând repede o socoteală ca să nu-mi mai dea restul. Acum nu mai puteam să ies. Mă forțez, dau cu spatele, până când ies din grămadă, boțit și transpirat, cu părul răvășit, obosit de parcă fusesem cu adevărat pe un teren de rugbi. Doamne, mă gândesc, oare de ce se împing, nu pot sta la rând civilizat? Mă îndepărtez de ei, îmi pieptăn părul, desfac pardesiul de primăvară, elegant, îmi trag manșetele de la cămașă, erau pe undeva pe la coate, mă uit și eu în geamul vitrinei să mă văd. Plec la Nora ca un erou. Ea intrase în magazinul cu poșete, marca Armani.

-Sunt aici. Face un semn discret. Mă apropii de ea. Îmi aruncă o privire galeșă, gata, mă gândesc, sunt terminat. Îmi arată poșeta pe care o alesese. Era într-adevăr elegantă, deosebită, dar ea mai are acasă, altele. Na, ce să fac? Zâmbesc amar. Mă uit la numărul de pe etichetă. 1997!

-Ce e ăsta Nora, anul de fabricație? se schimbă la față.

-Nu, dragul meu, e prețul.

Mă ia cu călduri. Mă caut prin buzunare. Știu sigur că nu am atâția bani la mine. Caut portofelul, scot cartea bancară, bancomat-ul, mă duc spre casă

de parcă mă duceam la ghilotină. O tânără blondă, superbă îmi zâmbeşte, mă
vede schimbat la faţă. Ţin cardul în mână, mă uit la cititorul de card. Primul
gând a fost că poate e defect şi că de aia nu mai e nimeni în magazin, decât
noi. Dar nu a fost aşa. Îl introduc cu milă, pare că vrea să mă terorizeze,
îmi arată suma, apoi aşteaptă să apăs eu pe OK. Simt că mă doare degetul.
Mă duc cu arătătorul spre el, închid ochii şi gata, îl aud cum scoate un sunet
delicat, un clinchet, semn că şi-a luat banii. Nora stă nepăsătoare lângă mine,
uitându-se încă primprejur cu rafturile pline cu alte poşete. Când am văzut,
am luat repede punga elegantă, soţia şi dus am fost.

În sfârşit, afară, respir, sunt viu, 1997, 1997. O cifră pe care nu pot să o
uit repede. Mergem de braţ, mai exact eu mă ţin de braţul ei. Ea senină şi
mulţumită. Se opreşte.

-Şi mărţişorul? Ce mai contau zece lei pe care-i dădusem pe cinci
mărţişoare. Bag mâna în buzunar şi le scot pe toate, i le pun în mână. Alege...
.

Banchetul

Câteodată, Nora se mai ocupa de treburile casei, nu prea ştia ce să facă.

Ştie să-şi facă unghiile. Să se pieptene mult în faţa oglinzii. Să se dea
cu creme pe faţă, pe gât, pe mâini pe picioare. Are pielea fină şi catifelată.
Câteodată o mai dau şi eu cu cremă. Ei îi place, geme ca o pisică când o
mângâi. Pare extaziată, deşi nu fac nimic deosebit. Doar o dau cu cremă,
pentru mine e un unguent care întreţine epiderma. Atât. Odată m-a dat şi ea
cu o cremă care mirosea foarte frumos. Eram întins pe pat, mă dezbrăcase,
eram gol puşcă. Ea mă privea şi întindea crema peste tot de parcă era o
vrăjitoare, senzual, încet, voluptos şi incitant. Stăteam cu ochii închişi şi o
vedeam doar pe ea în ziua în care mi se dăruise...

Acum am înţeles că Nora a făcut totul. Cu două vorbe şi câteva priviri
a reuşit să mă ducă acasă la ea. Câtă dibăcie. Mă întreb dacă nu este ea
o femeie puternică. A nu, nu, hai să fim serioşi că şi eu abia aşteptam. O
surprind uneori cum mă priveşte curios, de parcă ar vrea să mă avertizeze

că o să am o noapte de foc. Încep să fiu mai atent la ea. Abia acum îmi dau seama, încep să o cunosc. Când ieşim împreună, nu există să nu se uite cineva după noi sau, mai précis, după ea. Se îmbracă cu foarte mult gust şi pretinde să fiu şi eu îmbrăcat adecvat. Nu mă deranjează. Mă ţine de braţ, e bucuroasă că e cu mine.

Când am avut banchetul de absolvire al facultăţii, la restaurant, în numai câteva minute o pierdusem. Gata nu o mai vedeam. Nu mai era lângă mine. Începusem să o caut cu privirea. O găsisem repede. Ca să fiu sincer, era cea mai elegantă şi distinsă. Simplu şi elegant. Nu e frumoasă, dar ştie al naibii de bine cum să se îmbrace şi cum să se poarte în societate. Rotesc din nou privirea şi o văd înconjurată de patru profesori şi doi asistenţi de la mine. Nu ştiam că se cunosc. Mă îndrept spre ei. Ea mă prinde elegant de braţ şi mă prezintă. Toţi au rămas surprinşi, cum de am eu aşa o soţie, frate, că doar ştiau că sunt de la ţară.

-Domnilor, vă rog să-mi permiteţi să fac prezentările. Soţul meu, proaspătul doctor Valentin, Valentin Vlase.

-Bună seara, domnilor, îi salut, sunt curajos. Acum sunt medic, dar mai ales Nora îmi dă forţă.

Privirea ei mă îmbărbătează. Acum mă simt puternic, sunt important. Am dat mâna pentru prima oară cu ei, deşi ne cunoşteam personal. Culmea e că ei au întins mâinile spre mine de parcă eram ministrul sănătăţii.

Nu ştiu cum făcuse Nora că ajunsese să se prezinte şi nici cum de e printre ei, dar sunt bucuros că e isteaţă. Miroase a trandafir, un miros discret, e machiată impecabil. Ochii sunt rimelaţi discret, buzele, ce să mai spun, mă incită. Pare că e mai frumoasă sau nu am văzut-o eu bine până acum. Ce mai, buzele, ca petala trandafirului, conturate, când se mişcă sunt senzuale, se vedea dantura albă, perfectă. Dinţii sunt ca nişte străjeri la poarta cuvintelor, printre care ies vorbele, care pare că mai întâi le aşează pe buze, apoi le suflă spre noi, cei din jurul ei, ca să ne uimească şi surprindă minunându-ne de farmecul ei.

Suntem fascinaţi. Acum simt cum creşte bucuria având aşa o soţie. Habar nu am ce mă aşteaptă. Ce greu e să ţii pasul cu ea. Mă uit din nou la chipul său, pare că abia o cunoscusem. Acordă atenţie tuturor, întreţine discuţii interesante, gesticulează elegant, ne delectează cu farmecul ei de femeie patroană, stăpână pe situație, rolul ei de femeie fatală i se potrivește perfect, este cultă și uimește.

Respiră senzual, se mișcă ca într-un film, elegant, filmat cu încetinitorul. Fiecare gest este notabil. Ne are în fața ei, privirea e magică, ne ține pe loc, ne fascinează, ne învăluie într-o atmosferă plăcută, interesantă și adorabilă. Îi privesc buzele, cele pe care doar eu le sărutasem. Nu eram pregătit pentru a le uni cu ale ei într-un sărut, atunci, în parc. O privesc ca pe o minune, vreau să-i spun că vreau să o sărut din nou, să mă programeze pentru următorul sărut. Îmi amintesc ce spusese Ileana Vulpescu în Arta conversației, *că amorul și gripa se tratează cu patul*. Are dreptate, când am avut gripă, Nora a dormit lângă mine, m-a doctoricit după indicațiile mele, dar mai ales după pofta ei, spunea că gripa se vindecă după o partidă de amor puternică, pentru că atunci cel cu febră transpiră, dar mai ales îl incită pe cel mai rece, adică e mai reală vorba aia că, te joci cu focul.

Mă uit la ea ca la o minune. Pare că e tot ce îmi doresc pe lumea asta. O privesc din nou, iar și iar, direct în ochi. Cred că gândurile mele au ajuns la ea, se uită cu drag la mine, dar mai cred că privirea a fost demonstrativă. Să vadă ceilalți bărbați ce înseamnă să ai o femeie așa, ca ea, care să te țină mereu treaz, ca o sentinelă. Să o vezi și să o dorești în orice moment, să trebuiască să o aperi de privirile altor bărbați care-și fac gânduri, construiesc speranțe, o doresc, dar știu că e aproape imposibil să o aibă, doar pentru că e a mea.

Nu am mai avut ocazia să o văd într-un cerc atât de divers de prietenii noștri. Acum își etalează farmecul. Pare că are cantități nelimitate, îl aruncă peste noi ca pe o plasă de pescari, ca să ne prindă pe toți, lacomă de audiență sau de a ne trezi la viață? Sunt eu cel pe care l-a ales să-i fiu aproape în zilele cu ger și ploi. Și ea mi-a dăruit ceva ce nu are preț. M-a învățat să am răbdare, să nu trec indiferent, să am dor și dorință de ea. Nora, oare te iubesc? Dar dacă iubirea nu e așa? Cred că este mai mult dorință, nu iubire. Oare aș ști să o schimb? Să trăiesc fără ea? Mă mir ce-mi trece prin minte. Nu mă recunosc. Cum pot să-mi pun asemenea întrebări, Doamne?

Acum, când dragostea-i prezentă pe pământ, ea mi-a sortit să-i fiu iubit și mi-a dat aripi să zbor, dar mă ține de mână, cred că numai eu am să pot să o aud, când e în brațele mele, mi se dăruiește și-mi alungă negura din priviri ca să știu că este a mea. Mă iartă, Nora, că nu te ascult, întoarce-ți săgețile din drum. Abia acum mă întreb din nou dacă așa e iubirea? Dacă o altă femeie ar putea să-mi dea ceva în plus? Sau eu nu știu ce caut?

Nu o văzusem, nu o cunoscusem așa. O privesc cu interes și surprins. Mă inclusese și pe mine în cercul pe care îl domina cu farmecul ei, cu stilul și mai ales cu prezența. Pare că intuise că, cei mai mari erau destul de ramoliți, iar cei mai tineri gata să o cucerească. Eu sunt gardianul ei, sunt atent, dar constat că toți o ascultă cu mare interes. Alesese un subiect banal, dar modul la care-l pusese în discuție era de-a dreptul uimitor. Lăsa spațiu și interlocutorilor ei prezenți. Cât de frumos se desfășoară discuția, e ca un joc, ea e în centrul atenției. Constat cu câtă delicatețe se angajau ei în discuție, lăsând-o să-și spună părerea, să gesticuleze cu mâinile ei fine, cu care mă mângâia și mă îmbrățișa.

Aproape că mă apucase gelozia. Dar nu era cazul, sunt ca un păun, toți par că acum mă văd cu adevărat. Nora are un fel de tact, ceva special. Are acțiuni extraordinare de libertate și imaginație în plină desfășurare. Se vede că are încredere în farmecul ei. Încet, încet, cercul nostru se lărgise, erau curioșii care erau interesați și ei la discuțiile direcționate așa de frumos spre probleme din viața reală, de actualitate, nimic despre medicină și farmacie. Aici se vede dibăcia și abilitatea ei de abordare subiecte cotidiene folosindu-și doar intuiția de femeie.

Surpriza

Mă uit prin sală, caut cu privirea o femeie frumoasă. Una pe care aș iubi-o ca un nebun o noapte. Așa, ca să văd dacă e ceva deosebit, dacă e altfel decât Nora. Mă simt vinovat de gândurile mele ascunse. Nu mă recunosc. Nu, eu nu sunt așa, e doar o glumă a subconștientului. Văd una retrasă lângă fereastră, cu paharul în mână. Privește undeva, departe, căuta ceva, ceva ce pierduse sau încă nu găsise?

Iau paharul de pe bar și mă îndrept spre ea. O femeie delicată, fină, cu o rochie care o îmbrăcase, îi acoperise corpul frumos, tânăr, incitant cu formele precise, nimic în plus, nici un dezacord. Era ca și o carte cu coperți frumoase. Mă apropii, o privesc curios din profil. Pletele-i drepte de mătase abia lasă să se vadă fața albă ca a unei statui. Poate că e rătăcită printre noi, sau poate că a coborât dintr-o pânză a unui pictor celebru. Mă apropii. Nu mă vede. E cu privirea tot acolo, departe. Între mine și ea este doar o mână fină care ține paharul, paharul pe care era doar urma buzelor și dorul de cineva. Îi apuc delicat brațul și o întorc spre spre mine. Pe fața ei o lacrimă, atât, una care se prelinse pe obrazul tânăr care încă nu avea riduri, semn că era la prima ei lacrimă. Pun degetul pe ea, pe lacrimă, îi urmăresc traiectoria, se oprise pe colțul gurii. Mă aplec și o transfer pe buzele mele. Ea nu se împotrivește. Se uită la mine pierdută. Nu știu dacă se rugase să vină sau să plece cineva din viața ei. Este frumoasă și tânără, mai tânără decât noi. O întreb:

-Cine ești, făptură minunată?

-Sunt Cristina, fata rectorului...

Mă moleșesc și mă uit în jurul meu. Nimeni nu băgase de seamă că nu sunt pe lângă Nora. O iau de mână și ieșim pe terasa restaurantului.

-De ce plângi, Cristina? Mă privește fără să pară că se bucură. Era doar curioasă. Nu mă cunoaște, prezența mea pare că îi face plăcere.

-Nu plâng, sunt doar într-o pasă proastă. Tu cine ești?

-Scuză-mă. Sunt Valentin.

-Și ce faci aici?

-Sunt absolvent și suntem la...

-Dar tu?

-Eu am venit cu tata. A văzut că sunt tristă și nu a vrut să mă lase acasă, singură.

-Ești studentă la medicină, nu-i așa?

-Nu, nu sunt la medicină, sunt la Belle Arte în primul an. Văd că ai verighetă. Ești însurat?

-Da, soția mea e cea care este în cercul de acolo, unde sunt mai multe persoane adunate în jurul ei.

-Ați fost colegi?

-Nu.

-O iubești?

-Nu știu.

-Cum să nu știi?

-Uite așa bine.

-Și de ce stai cu ea?

-Pentru că suntem căsătoriți.

-Așa au fost și ai mei. Până la urmă, după ce m-a născut, mama l-a părăsit și m-a lăsat cu el. Tu ai copii?

-Nu. Da câte întrebări îmi pui, Cristina. Să știi că e pentru prima oară când răspund la niște întrebări la care nu voiam să-mi răspund nici mie, și acum, așa, deodată, ai venit tu să mă iei la întrebări.

-Te rog să mă scuzi. Dacă ești însurat, eu pot să te mai văd dacă vreau?

-Cum să nu, și scot o carte de vizită proaspăt făcută. Prima pe care o dădeam cuiva.

Se uită la ea. O pune în mica ei poșetă elegantă, din mărgele colorate, tinerească.

-Bine. Cine știe, poate că o să ne mai vedem.

Se îndreaptă spre locul unde era și tatăl ei. Eu rămân acolo unde fusese ea. Voiam să văd dacă stau în fața ferestrei, ca ea, pot și eu să văd, să înțeleg mai clar ce vreau de la viață? Dar mai ales mă întreb cum de eu mă pot uimi la ce gânduri ascunse am. Nu mă recunosc. O fi din cauza ei, a gingășiei, o întruchipare a sincerității? Cum de mi-am deschis sufletul? Am spus lucruri pe care nici eu nu știam că le gândesc. Gânduri ascunse, cuibărite, ținute la întuneric, pe care nu le cunosc. Doamne, cum e posibil?

În vizită la socrii mei

Suntem acasă, în familie. Este duminică și stăm cu toții la masă. Încep să povestesc socrilor despre modul la care s-a comportat Nora și ce mult m-am bucurat. Le povesteam în timp ce vedeam privirile lor cum mă priveau cu interes, dar și Nora era curioasă.

-Se făcuse un cerc larg în jurul ei, care asculta și participa la discuții. Nora era strălucitoare. Mamă soacră, eleganța Norei era de invidiat. Cred că a stârnit invidia multor femei care ar fi vrut să fie atât de elegante.

-Păi nu am făcut mare lucru. La pantalon, doar un mic şliţ pe părţi, şi i-am scurtat ca să se vadă frumos glezna din pantoful cu toc înalt. Taiorul l-am scurtat şi pe el până în talie, ca să pară mai înaltă, şi top-ul din saten negru, cred că a făcut toţi banii.

Tata socru se uita cu admiraţie la femeile vieţii lui. Acum sunt şi eu bucuros că fac parte din familia lor.

-Spune-mi şi mie, tată socru, cum de aţi educat-o aşa de bine? El se uită mai întâi la Nora care stă la masă de parcă e la palatul Buckingham cu regina Angliei.

-Dragul meu, secretul e să le dai dragoste copiilor. Eu, de exemplu, sunt un tată iubit de fiica mea. I-am permis să înveţe, să comunice, să nu simtă temeri sau complexe în nicio situaţie. Dar pentru asta trebuie să ai cultură. Ca să nu pari ridicol dacă vrei să fii apreciat. Dar dragostea soţiei mele, adică a mamei Norei, dragostea ei i-a permis să se accepte aşa cum e şi să nu aibă dificultăţi să-şi exprime feminitatea şi eleganţa în mişcări decente, dar feminine. Şi aşa, dragostea amândurora, pe care i-am arătat-o din copilărie, i-a dat siguranţă. Încrederea ei vine de la iubirea necondiţionată din partea noastră. Îl ascult cu mare interes şi plăcere.

Nora vede că am terminat din farfurii. Începe o discuţie referitoare la obiceiurile casei, cele pe care ea le ştie de demult, de când era mică şi trebuia să respecte nişte reguli. Am văzut de la început că nu se mânca în farfurii mari. Mama Norei găteşte foarte bine. Farfuriile mari de pe masă sunt doar ca suport, pentru cele ce urmau să vină, cu tot felul de bunătăţi. Nora se ridică, strânge farfuriile începând cu cea a mamei, apoi a tatălui, a mea. Se lasă uşor peste mine şi când ia farfuria îmi lasă un sărut pe obraz. Mă înroşesc.

-Aşa face şi soţia mea când îmi ia farfuria din faţă. E viciu de familie, spuse râzând elegant. Mă ridic în scaun, vreau să am o poziţie imponentă ca a lor. Sunt bucuros, aproape fericit că am avut norocul să intru într-o asemenea familie. Observ că şi tata socru are cravată, dar lăsată lejer, avea nasturele de cămaşă descheiat, primul de sus. Mă deschei, lărgesc nodul şi eu. Sunt curios cum de mama Norei are un comportament dublu. Când e lângă soţul ei, e radioasă şi afectuoasă, dar imediat ce schimbă direcţia, se schimbă rapid, devine serioasă, aproape că regretă că a trebuit să fie aşa.

Poate că mi se pare, mă cert în gând. Încerc să nu o mai urmăresc deşi nu rezist, nu ştiu de ce e mai puternică dorinţa de a descoperi ceva. Nu ştiu ce, dar trebuie să fie ceva care să explice acest comportament...

Two

Capitolul 2

*Mă întreb de ce nu am
prevăzut vreodată
că avea să se întâmple așa ceva.*

Ajung pe terasa restaurantului. Mă așez la o masă care este la umbra unui copac, sper să mă protejează de razele soarelui. Ramurile foșnesc ca într-o rapsodie, sunt surprinse de apariția mea, o femeie atât de neobișnuită. Merg ca o adiere de vânt, lin, mă așez, privesc undeva, departe, pare că aștept un artist care să mă remarce, să-mi facă portretul. Îmi amintesc exact momentul în care l-am cunoscut pe Liviu. Toate gândurile mele s-au încâlcit ca și drumurile. Sunt nehotărâtă. Nu știu ce să fac, tocmai eu să-mi pierd capul pentru el?

Sunt îmbrăcată într-un costum roz-lila, făcut din bucăți de dorință, dorință în curs de împlinire. Aștept timpul să-i coase bucurii și reușite. Vreau să-l văd pe el, să mă întâlnesc cu iubirea ce-mi va mângâia locurile pe unde nu trecuseră mâinile soțului. Constatasem că mai e loc, mult, sunt în căutare de senzațional. Caut pe drumuri clipa așteptată, care pare că nu mai vine. Sunt tăcută în mantia gândurilor care e zdrențuită de nerăbdare, de căutări, de el. Nu știam cum să o iau de la capăt. Pe lângă mine, pe lângă Valentin, pe lângă drumurile care toate duc spre el, fără flori și fără speranță? Caut printre oameni, printre gânduri, caut, apoi mă opresc, mă întorc din drum și plec acasă cu Dumnezeu, spășită de gândul trădării neîmplinite.

Dar ce să fac cu noianul meu de vise? Sunt proaspete ca și copacii înfloriți primăvara, cu sărutări neprimite, așteptate, fierbinți, pătimașe ca păcatul. Mă răzgândesc și pornesc din nou spre locul unde aveam să mă întâlnesc cu el, cu fericirea. Iar vreau să fac ordine în mintea mea de femeie nehotărâtă, înșir vorbe pe care le aleg și iar sunt acolo, la răscruce de dor, de foc nebun neînțeles. Privesc spre locul de unde ar fi trebuit să vină el, care a venit în viața mea ca vremea rea, aprigă, să-mi rupă liniștea și rațiunea cu care a făcut covor și acum calcă peste el nepăsător. Dar ce să fac, vreau să-l iubesc pentru că știu, întreg universul l-a căutat, s-a chinuit să mă ajute să-l găsesc.

Iar îmi amintesc că am un soț care mi-a adunat gândurile ca stelele de pe cer și-mi odată îmi umplea fiecare răsuflare cu un sărut. Dar nu, nu e el cel care a răscolit furtuna în sufletul meu tânăr de femeie odată cu dorințele ascunse în mintea și trupul meu. Caut, caut ceva ce nu știu cum, și nici unde să mai caut. Poate că el, cu mâinile pe vioară, a deschis ascunzișul din sufletul meu, a deschis drumul spre dorința ascunsă, care mocnește de mult și acum știu cui să dau focul dragostei pasionale. Am o viață în care lipsesc trei lucruri fundamentale: dragostea profundă, culoarea și sunetul.

La concert

Sunt la concert cu Valentin. Avem locurile în primul rând, aproape de scenă, de locul unde este el, un tânăr care nu are nimic deosebit, așteaptă momentul în care va începe concertul. Îi văd mâinile care odată cu mișcarea elegantă și delicată mă uimesc. Sunt pe vioara Stradivarius care împrăștie sunete divine. O ține aproape de ureche, vrea să se bucure mai întâi el. Închid ochii, mă las purtată de acordurile care sigur vin spre mine, delicate, dulci și incitante. Este concertul pentru vioară în Re major, Op 61 de Ludwig van Beethoven. Ne duce pe noi toți, într-o călătorie romantică, căutând să-și pună propria amprentă în acest concert fiind foarte ofertant. Interpretarea pe una dintre cele mai celebre viori a reușit să mă încânte cu măiestria lui. Acordurile căutau ceva în sufletul meu și au găsit, au dezlănțuit furtuna, dezastrul. Și el sufletul meu tăcut s-a îmbrăcat în haina de apărare, dar care e bătută de vânt, o ridică spunându-mi, *ascultă-l, e glasul voinței, al dragostei, al destinului, ești făcută să-l iubești și pe el.* Închid ochii, interpretarea emoționantă și sunetele frumoase, au dezlănțuit voințe neștiute de mine, era un virtuos înnăscut. Reușise să creeze o stare uluitoare, îmi taie răsuflarea, *fie-ți milă de mine,* îmi vine să-i spun, *sunt doar o spectatoare, o femeie.*

Dar el mă ia de lângă soțul meu și mă duce în lumi îndepărtate, prin adâncurile mărilor, apoi până sus, prin cer, în căutarea luminii, apoi din nou într-o lume întunecată de seară, dintr-o sală de concerte. Pune toată creativitatea nelimitată doar ca să mă impresioneze pe mine, femeia rătăcită în căutare de bine, de iubire, de identitate, de unde mă știe?

Și eu care rătăcesc dintr-o parte în alta ca să-mi găsesc sufletul, mă agăț de el. Vreau altceva, ceva care să mă înspăimânte de dăruire și necunoscut, ceva nou. Și acum, aici, mă simt pierdută între două lumi. Lumea în care Valentin e prezent și lumea lui în care încerc să-mi găsesc liniștea în cei doi ochi, care mă privesc și par îndrăgostiți doar de vioara lui prețioasă. Oare mai are loc și pentru sufletul unei femei ca mine care rătăcește, bântuie pe lângă el în căutare de dragoste, de emoție, de nou?

Mă uit la Valentin. Sunt atât de rea că o să-l sacrific pe el, omul de lângă mine, pe soțul meu. Pe el, cel căruia îi promisesem să-i fiu alături, îi făcusem promisiuni, dar doar am schițat primele linii dintr-un desen, cu linii care s-au pierdut, nu au reușit să contureze ceva clar. Așa ca gândurile ascunse. Încerc să fac pași alături de el, dar nu pot, mă împiedic. *Iartă-mă, Valentin!*

Virtuozul

O rază de lumină o încadrează pe ea, femeia din primul rând, nu-mi pot lua ochii de acolo, mă impresionează apariția ei, pare luminată de calea destinului. Știe ea oare ce e cu mine? Că prezența ei la concert a schimbat mintea mea de bărbat mereu în căutare de ceva nou?

O văd însoțită, e proprietatea unui bărbat. Frumos, elegant și distins. Au

35

ocupat cele două locuri din primul rând. Ce norocos e, mă gândesc. Nu mai aud aplauzele celor din sală. Profit și o privesc pe ea. Poate că nu-și dă seama. Atunci, am hotărât să-i arăt, cât sunt eu de plăcut impresionat de prezența ei. Curios, mă simt furat definitiv de ea, aproape că-mi este greu să încep. Apariția ei emană căldură, feminitate, ceva special. Culoarea costumului elegant, fin, din mătase ca vișina coaptă îi dă o paloare de madonă. Cercelul baroc asortat cu brățara cu aceleași pietre colorate prețioase o fac diafană. Mai exact, pare că între noi s-a lăsat o cortină transparentă, care vrea să ne despartă, să ne țină departe, sau să ne prevină. Urmăresc linia piciorului care stă obraznic peste celălalt, ca să-mi arate cât e de frumos. Pantofii au pe decolteu doar un ștras, unul, discret care-mi trimite câteva raze de lumină de câte ori se mișcă. Pare dintr-un tablou. Nu, nu e, respiră. Poate că e doar în imaginația mea. Aștept intrarea mea în partitură pentru a doua parte a concertului, fac eforturi să mă concentrez. Arcușul realizat cu multă dragoste și suflet de maeștrii lutieri cu o lungă istorie în spate, acum este în mâna mea dar nu mai știu ce să fac cu el. Aștept un semn de la ea, o văd, îmi zâmbește și eu încep să-l plimb pe corzile viorii cu atâta drag, duios și cu o măiestrie de mă minunez. Eu și vioara, instrumentul cel mai sensibil și delicat, pe care-l compar cu ea, femeia, care sigur mă va răsplăti și îmi va dărui bucuria succesului, mă va recompensa. Vioara apărută în toate stilurile muzicale așa ca și mine în viețile unor femei umplând spațiul cu sonorități de excepție care creează un farmec aparte, ca și declarațiile de dragoste. Împreună de-a lungul anilor au dat viață vieții, dragoste îndrăgostiților, într-un joc periculos al dorințelor ascunse.

Din când în când închid ochii, păstrez chipul femeii, nu mai am nevoie de partitură, apoi îi deschid speriat la gândul că nu o mai găsesc acolo pe locul predestinat să o vreau, să o iau cu mine pe notele partiturii, să fie muza mea. Pare că îmi șoptește notele cu glasul cald, apropae de ureche, încet, ucigător de voluptos, și eu, ca Ulise, mă duc spre sunetele care vin de undeva de departe pe unde mai fusesem, prin gând de femei purtătoare de mesaje de dragoste, de poezie și culoare. *Și eu, hălăduiesc cu vioara în mână, o urmăresc, trec printr-un vârtej al neputinței, sunt acoperit de gânduri, de voci de femei care au mai fost în viața mea și pe care le-am iubit și apoi le-am abandonat, le-am închis în mintea mea ca pe notele dintr-o partitură.*

Mi-e teamă să o privesc, mi-e teamă de ea, de mine, de cel ce s-a bucurat de ea, și acum riscă să o piardă în brațele unui alt bărbat care o dorește, o vreau în brațele mele, un vultur cu arcuș și vioară, un îmblânzitor de gânduri, un răscolitor de dorințe, un bărbat al nimănui și al tuturor celor ce-l vor. Și ea trăgând cu furie mantia pe care erau scrise notele, se înfășoară în ea și mă lasă descoperit, simt că îmi este frig, a luat căldura și viața, mă obligă să mă trezesc la realitate. Deschid ochii cu greu, dar mai ales cu frică, îmi este teamă că nu o mai găsesc acolo, unde o lăsasem înainte să o iau cu mine în vis. O văd, e în picioare, aplaudă delicat. Mi se pare că văd pe fața ei urma unei lacrimi. Nu-mi amintesc să fi văzut o femeie atât de emoționată la concertele mele.

Gata, publicul nu mai există, deși simt sute de ochi îndreptați spre mine de parcă ar fi înțeles cu toții ce se întâmplă. Simt că mă trezesc la viață. Că ceva se va-ntâmpla cu noi. Că viețile noastre sunt undeva jos, fără vlagă și dorință de viață. Pare că suntem condamnați și că ei sunt martorii morții noastre. Toți aplaudă privindu-mă, bărbați și femei ciudate, par marionete trecute prin viață, uzate, se prefac că înțeleg farmecul notelor, măiestria mea de violonist, au zâmbete triste pe față sau obosite de atâta fard, de atâta nemișcare obligate să stea într-un scaun tapițat doar ca să le dea confort, să se odihnească. Cine știe câte rugăciuni au făcut să se termine mai repede. Cine știe câți soți au realizat abia acum, în sala de concert că nu sunt ele femeile care ar fi trebuit să-i facă fericiți. Sau poate chiar ele sunt nemulțumite de ei, au închis ochii să se odihnească sau să doarmă, și acum se gândesc cu groază la momentul în care intervine orchestra zgomotos și că o să-i deranjeze sau sperie, o să-i trezească. Oare de ce nu ne scrie în frunte cine suntem? De ce trebuie să ne prefacem sau să ne mințim? Doamnele mulțumite că și-au etalat toaletele și bijuteriile, bărbații, costumele care zac prin șifoniere și cu care ies doar la ocazii, pantofii care-i strâng și abia așteaptă să se elibereze de ei, acasă...

Jocul minții

Pare că mă ridic, că nu mai am corp, am doar minte, dorință și gând, să văd dacă cuvântul rațiunii are dreptate, pot avea mai mult de la viață? Mă întreb cine sunt? Nu mă recunosc, sunt Nora? Sunt ca o vioară în mâinile lui care mă transformă, arcușul îl plimbă cu dragoste pe toate strunele care gem de plăcere, de bucurie, de împlinire. Mă cutremur. Mă impresionează, calitățile lui interpretative și sunetele viorii sale au un impact asupra mea foarte puternic. E o experiență memorabilă, are o personalitate complexă, m-a captivat prin arta sa.

Valentin mă prinde de mână. Nu, nu vreau să mă întorc, rămân cu el de teamă să n-l pierd în neant. Mă încăpățânez să visez mai departe, cu el, cu magicianul gândurilor mele ascunse. Mă las folosită de el, pare că sunt partitura lui. Aplauzele mă scot din vis. Văd că mă privește. Atunci l-am pus primul pe lista celor ce trebuiesc sacrificați pentru plăcerile mele.

Trebuie să ies în pauză, nu mai rezist, știu că ies și concertiștii, vreau să văd dacă e și el, dacă nu cumva a folosit acest moment magic ca să mă ademenească, să mă tulbure, să mă vrea sau poate să mă dorească. Așa ca nebunii care vor imposibilul. Mă învârt cu Valentin după mine. Acum simt că mă deranjează prezența lui.

Mă scuz că merg la toaletă, dar o iau spre locul unde ar fi trebuit să fie el, doar în cazul în care fusese ceva reciproc.

Într-un colț, lângă o fereastră, e el cu spatele, se uită în geamul imens, care reflectă ca într-o oglindă tot foaierul. Mă vede, se întoarce și face pași repezi spre mine. Întinde mâna, o ia și o ține în mâna lui cu care mânuise arcușul viorii. Simt un val de căldură care mă pune în încurcătură. Nu mai am timp să mă mir, că-mi lasă un sărut lung și delicat, așa, ca o dorință sau ca o propunere de revedere. Timpul fiind scurt, mă privește în ochi, se prezintă, așteaptă nerăbdător să mă prezint.

-Nora, Nora Pascu.

-Sunt... dar nu apucă să spună numele, e inutil, știu cine e, îi pun pe buze un deget pe care lăsasem un sărut, ca să-l opresc să irosească timpul și cuvintele. Putem să ne vedem mâine la cafeneaua Capșa?

-Da! îi răspund fără să mă gândesc. Îmi sărută mâna din nou și se grăbește spre locul de unde avea să-mi trimită toate dorințele lui, prin intermediul instrumentului lui Stradivarius.

38

Apare Nora, e lângă mine. Mă uit discret împrejur, văd că figura ei continuă să atragă priviri care cred că mă invidiază că sunt soţul ei.

Liviu

Aştept nerăbdătoare, voiam să-l văd cum o să facă, ce truc o să mai inventeze ca să mă răscolească acum. Apare, salută din nou publicul, dar mai ales pe mine, discret. Am lumina în faţă, pe Dumnezeu în spate care mă susţine ca să nu mă dizolv. Odată cu primele note am aşezat pe ele gânduri ascunse, lupte şi o iubire ca un diamant neşlefuit, şi tot atâtea dorinţe puse pe partitura timpului, cu noi doi, dar nu pe veşnicie, doar o iubire care să aştearnă dragostea noastră din timpul prezent.

Abia mă ridicasem din greul visului cu care căutam pe cineva căruia să-i dau corpul, lui Valentin. Acum caut pe cineva căruia să-i dau şi sufletul. Mă găsise printre grămezi de întrebări şi rătăciri fără speranţe...

Şi acum, el îmi spune că mă aşteaptă la locul care va fi poarta spre desfătarea gândului, poftei şi pierzaniei.

Citisem undeva că în ultimii ani e la modă să cauţi persoana potrivită. Dar asta este muncă grea, uzură psihică şi fizică, dar mai ales cere mult timp ca să poţi visa şi rătăci cu gândurile peste tot, adică, pe coclauri. Da oare găsesc? Am văzut doar mulţi oameni singuri sau, mai exact, însinguraţi cu feţe triste după mult timp de căutări. De ce o fi aşa de greu? Cine ne poate arăta viitorul într-o relaţie? Şi totuşi sunt milioane de despărţiri, unii au preferat pisici şi câini sperând că au să fie fericiţi. Până la urmă, pe acest pământ, toţi alergăm după fericire sau chiar nu prea ştim după ce, dar, alergăm...

Sunt foarte confuză, emoţionată, ce mai, îmi dau seama că nu e ăsta locul de întâlnire şi nici nu prea ştiu cum de am ajuns pe terasa asta. Mă concentrez, gata îmi amintesc, trebuia să fiu la Capşa. Mă ridic, las banii pe masă şi plec grăbită spre locul unde parcasem decapotabila mea argintie care se prăjea în soare ca şi mine. Mă aşez la volan, scaunul fierbinte mă incită. Ajung în parcarea restaurantului. În faţă e un băiat îmbrăcat în cămaşă albă cu vestă, papion şi pantaloni negri, ca-n filme, care-mi cere cheile. I le arunc din mers. Am o singură direcţie, acolo unde trebuie să-l văd pe el, răscolitorul meu de minte şi dorinţă.

Intru ca într-un loc sacru unde este locul scriitorilor și artiștilor, se spune că un scriitor, un muzician sau un artist nu este atestat dacă nu frecventează Capșa. Adică să ai botezul Capșei, că este locul trecerii spre nemurire. Oare primesc botezul și femeile amețite, bete de dorință de iubire ca mine?

Este o cafenea cu lumini calde, cu clienți în așteptare de povești și comenzi. E plină, un zumzet de voci amestecate, fețe preocupate care ascultă sau chiar discută cu cei ce sunt la mesele lor, cu cafele și prăjituri, pahare cu apă aburite.

Simt că cineva mă ia de braț. Mă întorc. E el, cred că leșin. Mă conduce spre masa la care sunt doar două locuri. Mă ajută să mă așez. Aștept să o facă și el. Se mișcă de parcă e filmat cu încetinitorul. Eu văd doar un bărbat care mă uimește cu orice mișcare, cuvânt și gest pe care-l face. Doamne, ce are? De ce el?

-Sunt în întârziere, spun. Dar nu mă scuz.

-Așa sunt doamnele, se lasă așteptate, ca să mărească dorința bărbatului de a o vedea. Ca mine, de exemplu. Credeam că timpul s-a oprit în loc. Aștept acest moment de aseară, de când ți-ai luat mâna odată cu sufletul, îmi spune. L-ai dus cu tine, aștept să mi-l dai înapoi. Îl vreau, nu știu dacă eu sunt pregătit să vreau o femeie ca tine, Nora, irezistibilă. Eu mă pricep la muzică, nu la femei. Fie-ți milă de mine. Am dedicat toată viața studiului, mă pricep la note, atât.

Mă uit la el ca la un zeu care se târăște la picioarele mele și cere milă, să-l șterg de pe lista de sacrificiu pentru dragoste? Pot, dar nu vreau. Privirea mea se transformă. Îl privesc în ochi. Dorința mea se mărește. Vreau să-l văd distrus în brațele mele, atunci să-mi ceară milă și îndurare.

-Nu credeam că ești o victimă, încă sper să ai curajul să mă uimești cu calitățile tale de violonist virtuoz, de dorință, de cunoaștere, de nou, de pasiune.

-De ce te îndoiești că am să o mai fac, poate că altfel Nora, ești pregătită, chiar crezi că ești așa puternică și că o să reziști?

Vorbește. Vorbește în șoaptă, aproape de mine. Pare că vrea să curețe sunetul tras de arcușul de vioară. Acum vorbește mai repede. Se joacă cu vorbele. Ajung la urechea mea odată cu vibrațiile sonore. Iată motivul derutării mele, întâlnirea noastră de aici. Simt cum își plimbă degetele fin pe mâna mea, sunt tremurătoare, incitante. Ca pe scenă, într-un cerc de lumină, atât. Toată sala în întuneric. Doar el e stăpânul sufletelor noastre, ne trimite mesaje de viață, de dorință și bucuria de a trăi. E ca un vrăjitor. Nimeni nu se mișcă. Ne-a luat cu el într-o călătorie, pe muzică, cu gândurile lui care ne ridică, ne plimbă lin până când e sigur că suntem acolo sus, ca apoi să ne trimită din nou pe pământ, ca să ne trezim la viață. Noi suntem de acord cu el, noi am venit să înțelegem dacă el, un artist, poate să ne dea încredere în vise, și apoi în noi.

Simt cum mă pierd, vreau să cred că partitura este scrisă pentru mine, de el, omul de pe scenă ca să poată să mă bucure, să văd dacă muzica poate să clădească scări spre infinit sau ne dau alte chipuri, pe care noi nu le mai cunoaștem, încercăm să le reconstruim numai din amintiri. Amintirile celor ce ne-au ales, iubit și abandonat.

Privirea lui mă mângâie, simt cum plimbă arcușul pe corzile sufletului meu. Nu, sunt degetele lui, se mișcă, trimit mesaje de dragoste pe mâna care apoi le transmite inimii și voinței. Sau poate sunt exerciții ca cele pe care le face înainte de a începe să cânte, sunt tehnici bine stăpânite ca să creeze o stare bună, își golește mintea de toate gândurile, respiră profund, apoi se liniștește, toată atenția lui e îndreptată spre instrument, acum spre mine. Poziția lui este foarte relaxată, pare că se pregătește să spună ceva, ceva ce aștept de când a venit. Numai că în același timp pe mine mă caută gânduri alese din noianul celor interzise. Le aliniez, așteaptă la ușa dorului nebun, nesăbuit, doar eu cred imposibilul, iar mă las dusă de chemarea gândului, al lui, îi cinstesc chemările, par mângâieri.

Revin, vocea lui are un efect definitiv impresionant asupra simțului meu auditiv, mă incită, uneori mă intrigă. Alteori, vor doar să-mi șoptească ceva, ceva care să mă facă să simt că mă dorește.

-Mă fascinezi, cum faci? Ești muritoare? Eu zâmbesc, parcă ar fi fost o idee bună să creadă că sunt venită cine știe de pe care planetă.

Îmi răspund numai mie, am o dorință, să mă răzbun pe cine mi-a frânt inima, adică pe Valentin. Păstrez aerul enigmatic, corect, fără să-i dau posibilitatea să mă vadă în toată splendoarea, de femeie, de curtezană

41

modernă, trimisă de sufletele celor ce au fost rănite, neînțelese, pedepsite că au avut curajul să iubească.

Nu vreau să-i răspund. Trebuie să se descurce singur, nu vreau să-l ajut, să-l direcționez și nici să înțeleagă intențiile mele. Are un aer de tip nefericit, trăiește momente în care crede că o să moară în clipa următoare dacă nu-l las să mă mângâie pe mână. Simt că nu poate vorbi, el se regăsește doar când e cu arcușul în mână. Atunci ar putea să vorbească despre el, despre viața lui, despre oameni care caută fericirea, că doar el, instrumentul, îl completează, că e o parte din el. Și acum, fără el, se simte dezbrăcat, gol, în fața mea, femeia dorită, atunci când cânta, mă uimea cu sunetul viorii, cu gândul pe care-l punea pe fiecare notă și-l trimitea spre mine, și eram pierdută în noianul de note, de vorbe nerostite, imaginate de mine, în forme nemaiștiute, acum le descopăr, le simt și le iubesc pentru că vin din străfundul sufletului meu de femeie...

În fața noastră sunt trufele de ciocolată, neatinse. Realizăm că suntem prinși în magia prezenței noastre doar ca ființe umane. Două persoane, un bărbat și o femeie care nu aveau nevoie de trufe ca să simtă gustul dulce amar al dragostei.

Tango

Mă ia de mână, nu spun nimic. Eu care cred că știu ce fac dar nu sunt mai tare decât dorința mea. Urmez pașii unui bărbat necunoscut, merg, încă nu știu unde, încotro. Pare că suntem prin lanuri de grâu cu maci roșii, că ne arată drumul spre fericire. Intrăm într-o clădire elegantă. Apoi într-un loc unde nu avem de unde să știm cum va fi, nici dacă ne va da bătaie de cap. De ce? Mă întreb de ce nu mă împotrivesc? Am răspuns, vreau, vreau ceva nou care să mă uimească și surprindă. Să mă încarce cu dorința de viață, să mă bucur că exist, că sunt cu el, un vis care se înfăptuiește.

Suntem în fața unei uși mari, poate că ne desparte de o realitate ascunsă, misterioasă. O deschide. Se oprește și mă atenționează privindu-mă.

-Vezi să nu te împiedici în prag de gândurile tale ascunse, îmi spune, ca un poet care încă mai caută cuvinte, ca să le așeze cuminți, în versuri, străduindu-se să găsească rime. Rime dificile pentru cuvintele: dragoste, bucurie, iubire pierzanie și păcat. Doar timpul stă între noi. Mă gândesc ce să fac dacă o să vrea să mă sărute. Dacă-l refuz, cine ar descoperi aroma buzelor dornice de el?

M-a învățat Valentin cum să aranjez buzele, atunci era un început. Acum să vină Liviu să-mi arate cum e unul nou. Of, Doamne cum să stai o viață numai cu un om? În timp ce eu și gândurile mele sunt derutate de necunoscut, Liviu face ca acordurile unui tango să mă învăluie ca să mă topească. Să mă termine și să mă dezarmeze, pe mine, femeia puternică, invincibilă sau, mai exact, să mă dezbrace de mine, să ies din hainele femeii greu de cucerit. Am impresia că sunt goală. Nu, nu m-am dezbrăcat de haine ca să nu-mi las gândurile să plece, nu mai vreau să știu cine sunt, doar ce vreau, și mai știu sigur și ce caut eu aici.

Ne-am întâlnit la început de destin, unde e vânt de singurătate, căutăm adevăr prin mințile noastre unde plouă cu el, adevărul, ca și privirile pierdute spre mări infinite, acolo unde nimeni nu poate fi mai singur și mai trist decât noi. Acum am înțeles că dorința noastră s-a născut din dorul de a fi împreună, să luăm din oceanul timpului doar atât cât ne trebuie pentru un zâmbet, o speranță că vom mai fi și mâine. *Nu-ți cer să fii în fiecare zi, mi-ajunge una, cât un an, apoi, rămân încătușată în speranța să mai avem măcar încă o dată aceeași clipă a nemuririi, pe care am trimis-o în paradisul din noi...*

Seducție și mister

Simt o mână pe talie, mă surprinde, are o poziție corectă, parcă mă doare. Mă invită spre locul unde el va fi stăpân, va impune pașilor să împartă greutatea corpului pe ambele picioare, drepte, ușor depărtate, un fel de ring rezervat într-un spațiu intim. Brațele sunt la nivelul umerilor, genunchii sunt drepți, încordați. S-a schimbat are o haină elegantă strânsă pe corp, pantalonii sunt negri, cămașa albă. Afișează o siguranță de sine dezarmantă și un surâs provocator de enigmatic. Pare că mă vede în patul lui, printre cearșafuri mototolite, martore ale urmelor trupurilor noastre, ca apoi să caute mirosul meu de femeie.

Curajul, linia melodică care impune pasiune, dăruire, abandon în ritmul dictat de Liviu și de el, tangoul, născut din sentimente adevărate. Simt cum pătrunde în suflet, sfâșietor, pare că suntem suflete pereche, ne recunoaștem și ne atragem reciproc deși suntem doi străini în căutare de emoții noi, nemai trăite.

Sunt în brațele lui, face ce vrea cu mine, mă apropie, apoi mă îndepărtează, mă bucur de tot, de el, de tango, de mine, mă pierd și mă regăsesc, sunt peste tot, împrăștiată. Îmi ia mâna, o sărută, așa, ca să pecetluiască momentul. Asta lipsea, un sărut, îl simt, lung, fierbinte, dar mai ales delicat, niște buze de foc, pare că au să mă frigă. Mă lipește de el, am înțeles intenția lui. Dansează cu o anumită îndemânare, încet, mișcări lente, studiate, pare că vrea să-mi arate că el nu dă doi bani pe mine, femeia din brațele lui. Sunetele pe care le scoate în surdină sunt plăcute, nu intru în panică, amândoi trecem prin momente de început de ceva. Încet, încet deprind mișcarea și îl urmez, ca un arcuș pe corzi, fără să-l opresc lăsându-l să se miște liber. Am înțeles că tangoul este un dans cu încărcătură sexuală, că ascunde sentimente adevărate pe care noi acum, aici, avem curajul să le trăim împreună, lipiți unul de altul fără să pară vulgar, este doar uman. Oare acesta este modul în care putem să ne eliberăm de durerile ascunse, neînțelese, este ăsta un fel de a iubi firesc și pasional? Sau este doar un gând trist pe care noi dansăm acum dorind să înțelegem dacă ne leagă aceleași emoții și pasiune. Este oare un antidot al tristeții?

A împărțit pașii în trei părți folosind doar zona din mijlocul camerei armonizându-i cu sunetele odată cu trecerea maestrului de tango. Plimbă arcușul peste corzile întinse la maxim, așa cum sunt eu acum. Forța de întindere a depășit forța de mișcare și noi ne ducem în direcția opusă, apoi urmează desprinderile lente urmate de altele mai rapide. Încet și cu multă răbdare se folosește de mine pentru a gusta extazul acestui misterios și vechi tango.

-Așa, joacă-te cu mine, hai. Șoptește ceva, aud vorbe, frânturi. Iubește-mă, îți place ritmul Nora?

-Daaa, îmi place. Las trei cuvinte ca să simtă că sunt.

-Vezi, nu-i greu, poți să vorbești cu mine, poți să dansezi. Pare totul scris pe notele tangoului. Vin și se duc, trec prin noi.

-Daaa, văd Liviu. Îi rostesc pentru prima oară numele. Cred că am trimis toată forța și dorința mea de femeie ca să o pot face. Rămâne surprins.

-Vezi, viața mea e ca un ritm. Mă lipește de el. Nu mai spune nimic. E liniște, noi și melodia care ne transformă în oameni cu dorințe, ne dă viață.

Trupul meu nu poartă nicio urmă de sfială, mă mișc lasciv, în mod natural, ca într-o regizată mișcare. În același timp, brutală atitudine de nerușinare. Sunt tânără, slabă, pare că sufăr, ăsta e trucul meu. Simt rochia care acum mi se pare supărător de scurtă pentru regulile tangoului, dar, îmi dau seama imediat, că nu e loc de purism. Încerc să simt starea lui, pare că dansează cu o nedisimulată mulțumire de sine, de parcă ar fi vrut să-și etaleze în același timp, și arta, și bunăstarea. Se vede că este un mare violonist, știe exact ce mișcări trebuie să fac și unde să-și poziționeze mâinile. Pentru a ajunge la plăcerea dansului a pus la dispoziție timpul, răbdarea și plăcerea, a înțeles că merită să le investească.

-Nora, acest moment e unic, asta trebuie să simți.

Vorbe ce vin spre mine, și eu care par că sunt din tablă și el acum mă nituiește peste tot ca să nu cad de bucurie, de ce simt. Am monte în care mă simt protagonistă într-o comedie a tristeții gândindu-mă la ce fac, dar îmi trece repede. Așa sunt eu schimbătoare, nu prea știu ce vreau după ce obțin ce am vrut. Ca să nu creadă că sunt absentă îi spun:

-Poți să te joci cu mine, sunt în brațele tale, fă ce vrei, Liviu. Închid gura, o țin strânsă. Văd că nu mă mai ascultă, face ce vrea. Al cui e glasul din mine? De ce nu mă întreabă ce vreau să spun?

-Viața mea e muzică și tango, Nora, pasiune și fericire, numai tu poți să le omori cu un singur cuvânt.

Cuvinte spuse voluptos, rar printre sunete ce vin dinăuntrul lui. Prea multă responsabilitate îmi agață de mine, de trup și de minte. De ce eu? Speră să țină la piept amanta-trofeu. Sunt rușinată de toate mișcările care au mai degrabă rolul de a mă ascunde, nu de a mă scoate în evidență, ca să fie romantic. Mă ridică pe picorul lui pentru ca apoi să mă lase să alunec, îi cuprind pulpa cu ambele mâini și mă las încet până jos, mai jos de atât nu era posibil. Simt cum mă ridică nervos, pe muzică, mișcări sacadate, clare ca să înțeleg că sunt în mâinile lui dibace și că poate să facă orice cu mine.

Trecem în pași de tango prin fața unei oglinzi. Rămân surprinsă, pare că suntem un elogiu al tinereții și al vitalității fără limite, desenând splendoarea naturală a unor trupuri perfecte, fără inhibiții, fără rețineri, fără îndoieli. Simțeam atmosfera de erotism elegant și atotstăpânitor, rafinamentul nostru și o anumită fascinație aristocratică însoțită de zâmbetul meu împietrit, de demon. Voiam să demonstrăm că suntem doar trupuri care pot să ardă, să cunoască extazul sau letargia cea mai adâncă, să dăm dovadă vie că trupurile noastre nu sunt decât niște instrumente docile, puse în slujba spiritului, gesturi prețioase ale sofisticatului și periculosului joc al dragostei.

Plăcerea, curge prin venele mele, nu mai am sânge, am moment, am sunet, îl am pe el. Închid ochii, aproape că nu respir. Oare asta poate fi bucuria ce o simți când trăiești, simți că ești dorită chiar pentru puțin timp? Ce simt acum cred că nu are preț, nu se poate cumpăra și, poate, nici repeta. O fi fructul oprit?

-Așaaaa, frumoasa mea, te miști ca unda mării, ca vocea dorinței, așaaaa. Să dansăm până la epuizare, să nu mai ținem cont de timp, să umplem mințile noastre cu acest moment al apropierii, deși suntem departe, nu știm ce va fi cu noi, să profităm, să-ți las ție toate gândurile disperate, crezând că nimeni nu mă va iubi. Lasă-te dusă de mine, vom găsi împreună locul care ne va bucura și mări.

În momentul următor, fără nicio pauză, un alt tangou. Mai întâi o vioară, îl recunosc, îl ascultasem de multe ori,"Liberty Tango" și apoi vocea lui Grace Jones, unică. Îmi merge la inimă, mă topesc de plăcere. Tango, iubire și moarte care mișcă suflete în pași senzuali. Nu mi-am putut imagina sau visa că am să pot să dansez acest tango cu un bărbat. Este incredibil. Poate că ăsta e misterul sau trucul universului, să ne dea ceva de care avem nevoie, dar nu știm să cerem. Și acum, iată-mă extaziată în brațele lui, într-un tango extraordinar, sunete ce trec prin minte, prin suflet, prin corp și ne distrug, ne transformă în siluete informe. Mă plimbă într-un pas lin după ce m-a lipit bine de el, nu mai e loc de îndoieli sau întrebări.

Mă ține ferm cu privirea, e serios și concentrat, lipește fața de a mea, îi simt respirația, mă excită, mai exact mă amețește, o simt calmă, controlată, o dozează de parcă ar avea o cantitate limitată. Acum pare că face același lucru ca și cu vioara lui, pe care o punea să asculte de comenzile lui. Cred că eu sunt mai tare, dar constat cu mare uimire că el este o forţă. *Cred că greşesc când vreau, eu, o femeie neiniţiată, să mă folosesc de el. Suntem două forţe diferite, dar complementare: a lui, puternică, a mea, divină.*

Aşa sunt eu, nu mai pot să mă retrag şi nici să mă opresc. Simt pieptul pe pieptul meu, respir încet de frică să nu simtă cum fierb, cum clocotesc de dorinţă şi voie să mă folosească serios şi concentrat la fiecare mişcare. Paşii noştri sunt sincronizaţi, acum a schimbat, simt prezenţa piciorului tare, rigid, insinuos, obraznic, de parcă aş fi proprietatea lui. Iar mă domină, nu mai pot să gândesc, ce să fac, decât să-l las pe el să dea senzualitatea care zace şi nu a putut fi folosită pe ritmul unui singur tango pasional. Simt cum se mişcă, îi simt muşchii încordaţi, îi simt mirosul incitant, îl simt pe el, bărbat. El este calea cea mai bună de a mă elibera de prejudecăţi, de a mă simţi stăpână pe mine. Să mă las dusă în jocul dragostei şi al întâmplării, acum, când sunt tânără. Mă ţine lipită de el, se bucură de mine, mă are, îl simt din nou cum respiră excitat, privirea devine din ce în ce mai insistentă, piciorul meu este imobilizat din nou, simt muşchii şi mai simt ceva care mă scoate din minţi. Mă terminase, nu cunoscusem magia unui tangou şi nici braţele cuiva care să mă transforme în instrument de plăcere.

Mă simt dezgolită de dorinţele mele sordide. Pare că sunt o prostituată din lumea decăzută, aspră şi de evitat de cei sensibili. Accept că e un teren al luptei. Cred că mai întâi, voi simţi iubire, apoi gelozie şi, în final, moarte, o moarte lentă, cu o posibilă renaştere, poate fi aceiaşi, cu alţi iubiţi. Oare ce simţim atunci când moare un bărbat care te-a iubit?

Acum trebuie să mă bucur de aceste senzaţii noi, nu ştiu şi nici nu cred că se vor mai repeta. Nu ştiu nimic despre el, dar chiar dacă ar avea un harem, am să fac tot posibilul să-mi fac loc printre nevestele lui. Să fiu eu cea preferată. Simt cum acordurile tangoului au intrat în tot corpul meu, constat că e mult loc de dorinţă, de nou, de aventură.

Mintea mea nu poate să se oprească, e bucuroasă că acolo, acum, e loc de gânduri care poate că sunt pătimaşe, dar sunt, asta înseamnă că sunt vie. Mă întreb câte femei ar dori să fie în braţele lui? Cu câte a dansat şi apoi le-a abandonat? De ce vrea calea asta de comunicare? Simt că primesc şi răspunsul. Pe loc. Nu vezi cum eşti? Ai vrut să vânezi şi acum eşti tu prada, în mâinile unui maestru. Oare de ce e așa de dezarmant, pare că sunt goală în brațele lui, mă întoarce pe o parte ținându-mă de mijloc, pare că vrea să mă abandoneze, dar imediat mă readuce la poziția verticală. E senzațional să poți să ai încredere în brațele unui bărbat necunoscut aproape, și el, în loc să te ducă direct la pat, să vrea să te răscolească, să te distrugă, să nu mai știi cine ești și ce cauți.

Simt cum se apropie momentul pe care eu nu voiam să-l materializez. Dar acum, nu mai știu ce vreau. Ca să fiu sinceră, sunt un pachet de dorință, de curiozitate, de voință de ceva nou. Aaah, nu vreau să stric totul. Să hotărască el. Mă cutremur în brațele lui când îi simt mâna, mă ține de mijloc, cu cealaltă, apucă fermoarul. Se oprește. Așteaptă să vadă dacă sunt de acord. Vede că nu mă împotrivesc, și în timp ce continuăm pașii de tango din ce în ce mai lenți, trage, trage încet, pare că are arcușul, care-i tremură în mână, pare că sugerează mișcarea alternativă în cele două direcții. Simt clar, în jos și în sus. Nehotărât. Căuta arpegiul de acorduri muzicale, pe fermoarul rochiei mele. Simt sunetele viorii. Am înțeles trucul lui, știe foarte bine că sufletul o să plângă și o să râdă în timp ce auzul meu este năpădit de note, apoi se transformă în emoție, moliciune și dorință.

Acordurile acestei viori mă pot face să plâng, poate că mâine sau cine știe când. Cred că mă confundă cu forma unei viori, că îi plac curbele mele care au forma ei, curbe care degajă eleganța unui obiect care îți poate face sufletul să vibreze de la primele acorduri. Simt că povestea vieții mele trebuie să fie inspirația unei sonate. Dar oare la ce sunt bune acele note puse pe-o hârtie, dacă sunetele nu prind viață?

Oare ne trebuiesc atâtea portative, atâtea povești trăite, fără să ai un acord lin, care să-ți mângâie sufletul?

Oare e bine să visezi într-o liniște deplină dacă muzica nu cântă? Din câte cărți cu povești de dragoste am citit nu-mi amintesc o poveste fără să aibă și muzica aliată, care o incită sau oprește dintr-o acțiune indecentă, pe ea, femeia, în fața păcatului. Cum ar fi valurile Mării și Luna într-un decor fără Sonata Lunii?

Vioara e vinovată. A stârnit în mine vibrație, ea mă face să sufăr, să cad în visare, să fiu în brațele lui, acum. Dar ce mai contează, lumea mea e plină de păcate. Nu am vrut să pornesc pe drumul ăsta, dar l-am simțit. Am reușit să mă hotărăsc să fac ce simt. Nu am mers pe acest drum, l-am simțit, simt pașii mei călcând ca pe corzile unei viori care vibrează sub ei. Scoate sunete care îmi mângâie sufletul, mirosul lui îmi umple nările, prezența lui în spatele unor vise, acum e aici, e cu mine.

Acum sunt sigură că numai cei ce care au dansat măcar o dată în ritm de tango rămân cu nostalgia lui. Iar cei care nu au făcut-o rămân mai săraci cu un sentiment, un sentiment pe care nu-l pot trăi decât dansând tango.

Dezamăgire

Sunt decepționată. De ce nu s-a întâmplat nimic între mine și Liviu, virtuosul violonist care se întorsese dintr-un voiaj de lucru? Fusese invitat la un concert acompaniat de orchestra de cameră din Viena. Of, Viena, capitala internațională a muzicii, orașul valsului. Și eu mă văd într-o rochie de epocă în brațele unui, nu știu cum, partener, dansând până la epuizare. Nu știu de ce de câte ori mă gândesc la ceva aproape imposibil, partenerul meu nu are un chip. Poate pentru că sunt prea tânără și nu am experiență. Dar am curaj. Mă las condusă de dorințe, sunt lacomă, vreau, vreau să fiu curtată și iubită continuu, dacă e posibil. Ca să nu mă plictisesc într-o relație care se va prăfui, oricum, cu timpul, devine banală, neinteresantă. Așa că am nevoie de noi parteneri cu care să flirtez, să mă curteze, să mă dorească, dar să nu ajung să fiu a lor. Doar așa să-i pun pe foc.

În clipa în care i-am pășit pragul casei, a gândului și dorinței, am simțit că am câștigat. Cine știe de când așteaptă să-l admir, să-l mângâi, să vorbească pe același ton cu mine, o femeie nouă care e în căutare de emoții? Sunt ca și vioara, instrumentul lui cu coarde și arcuș. Coardele le acordez în cuvinte perfecte, sunt întinse peste fața unei cutii de rezonanță, adică eu, care vibrez atunci când arcușul îl trage peste ele sau din când în când le ciupește. Curios e că mă inspiră, scot sunete. El nu este lutier, el doar mă folosește, este un artist care profită de talentul lui pentru a mă pune să ascult și să-l uimesc de câte ori mă atinge. Și eu am un timbru cristalin, pe care nu știam că-l am, expresiv și plin de frumusețe, eu sunt acum cea care sunt purtătoarea melodiei. Strălucesc în mâinile lui, degaj căldură și voluptate, odată cu sunetul meu, el mă așază înaintea altor femei. Acum eu sunt cea mai importantă. Mă studiază, ascultă cu ce sunete ciudate pot să-l ademenesc. Să vadă dacă sunt ca ale altora sau sunt unele personale, care-i plac și vrea să le păstreze, măcar în minte, în arhiva lui secretă.

Intru în miezul vieții de curtezană, dusă de mână, ca de o umbră care pulsează de viață, acum, pe o melodie care face să mi se facă rău de atâta bine. Simt cum sufăr, vreau să iubesc, dar mai ales simt tangoul care e semnul dragostei neîmplinite. Este o experiență care mă impresionează, este un spectacol imaginar, care s-a transformat în realitate. Îmbrățișați prea intim? Picioarele se ating și se interpătrund. Rochia e ușoară și strânsă pe corp, s-a ridicat până deasupra genunchiului. Mă simt bine în ea. Conclud: "frumoasă este viața, cât de frumos e să trăiești, mereu să te simți tânăr și mai ales să ai curajul, să iubești."

Mintea mea o ia razna, îmi vine să plâng sau, mai exact, știu că pentru a lăsa lacrimile să curgă necontrolat pe obrajii mei, e de ajuns să aud o melodie, să trec printr-un loc anume sau să mă uit la cineva, la el, el care a dat peste cap femeia din mine, nu mă recunosc, de unde atâta dorință?

Mă mișc, fierbe sângele în mine, sunt uimită de el, e din ce în ce mai aproape, îl simt și mă bucur că sunt în brațele lui, bărbatul care mi-a dat viață, suflă ca un sfânt peste mine, o femeie, una ca oricare alta, pe care el a ales-o să-i dea viață, ca să se bucure de ea. Da oare o va face? Voiam să-i spun că îl iubesc, doar pentru că mă învață lucruri noi despre mine. Mă forțează să ies din zona mea cotidiană.

-Te iubesc pentru că ești pasional și creativ. Îi șoptesc în timp ce el nu aude, nu mă lasă, sunt a lui și face ce vrea cu mine. Eu, cea care trebuia să conduc jocul. Sunt dezarmată. Nu mai am putere și nici nu mai vreau să lupt cu dorința. Poate e mai bine să-i duc dorul. Cred că dorul doare uneori mai mult decât orice altă durere, el poate șterge repede zâmbetul de pe chip și aduce golul în suflet, cât clipești din ochi. Cred că dorul e ca o boală. Și mai cred că este doar un singur leac, omul care l-a trezit, el.

Mă duce prin toată camera, printre lucrurile lui, dar îl văd doar pe el, mai exact îl simt, strâns. Îmbrățișarea este prea intimă, picioarele iar se ating dar mai ales iar se interpătrund. Nu vreau să-mi dea drumul, pare că dansăm prin durere, așteptăm să ne adunăm, să ne adăpostim de toți. Îmi șoptește la ureche: "mișcă-te așa cum simți, arată-mi încet, lucruri ale căror limite numai eu o să pot să le cunosc..."Lasă-mă să-ți văd frumusețea atunci când nu mai e nimeni să ne vadă, lasă-mă să te simt.

Fuga

Nu știu cât timp a trecut, sunt în mașină cu mâinile pe volan. Mă dau cu capul de el, întrebându-mă: de ce, de ce? Cine sunt eu ca să pot să mă joc cu viața lui, el care a sperat că mă voi dărui lui, care tânjea după mine, voia să mă iubească, să simt ce căutam, diferențe, diferențe de comportament, de stil, de voință de a finaliza o acțiune, atunci când cineva te vrea cu adevărat? Sau se folosește de mine ca să poată să pregătească terenul pentru o altă dată? Cine sunt eu? Înșir cuvinte, stau la răscruce de dor nebun. E vina mea, nu am știut să mă retrag elegant. Sau poate îmi e frică de el. Am simțit că el e cel care preluase conducerea jocului. Nu mai eram eu cea care trebuia să-l duc la dorința de a mă avea și apoi să-l salut.

După ce s-a terminat tangoul, m-a eliberat, a lăsat mâinile să cadă pe lângă trup. Atunci eu am luat geanta și am scăpat pe ușă, alergând spre Capșa ca o disperată, voiam să beau ceva. Nu mai știu de ce am scăpat, el rămăsese acolo.

Mă urc în mașină, mă întorc la el, repede, am lăsat ceva neterminat. Îmi este teamă, nu știu ce face.

Intru din nou, ușa rămăsese deschisă, aud o vioară care scoate niște sunete ciudate, pare că plânge, sunete de jale. E lângă pian, în picioare, cu vioara. Are părul căzut peste chip, peste față, de parcă se rușina de ce făcuse, stătuse la jocul unei femei care voia doar să se distreze, era goală pe dinăuntru.

-Nici măcar tangoul nu a mișcat inima ta de dorință arzătoare. Dispăruse magia? Nu-ți fie frică, hai vino să mai dansăm lipiți.

Și eu să-i răspund cu un sărut, și așa îl fac să-și piardă mintea.

Iar stăm lipiți, e liniște. Dansăm, ne mișcăm, o luăm de unde lăsasem ceva neterminat, lăsăm visele să vină, cine știe, poate că se vor împlini. Suntem unde fusesem înainte, pe ringul de dans, eu îl voi conduce acum spre un tărâm străin, cu o dorință aprinsă, înăuntru, el și eu, începem din nou tangoul de acolo de unde l-am frânt. Simțim creșterea tensiunii, ne privim adânc în ochi, temperatura se ridică, simțim dorințe arzătoare, ne pierdem în iubire, timpul doar curge, unde se sfârșește, nimeni nu știe, nici chiar noi...

Nora

Întâlnirea cu Liviu mă tulburase. Mă întreb de ce vreau să-mi complic existența? De ce, dacă vreau doar să mă joc, dacă mă îndrăgostesc de el?

Așa cum a fost și cu soțul meu, repede, înaintea timpului. Da. Oare îl iubesc? E el cel care, mai întâi, a fost supus unui test ca să văd dacă corespunde dorințelor mele? Nu. Trebuie oare ca el să fie pe lista cu cei care vor fi puși la încercare? Oare viața noastră nu a început să se prăfuiască, se scurge spre monotonie și dezastru? Ce va fi cu noi? Mie îmi mai place de el așa cum e? E banală, calmă, nu mă mai incită. Oare cine mi l-a scos în cale, destinul? De ce nu mă liniștesc? Sau poate că e liniștea cea care-mi dă bătaie de cap. Prea multă liniște, tipic unui cuplu cu toate problemele rezolvate și nu mai are pentru ce să se zbată, nu mai are nimic pe lista dorințelor. El e foarte ocupat cu pacienții. Eu am doar jumătate de normă la o farmacie. Tata îmi propusese să intru în afaceri. Am refuzat pe loc. Pentru mine timpu-i prețios, este al meu, nu vreau să-l împart cu alții. Să pot să fac doar ce vreau eu cu el, cu timpul.

Când eram adolescentă, citeam. Mama îmi tot **spunea**, *Nora trebuie să citești ca să înțelegi ce experiențe de viață au avut alții, în viață nu se știe ce va fi.* **Așa că citisem despre.** istorici greci, romancierii sud-americani, poeți, filosofi nemți, francezi, englezi, ruși, istorici ai religiei, dar și eseurile lui Emil Cioran. Istorii ale artei sau romanele lui Dostoievski. Citisem mult. Le terminam doar pe cele care îmi plăceau. Puteam eu să aleg să mă delectez cu cele care mi se potriveau, asta îmi făcea o mare plăcere. De multe ori mă hrăneam doar cu imaginația mea plină, cu întâmplări de viață, povești de iubire, filozofie... și eram fericită. Rezultatul? Iată, sunt o femeie care, din tot, a reținut mai întâi că timpul pentru pregătirea mea a fost bine drămuit, și asta doar ca să pot să am multe cunoștințe despre viață, despre iubire, etică şi morală. Dar nu le-am aplicat în cazul meu cu Valentin?

Oare de ce l-am sacrificat pe el? Ce să spun, ca să fiu sinceră, pare că nu am reţinut ce e mai important. *Că înainte să intru în viaţa cuiva, trebuie, e obligatoriu să fiu sigură că e persoana pe care o vreau, o caut, că mi se potriveşte.* Pare că sunt o curtezană care încă nu ştie de ce alesese calea satisfacerii sentimentale.

Să fac victime? Nu înţeleg care e raţiunea vehemenţei mele împotriva lui Liviu? Departe de a vrea să-i fac rău, îl provoc şi-l pun să stea la jocul meu, şi asta doar ca să-mi satisfac superioritatea mea feminină? Nu cumva e el mai puternic decât mine?

Acum când mă gândesc la tangoul care mă dezarmase, realizez că tangoul este doar un exemplu de eleganţă platonică. Ştiu că Liviu fusese la Buenos Aires, invitat să participe la un concert ca solist. Cred că acolo a învăţat să danseze tango. Întrebarea e de ce? Ce are tangoul cu vioara? Are, are, vioara şi chitara care sunt instrumente portabile, prezente în muzica tangoului...

Cred că eu nu am întâlnit încă adevărata dragoste. Sau nu o înţeleg? Când am întâlnit-o eram prea tânără? Am preferat să ocolesc orice încurcătură cu bărbaţii. Credeam că am găsit în soţul meu bărbatul care simte aceleaşi vibraţii cu ale mele şi că o să mă pierd în braţele lui. Aiurea. După primul sărut, am mers direct la pat. Nu ştiu dacă am făcut bine. Oricum nu speram să mă ia de nevastă. Şi acum sunt măritată, la casa mea, liniştită. Chiar prea liniştită ca să pot să-mi găsesc eu propria-mi linişte sufletească. Mă arde, mă răscoleşte, nu-mi dă pace gândul că trebuie să iubesc, altfel. Cum? Habar nu am. Am să mă las ghidată de propriile mele dorinţe.

Deocamdată am început cu Liviu săracu, el e primul, dar oare nu sunt eu victima? Nu cumva el e mai puternic şi mai priceput să mă facă să sufăr? Cine ştie până unde vrea să ajungă?

Cred că eu ar acum trebuie să rezolv problema. Nu e deloc uşor. Partea pasională mă aiureşte, nu mă lasă să raţionez. Am doar curaj şi curiozitate. *Iată ce am ajuns, o femeie, o soţie care încă nu ştie ce trebuie să facă cu propria ei viaţă, sunt sclava propriilor mele pasiuni.* Am înţeles doar că acum, nu am ce voiam. Da oare ştiu ce vreau? Nu. Aşa că mai întâi trebuie să fac ordine în minte ca să ştiu exact ce vreau de la viaţă.

Simt că nu mai pot și nici nu mai vreau să trăiesc în incertitudine.

O fi Liviu cel care o să mă salveze? Pare că mă urmărește cu gândul ca o umbră. Când ne-am văzut prima oară, gândurile noastre s-au căutat insistent și s-au găsit. De ce? Cine se joacă astfel cu noi? Apăruse în viața mea el, omul misterios, cu o vioară și un arcuș. M-a încurcat, acum aș putea să mă dăruiesc lui, dar nu știu dacă asta rezolvă problema mea. Eu nu caut sex. Am un soț. Eu vreau să mă distrez, să fiu în centrul atenției bărbaților. Nu vreau să-mi abandonez soțul, să fug, dar nici să nu fac nimic ca să mă bucur. Oare cum să fac?

Am întâlnire cu Liviu la sala de repetiție unde este cu Orchestra Filarmonicii de Stat. Mă pregătesc și ajung în parcare. Mă îndrept spre intrare.

-Unde vreți să mergeți, doamnă? mă întreabă domnul de la intrare.

-La sala de repetiții cu Orchestra Simfonică a Filar... nu apuc să continui că domnul din fața impunătoarei uși de sticlă îmi spune cu un zâmbet amabil.

-Doamnă, astăzi nu sunt repetiții aici, poate că ați fost informată greșit.

Rămân nedumerită. Iau mașina și mă opresc ca un fulger în fața vilei lui Liviu. Intru val vârtej. Trag de clanța mare aurie. Nimic. E încuiat. Pun degetul pe sonerie, sun, și sun, și sun. Cineva deschide ușa, e o doamnă blondă, mai exact o tânără de vreo 20 de ani, într-un capot roz, scurt, somnoroasă sau obosită. Nu spune nimic, se uită la mine curioasă. Eu o întreb obraznic.

-Cine ești? Ce cauți tu, aici? Ea pare că a înțeles că am de făcut socoteli cu el. Unde-i Liviu? Se uită nedumerită la verigheta de pe mâna cu care gesticulam nervos.

-Nu e acasă, avea o întâlnire la Capșa.

Mă întorc și mă arunc din nou în decapotabila mea argintie și o iau spre Capșa, plină de amar. Părea că am luat foc, cum e posibil să lase o femeie în casă și să se întâlnească cu alta? Și eu ce să fac? Pe mine m-a inclus sau nu în viața lui? Parchez, intru val vârtej. Îl văd la o masă cu doamnă distinsă, elegantă. Discutau elegant, o discuție interesantă, probabil despre muzică. Oare să mă duc la masa lor să-l iau la întrebări sau să ies fără să știe? Cert e că sunt ca o fiară. Mă roade gelozia pe aceste femei care fac parte din viața lui. Vreau să fiu doar eu cea care să-l aibă supus.

Ies, scot celularul și-l sun. Nu răspunde. Intru din nou. Mă așez într-un colț de unde să-i văd doar eu. Sun din nou. El ia telefonul, se uită la număr, închide și-l pune în buzunar. Deci nu vrea să răspundă. Mi se ridică sângele la cap. Fierb. Ies din nou. Trag mașina la umbra unui copac sunt curioasă dacă pleacă împreună?

Aștept nervoasă. Îi văd, se sărută, se urcă în mașina ei și dispar. Eu, după ei. Trebuie să aflu cine e și de ce se sărută. Ajungem într-un cartier elegant, mașina se oprește la a treia vilă de pe dreapta. Coboară amândoi. Se iau de mână și intră. Rămân uimită, disperată. Încep să-mi curgă lacrimile. Nu mai văd nimic. O doamnă se oprește și mă întreabă dacă poate să mă ajute. Remarc asemănarea cu cea cu care este înăuntru. Diferența de vârstă mă ajută să presupun că poate fi chiar mama doamnei cu care era.

-Nu vă supărați, locuiți aici? o întreb. Aștept răspunsul cu nerăbdare.

-Da, chiar în vila din fața dumneavoastră doamnă.

-Locuiți singură?

-Cu fiica și ginerele, viitorul, mai exact. De ce vă interesează?

Nu răspund, dau din cap a nedumerire. Apăs pe accelerație lăsând-o pe doamna blondă uimită și plec acasă.

Three

Capitolul 3

⁓∾⊱♥⊰∾⁓

Este cineva care mă
întreabă cum vreau
să schimb viața.

Sunt în mașină, mă grăbesc. Semaforul e roșu. Trebuie să mă opresc. În dreapta o mașină roșie, tot decapotabilă se oprește chiar lângă a mea. O melodie veselă îmi atrage atenția. Recunosc ritmul, e Lindy-Hop. Mă uit curioasă repede, de teamă să nu se schimbe culoarea semaforului. Un tânăr brunet, bronzat sau închis la piele îmi aruncă o privire curioasă. Trebuie să plec, e verde, el schimbă direcția și vine după mine. Mă opresc în fața unui parc. Trag la umbră. Aștept. Mă ajunge, dar parchează mașina în fața mea. Se ridică, sare peste portiera mașinii joase, elegante, Ferrari. El îmbrăcat în alb, bronzat și poartă o pălărie serioasă albă, elegantă. Arată al naibii de bine, vine spre mine, zâmbește, își scoate ochelarii de soare, de marcă, se apropie de portieră.

-Ce faci, nu cobori? Vreau să te cunosc. Eu îi arăt verigheta de pe deget. El râzând mi-o arată pe a lui. Îmi deschide portiera. Cobor. Mă ia și el de mână și ne îndreptăm spre banca de lângă mașina lui. Cine ești? Mă întreabă curios. Încep să-l privesc cu interes. Poate că soarta vrea să am mai multe experiențe complicate ca să văd și să știu cum e cu dragostea.

-Nora. Tu cine ești?

Mă privește curios ca pe o posibilă victimă.

-Paul. Cum de te-ai oprit?

-Nu știu, așa mi-a venit. Ar fi fost imposibil să nu remarc șarmul tău. Da și mașina, îți stă bine în ea. Cred că ai muncit din greu ca să o ai.

-Da, ocupația mea îmi permite să câștig bine.

Mă face curioasă.

-Cine ești? Ai o companie?

Mă privește de parcă nu mai vorbise serios vreodată cu o femeie.

-Aș putea să spun că da. Depinde la ce te referi.

-La o companie lucrativă, de afaceri.

-Aaaa, da, doar că nu are un nume, nu plătește taxe și nici nu are un sediu.

-Lasă glumele, îi spun privind spre mâna pe care strălucea Rolexul.

-Sunt independent, lucrez mai mult în străinătate.

-Înseamnă că vorbești multe limbi.

-Da. Așa e. Știi ceva Nora, ia nu mă mai ispiti.

-Nu te ispitesc, vreau doar să știu cu cine am avut onoarea.

-Știi ceva, eu sunt un curtezan de meserie, adică sunt un gigolo.

-Un ce? Un gigoloooo? Vrei să spui că te culci cu femei pentru bani? Adică tu te culci cu ele și ele te plătesc?

-Da, de ce, nu ai mai auzit despre așa ceva?

-Ba da, dar nu am mai cunoscut un gigolo. Văd că ești un bărbat frumos.

Cu povestea asta mi-a trecut supărarea, uit ce mi se întâmplase. Gata. Am alt subiect, mai bine zis obiect, altă jucărie. Doamne cum de mă bagi în asemenea complicații? Ăsta ce mai caută în viața mea? Ce să fac cu el? Această situație mi-a amintit de un film, American gigolo. Da' cine sunt eu ca să-l judec? Îi zâmbesc cu toată simpatia. Cu așa un personaj mai învăț și eu câte ceva. În fond și eu sunt un fel de... și mă umflă râsul. Mirosea al naibii de frumos, fiecare bărbat e purtător de mirosuri ademenitoare, așa, ca să cădem noi femeile ca muștele. Mă acoperă cu brațul în semn de protecție sau îmi dă timp ca să pot să mă dezmeticesc. Doamne, ce braț, ce mușchi tari, câtă senzualitate, ce plăcere să fiu la pieptul lui! Pare că e un demon. Și eu lărgesc nările să iau cu mine tot mirosul de bărbat adevărat. Gata m-am topit. E seducător. Pare că e un pachet făcut numai pentru dragoste. Totul este armonizat perfect. Încerc să mă retrag, ușor, dar simt brațul lui care pare că mă invită să mai stau, să nu mă grăbesc.

-Știi ceva? Eu am și așa destule probleme. Sunt într-o situație din care nu știu cum să ies. Hai să ne salutăm și să plecăm fiecare în treaba lui.

-Facă-se voia dumneavoastră, doamnă, doamna Nora.

Mă conduce la mașina mea, deschide portiera și mă invită să intru. O închide și îmi pune în mână cartea lui de vizită. O țin în mână și plec în viteză spre casă. Mă opresc pe drum, muream de curiozitate să văd cine naiba mai e și ăsta. O carte de vizită interesantă și decentă. Nu pare de gigolo. *Paul Pascu, doctor în limbi romanice, asistent la... și telefonul.* Mă ajunge e în dreapta mea.

-Ce faci? Mă urmărești? îl întreb surprinsă.

-Nu.

Zâmbește. Vrea să mă dea gata, mă gândesc. Crede că sunt bogată.

-Atunci ce vrei Paul să mergem undeva să-ți dau ceva de băut?

-Nora, eu nu lucrez pe băutură.

Mă zgâiesc la el.

-De ce, ești în timpul serviciului? Nu ai pescuit nimic?

Pornesc mașina și mă opresc în fața unei mici cafenele, sunt câteva mese sub niște tei umbroși. Cobor. El, după mine. Mă așez la o masă, vine și el, e sigur că-mi face plăcere. Adevărul e că arată foarte bine, așa ca un prezentator de modă, mai exact chiar ca un gigolo. Bravo băiete, îmi spun în gând. Ce maniere, Doamne, oare cum fac femeile să nu-l vrea. Ăsta-i ispita în persoană. Îl pun pe lista lucrurilor imposibil de avut. Vine ospătarul.

-Doamnă, ce doriți, mă întreabă.

-Doresc un suc de portocale.

-Pentru mine un suc de ananas, vă rog.

Ospătarul dispare, rămânem singuri. Apropie scaunul de mine, îmi ia mâna şi-mi spune.

-Mi-ar face plăcere să o sărut. Îmi permiţi?

Spune asta în timp ce o apropia de buzele lui frumoase şi incitante, mă ia cu ameţeală. Ce naiba, astăzi încă nu s-au terminat emoţiile? Câte mai sunt? Până la urmă nu e nimic rău în asta. Dau afirmativ din cap. N-aş mai fi dat. În acea clipă sărutul lui mă furnică. Ce naiba are? Că doar a mai fost mâna mea sărutată. Nu am mai simţit aşa ceva. Cred că sunt excitată, abia scăpasem din braţele violonistului. Am rămas cu senzorii descoperiţi. Cum trebuie oare să mă protejez? O fi o cremă de protecţie? Dacă nu, trebuie să inventez eu una, urgent. Nu-mi dă drumul, îmi caută privirea, aşa ca să mă desfiinţeze de tot. Nu-i ajunge că sunt ca o găină ameţită. Cred că face probe cu mine, vrea să vadă dacă farmecul lui funcţionează. Da eu nu mă las. O să vezi tu ce-o să păţeşti dacă nu te potoleşti, *colecţionar de suflete triste*. Mă propii şi-l sărut pe colţul gurii. Se înroşeşte. *Na. Dacă vrei să te mai joci cu dracu*. Ţi-ai găsit naşul. Mă aşez la loc şi-i arunc o privire incitantă pe sub genele rimelate, care erau ca străjerii sufletului meu. Mă gândesc cu plăcere că am cunoscut un gigolo român. Nu ştiu dacă e o profesie şi nici dacă ei o fac în secret. Poate că e de prost gust ca unei femei să-i placă să stea în compania unui... Da' ce dacă, oricum nu ştie nimeni cine e. Femeile care erau pe la alte mese se uită la mine cu invidie, îl sorb din priviri. Arată al naibii de bine. Sunt tinere, elegante, frumoase. Da nici eu nu sunt mai prejos. *De asta m-a şi agăţat, adică m-a remarcat sau, mai elegant spus, a vrut să mă cunoască. Cine ştie ce a văzut la mine? Poate tristeţea din ochii mei.*

Suntem cu sucurile în faţă. Iau paharul cu umbreluţă lila, el o are verde. Nu-mi vine să beau din el din cauza culorii umbreluţei, lila. Nu-mi place. El vede, ia umbreluţa lui şi o plantează pe marginea paharului meu, apoi cheamă ospătarul.

-Poţi te rog să-mi schimbi umbreluţa? Ospătarul a înţeles şi vine mai întâi cu alt pahar, cu umbreluţă galbenă, după care îl ia pe al meu. Eu zâmbesc, e foarte atent şi descurcăreţ. *Îmi amintesc că citisem undeva că nu trebuie să fii o persoană în vârstă sau o femeie bogată ca să poţi să cazi pradă farmecului unui gigolo. Şi că ei se folosesc de persoanele orbite de iubire, cele care nu şi-au găsit identitatea. Ca mine.* Îl privesc, este un bărbat frumos, asta se vede, știe să se poarte, să vorbească atunci când trebuie. Cred că ăsta e un truc. Să lași persoana din fața ta să vorbească. Să se destăinuiască. Sigur simte această nevoie să asculte, să afle fără să pună întrebări. Ei sunt seducători, dar mai ales știu să cucerească.

Sunt romantici, știu poezii, fac declarații de dragoste. Nimic ciudat până aici, așa sunt toți bărbații, ca și noi. Mă privește de parcă aș fi cea mai valoroasă, nu se uită la masa cu doamnele care, cred că au înțeles și râd pe înfundate. Sau că suntem soți că avem verighete amândoi. Dar dacă-l cunosc pe el și acum râd de mine că nu știu cine e? Trebuie să plec, sunt vulnerabilă și încălzită de Liviu. Dar dacă i-aș propune să fie escorta mea personală? Am timp destul, decât să umblu de una singură, mai bine ies cu el. Valentin e ocupat. Sigur o să vrea să fie plătit. Ce ar fi să-l întreb?

-Vreau să te întreb ceva, Paul.

-Ascult.

-Tu ai putea să fii escorta mea?

Mă privește curios și începe să râdă.

-De ce, ești în pericol? Vrei să te păzesc de cineva sau vrei doar o companie plăcută?

-Amândouă.

Crede că glumesc. Se îndepărtează cu scaunul de mine de parcă voia să se pregătească de interviu, că a găsit ceva de lucru interesant.

-Amândouă, cum amândouă?

Hotărăsc să-i spun în ce dandana m-am băgat cu Liviu. În fond și eu sunt ca el doar că nu profesez, dar am aceleași intenții de a mă folosi de bărbați. Mai beau o gură din sucul din fața mea. Mă apropii eu de el ca să nu mă audă cei din jur.

-Ascultă, sunt măritată. Soțul meu este medic, sunt farmacistă, nu ne lipsește nimic. Avem o relație decentă și mulțumitoare din punct de vedere social. Dar, vezi, nu știu cum să-ți explic, de ce vreau să fiu curtată de bărbați? Tu, care ești expert, poate că poți să mă ajuți să mă identific.

-Hei, hei, ia-o încet. Vrei să spui că nu ești mulțumită sau nu ești satisfăcută de soțul tău?

-Nu. Nu, el nu are nicio vină. Eu nu-mi găsesc liniştea. Vreau să fiu dorită de bărbaţi. Dar nu vreau să mă culc cu ei, asta ţi-am mai spus. Cel puţin aşa cred acum.

-Nu mă surprinde Nora. Sunt multe femei care doresc să-şi trăiască viaţa din plin. Să nu piardă nimic ce ar putea să le facă fericite. Chiar dacă plătesc un preţ destul de mare. Riscă. Le place să rişte. Să aibă vieţile lor secrete şi agitate. Să închidă ochii şi să aibă la cine să se gândească. Să retrăiască continuu momentele de plăcere. Asta le ţine în viaţă.

- Daaa?? Şi eu care credeam că numai eu sunt aşa.

-Nu, nu eşti numai tu aşa. Sunt femei care au o etică, se comportă corect cu soţii chiar dacă sunt nemulţumite sau mulţumite parţial. Sunt altele care visează continuu, aşa, ca tine. *Dar aici intervine puterea de imaginaţie şi foamea de nou, de excitant.* Chiar dacă nu înşală, ele sunt la fel ca cele care vor o relaţie doar pentru a face dragoste. Atât. Calculate şi reci. Adică folosesc bărbaţii doar ca să le potolească dorinţele fizice. *E mai dificil pentru cele ca tine care vor romantism, dragoste, sacrificiu, suferinţă, lacrimi, complicaţii, bătaie de cap, din care-şi construiesc o viaţă secretă.*

-Sunt unele care adoră luxul, haine de firmă, petreceri în înalta societate. Au alte feluri de a-şi consuma dorinţa personală. Aici depinde de calitatea soţului. *Dacă el este un bărbat care să o satisfacă, să o adore şi să o facă să se simtă iubită şi preţuită, mereu în atenţia lui, această femeie nu-şi va înşela soţul nici chiar cu cel mai expert gigolo din lume.* Dacă e neglijată, dacă el dă mai multă atenţie altor femei, mai ales în prezenţa ei, atunci, el o trimite în braţele altuia, repede, e ca un bilet de voie, de ieşit în lume.

-Bine, Paul, dar asta e valabil şi pentru bărbaţi. La ora la care soţia nu-l mai vede interesant, el o ia din loc spre alte aventuri?

-Draga mea, Nora. Văd că eşti foarte inteligentă şi deşi eşti la prima ta experienţă, important e să faci ce simţi, dar să ai grijă să nu faci victime sau chiar să fii tu o victimă. Jocul este foarte periculos, e ca la ruleta rusă, e un singur cartuş, se învârte, se învârte până când te distruge, te nimereşte.

-Şi ce să fac? Acum, de exemplu, pentru prima oară sunt îndrăgostită.

-Păi nu spuneai că eşti măritată? mă întreabă surprins.

-Ba da, da ce are măritatul cu dragostea? Sunt măritată, de câţiva ani, îmi place de soțul meu, dar nu cred că este și dragoste între noi. Știi, a fost așa o poveste de moment, nu am construit nimic înainte din punct de vedere sentimental. Nu am avut timp nici să ne cunoaștem bine. Ne-am întâlnit în parc, ne-am sărutat, am fost acasă la mine, ne-am culcat, și...

-Și?

-Și atât. Nu simt nimic care să mă emoționeze, mai exact pare că nu prea merge nici relația, aia cu patul. El e foarte ocupat, pare că nu se mai gândește să facă dragoste cu mine. Nu știu de ce.

-Păi spuneai că merge...

-Ei ți-am spus așa, ca să nu intru în amănunte.

-Pare că este total deconcentrat asupra dorințelor fizice. Este complet absent. Nu mai pune mâna pe mine, ne culcăm, ne sărutăm așa ca doi prieteni de noapte bună, apoi dormim, dimineața fiecare la ale lui.

-Păi și tu ce faci? Nu faci nimic să-l trezești?

-Ce să fac eu? Eu sunt femeie.

-Să faci ce ai vrea să faci cu alți bărbați. Să-l inciți. Fiindcă a venit vorba, spune-mi ce problemă ai, ca să pot să-mi dau seama despre ce e vorba.

-Aaaa, păi cred că m-am îndrăgostit.

-Ce? Cum adică să te îndrăgostești dacă ești măritată?

-Uite așa, bine. Ăsta a răscolit femeia din mine. Simt că iau foc numai când mă gândesc la el. Dau ochii peste cap, visez, gata, nu mai fac caz că e soțul lângă mine. Of, Doamne, ce bărbat.

-Îl cunoști de multă vreme?

-Nu, de două zile, da' ce bărbat. Și ce frumos cântă.

-Ce face?? Cântă??? Paul e din ce în ce mai interesat și surprins.

-Da, să-l vezi cu vioara în mâinile lui fermecate, m-a scos din minți. Asta e, așa a făcut.

-Vrei să spui că e un violonist? E unul cunoscut?

Întreabă din ce în ce mai atent la ce-i răspund. Nu știu dacă să-i spun numele adevărat sau să inventez unul.

-E un bărbat norocos, Nora, cine nu și-ar dori o femeie ca tine?

-De ce, vrei să spui că sunt o femeie frumoasă?

-Vreau să spun că ești o femeie șarmantă, mai ales, inciți cu prezența. Da,

62

e incitantă. E aproape imposibil ca un bărbat să nu noteze intensitatea și frumusețea ochilor tăi. Îl privesc foarte atent. Vreau să înțeleg dacă e direct interesat să-mi facă complimente sau e adevărat ce spune.

-Eu cred că sunt o femeie care face parte din categoria femeilor care nu stârnesc interes din partea voastră. Nu am nimic deosebit. Poate doar privirea mea de animal rănit, rătăcit, să incite.

-Cum? De animal rătăcit ai spus? Mă faci să râd, Nora, ești simpatică. Vino să te pup. Mă apucă de umeri și mă trage spre el, mă sărută pe amândoi obraji, zgomotos și apăsat. Atât de zgomotos că doamnele de la mesele vecine și-au întors capetele curioase. Nu mai știau ce să creadă, cine suntem?

-Asta e arma mea cea mai puternică. Privirea mea e ca a unei feline blânde, în timp ce-mi caut victimile. Apoi, le trec pe lista mea de dorințe, de chemați să-mi facă jocul crezând că sunt eu cea cu care se vor juca. Dacă nu reușesc să înțeleagă să nu intre în competiție cu mine, să aibă puterea să renunțe, să plece din fața pericolului. Sau se vor îndrăgosti nebunește de mine. Aceștia trebuie să fie frumoși, interesanți și să mă iubească sincer.

-Nu ți se pare că ceri prea mult?

-Da ce, e interzis să vrei?

-Nu e totul să vrei, important e să și obții. Tu știi cu ce gust amar rămâi atunci când nu o să reușești să-i amețești?

-Păi eu joc serios. Și apoi le dau ceva de care ei au nevoie, că altfel nu s-ar lăsa prinși în jocul meu.

-Care joc? Mă faci să râd. Crezi că poți cuceri doar cu prezența ta fizică?

-De ce nu. Ce-mi lipsește?

-Of, încă trebuie să crești Nora. Nu uita că bărbații nu sunt marionete. Sunt puternici, ambițioși, știu ce vor. E drept că sunt femei care-i fac să-și piardă capul și nu numai. Dar nu cred că ești ca ele. Scuză-mă.

-Cum adică? Mie ce-mi lipsește?

-Nora, potolește-te. A cocheta e o meserie care se învață în timp, sunt reguli. Nu ai voie să te îndrăgostești dacă vrei să câștigi. Că dragostea-i oarbă Nora. Ascultă-mă pe mine... Nora, Nora.

Mă strânge la pieptul lui ca pe o copilă care habar nu are ce-i cu ea. Nu vezi cum ești?

-Cum sunt? întreb intrigată.

-Se vede că suferi. Bărbatul ăsta te va distruge. Tu habar nu ai ce înseamnă ca un bărbat ca el, să pară victimă, dar, în fapt, să fie un consumator de plăceri și senzații tari.

-Aiurea, nu a făcut nimic ca să mă aibă.

-Păi vezi, ăsta-i secretul, să fii lucid, să amețești femeia, să o lase să creadă că nu mai vrea nimic de la ea. În cazul ăsta, femeia e cea care se oferă de bună voie pentru că este intrigată, se întreabă de ce nu o vrea, și atunci face ea pași spre el, bărbatul care știe foarte bine cum să procedeze. Așa sunt, frumoși, interesanți și iubesc femeile, dar atât cât au ei nevoie să aibă o femeie nouă, diversă, ca să se relaxeze. În acest caz, ei nu fac nimic, voi îi căutați și le dați din dorința voastră de nou. Nu e nimic nou, ambele sexe au aceleași ascunse dorințe pentru că suntem făcuți din dragoste, vise și curiozitate în cantități nelimitate.

-Și eu ce ar trebui să fac în continuare, să mă prezint din nou la ușa lui?

-Draga mea, o femeie trebuie să știe că că riscă din momentul în care acceptă numai cu o privire, provocarea.

-Cum adică?

-Aici intră în acțiune instinctul vânătorului, care este prezent în fiecare dintre noi, aici jucăm la abilitate, farmec, dibăcie și voință de acționare din ambele părți.

Rămân impresionată, ba chiar uimită de ce-mi spune Paul. Știe, vede și cunoaște bine cum poți atrage pe cineva. Nu ca mine. Și eu credeam că sunt deja pregătită pentru a intra în aceste jocuri periculoase.

-Uite ce, Nora. Crezi că Liviu, după întâlnirea cu tine, va rămâne cu o amintire așa de puternică încât să nu te uite toată viața, până la sfârșitul zilelor lui?

-Nu știu, nu cred, la câte femei are...

-Păi vezi, o femeie pe care nu o uiți este așa, cum este vinul care te îmbată

-Cum adică?

-Bărbații, pentru a intra în grațiile unei adevărate femei, sunt gata să renunțe la carieră și ce-i mai grav, chiar să-și părăsească familia, dacă au.

-Mă uimești, Paul, nu știm.

-Unii devin ca niște slujitori ai ei, fac orice ca să primească atenția din partea ei.

-Ei, păi eu nu sunt rea, nu o să-i chinuiesc și nici nu-i voi sărăci. Eu am simțul măsurii, dragă. Îi spun cu un aer de bunătate, fals.

-Păi atunci nu ești femeie fatală, Nora. Tu trebuie să aprinzi pasiunea în ei, să le iei tot, timpul, banii, sentimentele, pe toate și pentru asta trebuie să înveți, să știi și să poți face ce poate femeia fatală să facă.

-Și cum să învăț să fiu și eu așa?

Paul se uită la ceas și mă programează pentru altă zi, deci altă întâlnire, altă lecție.

-Știi ceva, e târziu, trebuie să plec la facultate. Tu mai așteaptă până mâine sau când mai ai timp, ne vedem și te mai instruiesc. Bine?

Se ridică și se îndreaptă spre mașină fără să mă salute. Îmi aduce altă carte de vizită cu numărul lui de celular.

-Uite, cheamă-mă când ai timp și stabilim unde și când să ne vedem. Bine?

Îmi sărută mâna, mă uit după el ca după o nălucă...

Four

Capitolul 4

Cineva încearcă să-mi
explice ce ar atrebui
să vreau de la viață?

N u-mi vine să plec acasă, știu că nu e nimeni, Valentin vine mai târziu ca de obicei. Merg cu capul în jos, pare că duc povara unei vieți pe care nu o cunosc încă. Sunt cu gândurile mele pe aleea aceluiași mic parc situat chiar lângă șosea, unde parcasem mașina și unde îl cunoscusem pe simpaticul Paul. Ca din senin, se aud claxoane de mașini și strigăte de bucurie. Este o limuzină cu o mireasă și cu un mire, stau pe bancheta din spate. El pare că se sufocă sub poalele rochiei de mireasă. Abia se mai vedea, o mică pată neagră, cuminte. Ajung în stradă, mașina lor nu se grăbește, nu-mi mai amintesc nimic de acel moment în care eram și eu cu Valentin, ridic mâna, o mișc cum se mișcă un metronom. Cred că mai degrabă au nevoie de un diapazon, să le dea nota LA, prima notă care să fie ca și priumul pas pe care ar trebui să-l facă în viață, apoi să continue ei, să-i adauge pe ai lor așa cum se vor pricepe. Mireasa se ridică și mă salută fericită. Gata, el nu se mai vede. Au trecut de locul unde eram eu, oare de ce sunt acum aici, ca să-mi amintesc că sunt măritată? Trec din nou pe aleea parcului. Mă așez pe o bancă mai retrasă.

Oare de ce ne bucurăm când suntem mirese? Credem că visele încep să se împlinească odată cu ceremonia nunții? Oare mai așteptăm ceva mai bun, un vis? Eu nu m-am gândit la ziua în care am să fiu mireasă. Valentin intrase în viața mea, tot într-un parc, el a făcut tot. Bine sunt și eu de vină că l-am dus acasă, dar nu am vrezut că după... o să vrea să se și însoare. M-a sărutat, m-am culcat cu el și apoi, hop, în rochia de mireasă.

Închid ochii, mă reazem de spătarul băncii, pare moale ca un vis ce vrea să mi se mai arate odată. Mă întreb încotro merg? De ce nu mai înțeleg nimic? Simt aripi fâlfâind deasupra mea, e dorința, e mintea răscolită care nu mă lasă în pace, mă pune la încercare. Văd că drumul pe care l-am ales nu e sigur. Vreau să zbor prin neguri și furtună, să trăiesc, să plâng, să mă bucur, să vreau și să nu mi se dea. Să lupt din greu ca să obțin ceva, o mângâiere, o privire cu care să-mi potolesc neliniștea. Nu, nu mi-e frică de timp năprasnic, de ei bărbați cu chip de îngeri, cu suflete neîndurătoare, care mă vor în genunchia în fața lor ca să mă privească până-n străfundul sufletului ca să vadă dacă stau la jocul lor. Unii sunt cinstiți, alții sunt tari, nu se lasă până când nu transformă femeia în sclavă. Ascult șoapte, gesturi și mișcări care mă scot din minți fără să știu de ce. *Suntem un rest din plămădeala lor pământească sau suntem doar umbre ce-i însoțim pe drumul pierzaniei sau al măririi?*

Închid ochii, mă relaxez, prin fața ochilor trec oameni, flori, acum văd copaci, și eu alerg pe o pajiște, simt rochia de mireasă lipită de corp, strânsă, mă înțeapă, mă doare corpul încorsetat în ea, rochia sau soarta, din care e făcută ea rochia. Oare a fost croită ca să mă oprească să mai respir, să mai visez, să nu pot să mă împotrivesc voinței mele de femeie. Sunt prinsă ca într-o colivie, caut să zbor, dar nu mai am aripi, mi le-a tăiat el, acum le ține scunse sub cheie de teamă să nu-mi iau zborul din nou într-o direcție în care el nu are cum să mă ajungă. Îi este frică de mine, de gândurile mele și de mângâierea cu care l-am ademenit ca să mi se dăruiască mie, femeia care nu avea nevoie de el, avea nevoie să vadă doar cum e să treci în rândul femeilor. Atât. Și el, care m-a luat cu totul. M-a ferecat și mi-a pus cheia pe deget ca să vadă toată lumea că nu-mi mai aparțin. Că sunt o proprietate, că sunt a lui.

Da oare nu e și el cu mine în această colivie? El nu suferă? Oare sunt eu femeia visurilor lui? Dar oare a mai avut timp să viseze? Știa ce vrea?

Îmi amintesc de ziua în care plecasem din sala de recepție, simțeam nevoia să fiu singură, mă revăd în rochia albă, care pierde din albul luminos, devine din ce în ce mai cernită, culoarea se schimbă, moare, așa cum moare și sufletul meu. Aveam nevoie de căldură, stăteam în fața șemineului. Privesc candelabrul cu patru barțe și tot atâtea lumânări, ochii erau încețoșați, mă privesc în oglinda imensă, nu mă recunosc. Mă șterg la ochi, am decolteul adânc, umerii goi, ca o ispită, perle albe, par mătănii. Mă întreb câte or fi? Oare au vreo semnificație în viața mea? Le scot, le număr, 60, poate că eu am să trăiesc 60 de ani. Sau poate toată viața o să am 60 de bărbați care au să-mi facă curte. Adică unul pe an. Nu mai mulți că acum am 24 de ani, în 36 de ani au să fie doi pe an și mai rămân 6 de rezervă. Mă umflă râsul, Doamne, da' aiurită mai sunt. Nu pot să cred, sunt confuză, simt că-mi este dor de mine. *Mă caut, cred că m-am pierdut, am dat prea mult cuiva care nu ceruse nimic.* El a hotărât pentru mine, pentru noi, a vrut acest mariaj. Dar dacă el e ca mine strâns, nefericit că a plătit o plăcere trupească cu viața, cu libertatea, lângă o femeie ca mine, care nu știe nici cine e, nici ce vrea, nici încotro va merge?

Mă întreb de unde vin eu oare? Ce caut aici ca să încurc vieți și să răscolesc minți? Care este rostul meu?

Începuse să plouă, aud picături de apă ce cad pe o umbrelă. Mă reculeg. Deschid ochii. Lângă mine, așezat picior peste picior, un domn cu o umbrelă. Mă apără de ploaie sau de gândurile care m-au mistuit? Îl privesc. Are față de om bun. E foarte elegant, o eleganță de clasă de om serios, mă gândesc eu, culori deschise, bine asortate, cămașa albastru deschis îi pune în evidență ochii albaștri de o claritate și limpezime impresionantă. Este un bărbat matur, adevărat.

Se ridică, ține umbrela deasupra mea, el stă sub picăturile de ploaie care cad din ce în ce mai mici și mai puține, pare că și-au terminat misiunea și că vor pleca în alte părți să spele gânduri de femei rătăcite, de oameni în căutare de identitate care rătăcesc peste tot.

-Doamnă, spuse ridicând ușor pălăria elegantă. Permiteți-mi să mă prezint.

Rămân cu ochii ațintiți asupra lui, pare că a coborât din visul meu, un bărbat deosebit, unul în fața căruia aș vrea să-mi las dorințele. Oare este adevărat sau va dispare odată cu ploaia?

-Emil Tănăsescu.

Mă ridic, suntem sub aceiași umbrelă. Îl privesc curioasă direct în ochii albaștrii ca cerul de vară. Vreau să înțeleg dacă merită trecut în lista mea la rubrica nr. 3, la victime. Este impunător, stă drept, nu cred că o să reușesc, pare invincibil. Dar eu iau poziția femeii greu de atacat. Nu-i întind mâna, știu că nu o va săruta. Iau geanta de pe bancă, o pun pe umăr, mă prind de brațul cu umbrela Și așa, odată cu primii pași, îi spun cine sunt apropiindu-mă de urechea șoptindu-i.

-Sunt Nora.

Duce din nou mâna la pălărie, o ridică în semn că a înțeles. Tăcerea pare că ne încurcă sau caută un subiect ca să putem începe o discuție. E greu. Doi necunoscuți, prin ploaie, de braț, fără să aibă nimic să-și spună. Să nu fie interesați unul de viața celuilalt de parcă s-ar cunoaște. Îl las pe el să văd până când rezistă. Sau poate, nu-l interesează cine sunt eu, femeia din parc. Are doar câteva indicii dacă e deștept poate afla cine sunt eu. Primul, bunul gust vestimentar, al doilea, mâinile albe și fine, apoi, machiajul și în sfârșit eleganța în comportament. Cred că asta ajunge. Se oprește.

-Cred că e cazul să ne întoarcem.

Așteptă răspunsul meu.

-Da, sunt de acord domnule. Îmi amintesc că mașina mea e decapotată că sigur e plină cu apă. Nu intru în panică. Ba chiar mă gândesc că e mai bine. Așa se simte obligat să mă conducă acasă sau poate în altă parte. La el. Ar fi interesant să aflu cine e.

Ajungem lângă mașină, constat că e închisă. Mă uit la el curios. Îmi spune că începuse să plouă tocmai când trecea pe lângă mașina mea, s-a oprit, văzuse cheile în contact, a pornit motorul, a închis-o și a plecat în căutarea persoanei, adică a mea. Cred că a fost doar un gest civic.

69

-Vă mulțumesc pentru gestul pe care l-ați făcut. Dau să deschid portiera. Mă apropie de el și mă sărută. Eu nu apuc să mă împotrivesc, trebuia să aibă și el o recompensă pentru gestul făcut.

-Ești o femeie incitantă, mi-am dorit să te sărut de când visai pe bancă sub picăturile ploaie. M-a impresionat tabloul, o femeie tânără pierdută printre gânduri. Apoi mă sărută din nou. Simt că sunt în brațele unui bărbat responsabil, care știe ce face. Îl las să se joace cu focul, o să vezi tu cât de incitantă sunt, te îmblânzesc eu, ai să mi-o plătești... E drept că se uită insistent la buzele mele. Pare că s-a pierdut în ochii mei, nu spunea nimic, ca în fața unui miracol, și iar mă ia în brațe și mă sărută.

-Prezența ta m-a impresionat și mă mă atrage, ești irezistibilă. Dar dacă era sigur că nu o să-l refuz, că sunt în căutare de cineva care să-mi fie alături acum? Deschid poșeta și scot o batistă albă ca neaua, pun un colț pe deget și îi șterg buzele care luase culoarea rujului și o transferase la el pe buzele cărnoase, cu o formă perfectă, pare că e un curtezan din serialele de la televizor, matur, incitant și disponibil. Mai adaug, elegant și expert, cred. Îmi ia mâna, scoate degetul de sub batistă și îl lipește de buzele lui. A lăsat un sărut incitant, mă curentase, pare că sunt un paratrăsnet, un fel de împământare. Aștept următoarea mișcare. Îmi dă cheile de la mașina mea, după ce o încuie. Mă conduce pe partea dreaptă a Mercedesului, deschide portiera, îmi ia mâna, o sărută și mă invită cu o privire imposibil de refuzat în eleganța lui. E sigur că nu o să-l refuz. Oare mă duce acasă la el? Mă întreb fără să-mi fac probleme. Știu cum să fac dacă e nevoie să scap.

Îl urmăresc cu privire din ce în ce mai bucuroasă de ce vede, pașii săltăreți, fața schimbată, privirea plină de satisfacție. Se duce la locul lui, deschide portiera și saltă în fața volanului, ditamai bărbatul, mă minunez, ce poate să facă bucuria dintr-un om. Mă cuprind căldurile. În sfârșit, îmi zâmbește, dantura albă, buzele umede, ochii se luminează, aruncă văpăi spre mine. Gata, ăsta mă duce direct la pat, mă gândesc. Dar nu știu dacă o să-mi displacă, eu mă culcasem doar cu soțul meu, poate că e interesant să văd cum e când faci dragoste cu un bărbat cu experiență, matur. Mă cuprinde o stare ciudată, una nouă, sunt fericită la gândul că poate o va face chiar astăzi. Mă așez comod și încerc să mă relaxez. Par o doamnă în compania lui. Îmi dă un aer de mare doamnă. Poate că așa un soț ar fi trebuit eu să caut. Unul ca ăsta chiar că mă poate ține în frâu, mă face fericită. Emil mă fascinează, constat că ceva se se-ntâmplă în sufletul meu împietrit, rațional, de femeie care nu-și găsise fericirea. După tangoul cu Liviu eram la fel. Dar, m-am răcit destul de repede, se vede că nu e chiar ce-mi trebuie. Simt furnicături în stomac. Asta ce-o mai fi? Simt cum îmi bate inima, pare că m-a furat dintr-un castel unde sunt închise femeile neascultătoare. M-a ales pe mine și acum mă duce într-o lume pe care eu nu o cunosc încă. Ne îndreptăm spre Sala Palatului, intră pe strada Aurora, apoi în parcarea unui restaurant. Mă dezmeticesc în timp ce el coboară și vine să-mi deschidă portiera. Eu nu mă mișc, pare că nu mai sunt făptură, sunt ușoară și încep să trăiesc, pare că acum m-am născut, respir, sunt vie. Așteaptă să-i dau mâna, mă ajută să cobor.

-Dacă tot ai spus că îți este foame, te-am adus la un restaurant pe care-l consider aproape de gusturile mele. Se mănâncă foarte bine. O să vezi că o să-ți placă, Nora. Nu-mi amintesc să-i fi spus că vreau să mănânc. Îl cred, m-a fermecat, cu el nu o să pot să fac ce vreau. Oricum simt că sunt din ce în ce mai bucuroasă că mi-a ieșit în cale. Iar destinul se joacă cu mine. La intrare e numele restaurantului, L'ATELIER. Pare franțuzesc, mă gândesc. Cineva ne deschide o ușă imensă, elegantă. În fața mea, un decor intim, lumină discretă, lampadare elegante, lumini ce curg de sus, pe mese, sfeșnice cu lumânări, fețe de masă elegante, atmosferă deosebită. Nu știu cu ce să-l compar pentru că nu am fost cu Valentin prin restaurante. Cel mult la câte o pizza, prin pizzerii cu lumini puternice, supărător de luminate.

Nu știu ce să fac. Sunt confuză, parcă mă doare mâna pe care o ține într-a lui. Dar chiar nu am mai văzut un bărbat atât de frumos? Mă întreb ca să știu dacă am intrat în săptămâna chioară? El spune ceva, eu mă gândesc cum a acoperit buzele cu sărutul său, nu vreau să uit nici cuvintele pe care o să mi le spui în momentele de fericire. Mă pregătesc, da sunt fericită. Cine ești tu, dătător de bucurii? Mă uit pe degetele lui fine, frumoase, bărbătești, care au firicele de păr ca niște puf delicat. Nu are verighetă și nici semn că ar fi avut. Mă uit la mâna mea unde este verigheta, simt că mă strânge, mă sufocă. Bag mâna sub masă. *Nu am cum să o scot ca să mă eliberez de ea, e de la bărbatul care, fără să știe că gestul lui onorabil de a mă lua de nevastă, o să mă încurce vreo dată.* Nici eu nu știam. Oricum, nu puteam să refuz. Onoarea familiei era în joc. Iată unde duce nefericirea, graba și mai ales lipsa de experiență a vieții. *Acum încerc să uit noianul de cuvinte înșirate de Valentin, gratuite, în momentul de fericire carnală.* Și asta nu o să mă determine să plec. Să nu fac ce simt. Nu cred că va fi ceva care să mă oprească să cunosc și să doresc bărbați. Dacă ar fi să fiu judecată, cine ar avea dreptate, eu sau Valentin?

Mă uit la Emil, îi zâmbesc. Nu mai spune nimic, mă privește, atât. Rămâne impresionat de zâmbetul meu, cred că nu e pentru prima oară când îi zâmbesc. Mă gândesc ce-ar spune dacă ar găsi lista mea cu bărbații cu care să mă joc.

Spune ceva, mă prefac că-l ascult, sunt specialistă să mimez sentimente, habar nu am dacă o să mai simt ceva după ce mănânc, o fi poate o formă de foame, foame de mâncare sau e altceva. Amețeala cu Liviu pare că-mi trece. Ba chiar nici nu știu dacă-l mai las pe listă. Cred că am o doză suficientă de indiferență cu care să-l pot trata. Dar...

Emil mă atenționează, strângându-mi ușor degetele din mâna lui. Îi zâmbesc.

-Nu mai zâmbi că mă pierd. Am comandat eu, în timp ce tu erai nu știu unde.

-Te rog să mă scuzi.

- Am să-ți povestesc câte ceva despre acest loc. Restaurantul are un Șef francez. Rețetele sunt foarte interesante. Așa că am comandat antreuri cu Fricase de melci Burgogne cu ragu de Edamame în stil Provencale, sos Bordelaise. Ce zici? Îi zâmbesc din nou, el continuă, pentru mine am comandat un antricot de vită Black Angus cu sos Marco Polo, pentru tine m-am gândit că niște scoici St. Jacques cu trufe, Conchiglie și sos Periqourdine ar fi potrivite pentru gustul tău delicat. Mă uit la el stupefiată.

-Ceeee? și încep să râd pe înfundate. Știi ceva, eu nu am mai auzit despre asemenea rețete cu denumiri atât de complicate. Dar dacă tu crezi că o să-mi placă, e bine așa.

Se bucură văzând că sunt de acord.

-Desert avem?

-Nu se poate să nu guști din specialitatea patisierului Tarta Bourdaloue cu pere și șerbet din vin fiert. Mă uit la el mirată.

-Cu vin fiert???

-Da, o să vezi că o să-ți placă.

-Pentru tine ce ai comandat?

-Doar un creme brulle. Vrei să știi?

Vine ospătarul cu frapiera învelită într-un șervet alb, impecabil. Scoate o sticlă de vin pe eticheta căreia scria Cabernet Sauvignon, roșu. Nu mi-a plăcut vinul roșu. E drept că nu mă pricep. Sper să-mi placă acum. Am în față un pahar cu vin roșu, pare că mă umanizează. Oare sufletul are o legătură cu alcoolul? Pare tapetat cu amintiri pe care le păstrez inutil, nu cred că am să vreau să mă mai întorc în timp. Nimic interesant nu s-a petrecut în viața mea. Totul lin, normal. Nimic, nici un păcat, nici o zi specială, până când apăru el, soțul meu. Caut să văd dacă a rămas numai liniște și pace, așa cum e el făcut, simplu. O fi chiar el cel pe care ar trebui să-l trezesc la viață? Cum? Dacă ar ști că sunt aici cu Emil, ce-ar face? Ar vrea să se bată pentru mine sau nu. Aud clinchetul paharelor. Al meu, pe care îl am în mână, și al lui, care e înclinat spre al meu așa, ca o dorință de apropiere, de mine, de sufletul meu. Îl privesc în ochi în timp ce duc paharul la gură. Deslipesc voluptos buzele rujate proaspăt, încet, incitant de încet, senzual aș putea spune. Apropii paharul care pare umplut cu dorințele noastre. Las o picătură pe buza de jos, apoi o adun cu vârful limbii. El rămâne cu paharul la gură, nu apucă să-l guste. Eu las paharul pe masă și mă apropii de gura lui. Buzele aveau aroma vinului, dorințele mele și mai aveau nevoia de sărutului lui. Lasă capul ușor spre stânga, acum suntem conectați, pornim, se apropie, îmi ia buza de jos între ale lui, ușor ca vântul de primăvară, îi simt respirația, incitantă, caldă, o las și pe a mea să se ducă spre el, cu aromă de vin, de îndemn la femeie. Simt palma lui delicată pe obraz, apoi pe bărbie, apoi mă trimite la locul meu ca să nu ne pierdem mințile, surprinși de ce facem. Fețele noastre au prins culoare, gata, suntem vii, avem formă și suflete. Simt cum îmi bate inima, sunt fericită. Duc mâinile sub masă discret și scot verigheta, la fel de discret o pun în geantă. Rămâne locul, se vede, dar nu-mi pasă, nu mă mai strânge, nu mă mai oprește. Sunt liberă.

Totul a durat foarte mult, am servit toate bunătățile, cu sărutări pe mână, pe buze, după ce am luat din para fiartă în vin roșu, a ținut să contribuie cu un sărut pe buzele mele care emanau dorință. Gata, nu vreau să mă mai prefac, vreau să las să curgă tot ce simt, să mă cunosc pe mine, cea adevărată, nu mă mai recunosc, sunt o perfectă imitatoare a unei persoane pe care acum nu o mai cunosc. Da. Asta sunt eu, o femeie diferită. Încep să mă simt bine în propria mea piele, în corpul meu de femeie tânără. Cred că m-am grăbit fără să am răbdare, să gust micile bucurii ale vieții convenționale. *Și acum, iată-mă, o femeie goală pe dinăuntru, aștept pe cineva să-mi mobileze mintea, ființa și sufletul meu. Am privit doar spre răsărit, fără să mă intereseze apusul. Oare se poate reînnoi sufletul? Oare eu fac păcate pentru că am puțin suflet?*

Se pot înlocui bărbații ca piesele pe tabla de șah? Pe unii aș vrea să-i pun la înaintare, ca pionii, care au două mișcări speciale: capturarea și promovarea, en passant, (în trecere).

Deci, pe primul rând, regele, Valentin, apoi, eu, regina. Dacă las regele și fac un pas înainte, că doar sunt regină, pot să mă mișc în orice direcție, atunci rămân nebunii care pot merge doar pe diagonală, dar e riscant, că dacă regele se întâlnește cu nebunul, atunci e trist, cine știe ce poate fi. Așa că și regele se poate mișca în orice altă parte că are o mișcare specială, rocadă, trebuie să mute o tură. Asta poate să mute în orice direcție, dar nu poate sări peste. Amândoi sunt implicați în această mișcare. Deci, eu să fiu atentă la deplasarea unei ture și a unui nebun, ăstia se pot deplasa oriunde.

În concluzie, dacă Valentin intră la bănuieli și pune pe cineva să mă urmărească, un nebun de detectiv, care chiar reușește, eu rămân descoperită. Pionii sunt toți cei care vor fi pe lista mea. Să mă lupt cu ei până la epuizare. Zâmbesc. Parcă-i văd pe tablă.

-Emil se întoarce la masă. Nici măcar nu am auzit când a plecat și nici dacă s-a scuzat. Oricum, acum e acum, să vedem ce va fi.

E curios că nu vrea să știe nimic despre mine. O fi o tehnică, doar ca să mă pună pe gânduri. Dar dacă mă duce acasă la mine sau unde am lăsat mașina? Mă întristez, deodată. Mă mir cum de ar putea să facă așa ceva. Asta înseamnă că el nu mă vede ca pe o femeie periculoasă. Cum naiba, abia m-a sărutat și deja sunt topită.

-Doamnă, distracția s-a terminat. Timpul nostru s-a epuizat. Dacă vreți, putem să aranjăm o dată viitoare. Te anunț că stau doar două săptămâni în țară, că sunt în vacanță și că sunt cu secretara mea, o avocată interesantă, cu care am o relație de câțiva ani, mai exact, de când soția mea a trecut în lumea neființei. Ea a avut grijă, nu că aș fi avut nevoie să înlocuiesc prezența soției, ci pentru a fi alături ca un prieten. Prietenie care s-a lăbărțat și acum ne petrecem vacanțele împreună și nu numai. Văd că tu, dragă Nora ești, măritată. Se uită pe mâna pe care fusese verigheta, o ia, râde, se amuză, știe că îmi place, o sărută. Tu ești în căutare de ce, Nora? Tu știi ce cauți, ce vrei?

-Spui că trebuie să pleci, nu avem timp. Se uită la ceas, face niște socoteli în gând.

-Tu până când poți să stai?

-Astăzi este ziua mea liberă, soțul meu e plecat la niște cursuri pentru acreditare, în care medicii de familie colaborează cu cei de alte specialități.

-Tu poți să mai rămâi?

-De ce, îți face plăcere?

-Da, dacă tot suntem aici, poate că ar fi cazul să știm câte ceva despre noi. Sau am început rău? Sărutul ne-a derutat sau ne-a împins spre ceva?

-Dar tu știi ce e fericirea, Emil?

-Nu pot să dau exact o definiție, dar cred că e doar un concept care, în viziune proprie, prinde formă, ceva care trebuie să fie conform dorințelor și așteptărilor fiecăruia.

-Poate că este doar rezultatul unei reușite sau poate fi doar o stare de bine pe o anumită perioadă de timp. Poate fi fericirea o bună stare subiectivă, Emil?

- Cred că este o combinație între starea proprie, a unei vieți plină de satisfacții și a avea mai multe emoții pozitive decât negative, Nora.

-Oare sunt oameni care nu cred în fericire, Emil?

-Sigur că sunt, cred că e destul de dureros și greu să nu crezi în fericire, draga mea.

-Este posibil ca fericirea să fie chiar un sens dat existenței?

-Cred că nu poate fi cunoscută, valorificată și stăpânită decât după ce te-ai îndoit de faptul că există.

-Dar dacă iubim și suntem iubiți, asta duce la fericire?

-Știi ceva, Nora, nu cred că pot eu să-ți dau toate răspunsurile optime referitoare la fericire, eu știu că în viață până acum două zile, când te-am cunoscut pe tine, nu am fost fericit. Am fost doar mulțumit de ce am reușit să fac pe plan social, profesional și personal. Poate că nu am avut timp sau poate că atunci credeam că așa e fericirea.

-Și acum ce s-a întâmplat, Emil?

-Am găsit fericirea, te-am găsit pe tine, plouată, pe o bancă. O femeie despre care eu nu știam că există, dar mai ales că ea ar putea să declanșeze acest sentiment, o dată cu nevoia de iubire din nou. Nu știam că poate să existe, era ceva fără formă, pe plan emoțional nu am căutat-o pentru că am crezut că nu am nevoie să mă implic. Eram mulțumit de mine, de cei din jur și de cum trăiesc, servici, sport, prieteni, soție, casă, vacanțe, toate prinse într-un plan bine calculat și gândit.

Mă lipesc de el, de pieptul lui, în timp ce așteaptă să spun și eu ceva, după atâtea întrebări pe care cred că le-a pus pentru prima oară în discuție. Am simțit după cum spunea la început cuvântul fericire, cu indiferență, apoi, pe măsură ce explica ce a simțit, când m-a văzut, a început să-i dea culoare, îl pronunța diferit, cald, de parcă se împrietenise cu el sau voia să înțeleagă dacă poate cuprinde într-un cuvânt toate emoțiile și bucuriile vieții. Se uită la ceas.

-Ai dreptate. Scuză-mă, trebuie să dau un telefon.

Îl scoate din buzunarul de la piept, apasă pe un buton, îl pune pe spiker. Cu fiecare semnal, eu intru în panică. Nu știu de ce. În sfârșit, persoana răspunde.

- Clara, draga mea, trebuie să amânăm vizita de astăzi.

-De acord, răspunde o voce calmă, clară cu un accent franțuzesc.

-Sunt la restaurant cu o doamnă și am nevoie de timp, nu vreau să întrerup.

În același moment întoarce telefonul spre mine, mie mi se topește mintea, simt cum curge peste tot. Privesc fără să zâmbesc.

-Bună, sunt Clara, cine ești?

-Sunt Nora.

Emil ia telefonul din fața mea. Continuă discuția pentru puțin timp. O salută și lasă telefonul pe masă. Îmi ia mâna, și se apropie de mine.

-Așa, ia să vedem acum, cum facem cu noi doi?

-Ai vrea să-mi spui cine ești, Emil? Doamna asta frumoasă blondă e secretara ta?

-Da. Dar e secretară de cabinet la consulat.

-De ce? De consul? De ce tu... dumneavoastră, sunteți consul?

-Da, doamna Eleonora Pascu.

-Unde?

Întreb din ce în ce mai stingherită și rușinată. Nu știam că am avansat așa de mult cu pretențiile mele. De la medic la violonist și direct în patul unui consul o să ajung cât de curând.

-În Franța.

-La Paris? întreb curioasă.

-Nu, la Strasbourg. Este un oraș în Franța unde este și prefectura departamentului Bas-Rhin, capitala regiunii Alsacia.

-Și vorbești franceză?

-Nu, engleză, răspunde Emil, scurt.

Mă privește să vadă ce față fac la atâtea noutăți. Localnicii vorbesc franceză și germană, dar, există și un dar, Nora.

-Care?

-Că sunt puțini dintre localnici care acceptă să vorbească engleză.

-Și cum e acolo?

-E frumos, clădirile sunt foarte vechi și se amestecă cu cele moderne foarte noi cu o arhitectură curajoasă. Vezi tu Nora, acolo vechiul și noul nu rivalizează, ci colaborează în realizarea unei atmosfere de sărbătoare și bucurie.

-Adică așa, ca noi. Nu?

-Cum ca noi? întreabă Emil surprins de întrebare.

-Adică așa, ca noi, unul vechi și unul nou, nu?

Emil mă cuprinde într-o îmbrățișare incredibilă, eram toată în brațele lui. Simt cum mă dorește, așa obraznică și imprevizibilă, îndrăzneață, cu simțul umorului, perfectă pentru un bărbat care aștepta să cunoască o femeie care să-l ajute să se deconecteze, să revină la normal, să iasă din hainele consulului, să fie iar bărbat, curtezan, iubit și tot ce mai vrea năzbâtia din brațele lui. Am râs cu lacrimi. Suntem fericiți, liberi, ne sărutăm.

-De ce m-ai sărutat? îl întreb fără să pot să mă mai opresc..

-Pentru că ești o femeie ce pare că vine din alte vremuri. Enigmatică, incitantă. Da, incitantă. Ce e foarte interesant, e faptul că în prezența ta sunt eu însămi. Cred că ai o gândire deschisă, că ești onestă și sper să-mi vorbești despre experiențele tale. Sunt dispus să nu te las în pace, bănuiesc că și tu vrei să încerci lucruri noi și că nu te temi de ce va urma și nu o să-ți faci griji la orice pas. Rămân de testat calitățile tale fizice. Vezi, Nora, eu nu mă refer la gene false, fond de ten, unghii false, mă refer la grija pe care o ai față de propriul tău corp, de pielea ta, cred că mănânci sănătos și faci sport. Văd că ești în pas cu moda. Linia pe care ai ales-o denotă îndrăzneală și feminitate. Îți mărturisesc că tu faci parte din categoria femeilor care arată bine, indiferent ce ar purta. De exemplu, dacă ai fi într-o pereche de pantaloni largi, fie chiar și o cămașă masculină purtată la o ținută cazual, sunt sigur că te faci văzută.

-Ai remarcat mai întâi aspectul meu exterior, vestimentar?

-Nu. Pe tine. *Dar mai ales ochii care priveau undeva unde eu nu pot să ajung, să înțeleg de ce erau atât de triști, trimiși în căutare de ceva sau de cineva care-ți lipsește. Asta am văzut eu. Nu speram, nici nu credeam că acele chei de la mașină aparțin unei femei. Una care caută de una singură explicații, pătrunde în problemele vieții singură. Nu are nevoie de nimeni care să o ajute. Nu cere ajutor. Vrea să clarifice anumite nelămuriri despre ea. Se caută, speră să găsească o umbră sau un semn de la Dumnezeu. Să-i trimită el răspunsul. Asta m-a surprins și atras spre tine. Curiozitatea, am simțit că ai nevoie de ajutor.*

-Crezi că tu poți să mă ajuți? Cum ai să faci? Va trebui să-ți spun multe despre mine. Nu știu dacă ai timp sau dacă te interesează cine sunt. Poate că o să te dezamăgesc. Poate că nu o să mai vrei să știi de mine. Și eu nu vreau asta.

Îi simt din nou căldura buzelor pe degetele mele, atât avea doar degetele, cu care, poate că o să-l mângâi delicat vreodată. Mă impresionează răbdarea cu care mă ascultă. Oare o fi el trimis de Dumnezeu ca să mă călăuzească? Îmi vine să râd, cum pot să cred așa ceva. Dumnezeu ar fi putut doar să-mi ti limită un gand să mă călugăresc, ca să nu încurc vieți și să nu tulbur minți de bărbați care și ei caută, poate, ce caut eu, aventura.

-Nora, hai să nu mai discutăm despre acest subiect acum. Viețile noastre ne aparțin cu toate evenimentele pe care le trăim, fiecare cum poate și cum se pricepe. De multe ori nu depinde numai de noi. Dar, există un dar, trebuie să ne concentrăm pe prezent. Și asta, se recomandă, pentru că prezentul este timpul pe care trebuie să-l folosim, doar ca să înțelegem cei cu noi, ce vrem, dar mai ales, dacă putem să ne bucurăm de viață.

-Acum eu am să-ți pun o întrebare la care te rog să răspunzi cinstit și scurt. Fără ezitări. Doamnă, cu tot respectul, vreau să vă invit la mine acasă. Credeți că e o idee bună? Acceptați?

-Da, spun repede și tare, de teamă de mine, să nu mă judec sau să mă răzgândesc.

Rămâne surprins de răspuns, dar o undă de bucurie îi luminează fața. Simt cum mă înmoi. Pare că am epuizat toată forța mea fizică spunând, da. Simt o căldură plăcută de la picioare, vine în sus, mă învăluie. Nu mai simțisem asta. Ce bine e, gata, m-a acoperit, parcă aș fi într-un sac țesut din neliniște, curiozitate, toate bucuriile lumii, și el acum, îl leagă la gură, mă ia pe spate și mă duce. Și ce dacă, ce poate fi mai frumos decât să te vrea cineva ca el?

Se ridică, vede că sunt pierdută. Mă prinde de mijloc de parcă ar fi înțeles ce se întâmplă cu mine și nu ar fi vrut să mă trezească ca să nu cumva să-l refuz. Ne îndreptăm spre ieșire, suntem în mașină, gata am și ajuns în fața unei vile mari, elegantă, cu gard și grilaj din fier forjat, mare și frumos, nu ca al nostru. Plante și flori peste tot, mă impresionează.

Mă ia de mână, urcă săltând cele patru scări cu mine după el. Se oprește, introduce un card și ușa se deschide, singură. Se apleacă, mă prinde de sub genunchi cu o mână, cu cealaltă de subțiori, mă ridică în brațe ca pe o prințesă. Eu mă prind de gâtul lui cu toate mâinile ca o caracatiță. Simt mirosul care mă amețește, incitant, gata, atât mi-a fost. Cred că o să mă ducă direct în pat. Dar nu protestez. Simt că sunt brațe pe care le vreau pentru mult timp. Atâta cât ar vrea el să mă facă fericită. Visez. Sunt uimită de ce se întâmplă cu mine. Mă gândesc" du-mă, du-mă unde vrei, plutesc." Dar când să continui dorința mea, simt cum mă așază într-un fotoliu comod, mare.

Până mă dezmeticesc avem două pahare cu Brandy în față. Eu sunt însetată, poate că nu e pentru setea din corp, ci pentru setea de dragoste. Iar fabulez.

-Bine ați venit, doamna Nora, îmi spune ridicând ușor paharul.

-Bine că m-ați adus aici domnule, îi răspund cu un aer serios. Iau o gură bună din lichidul care își face de cap, se duce prin tot corpul, prin minte, pare că și prin ochi. Nu mai văd bine. Clipesc și-l fixez. Ridică mâna spre mine mișcând-o ca pendula de la ceasul bunicilor.

-Sunt aici, doamnă, cu licoarea asta nu e de glumit, îmi spune cu un râs admirativ și vesel. Se ridică și se așază lângă mine, în fotoliu. Spațiul este perfect pentru două persoane care vor să simtă că sunt aproape. Pune brațul pe spatele fotoliului ca într-o îmbrățișare, a lui cu a mea. Mă reculeg. Mă întorc cu fața spre el.

-Ce te face să crezi că mă interesează persoana ta, Emil? Vezi, eu nu caut o aventură, eu nu vreau un bărbat, eu vreau ceva care să mă facă să mă găsesc pe mine, ca femeie. *Sunt în căutare de identitate.* Poate că am citit prea mult. Poate că nu știu încotro să o iau și asta din cauză că nu am găsit încă un model de femeie căruia aș vrea să-i semăn. Știu doar că-mi place să fiu curtată. Doar atât. Asta cred. Mă privește de parcă asemenea povești le-a mai auzit de multe ori. Îmi spun în gând: *Cu ăsta te pui, Nora? Păi ăsta-i bărbat, nu glumă, cunoaște femeia de departe, cine e și ce vrea.*

-Nora. Nu mai pune întrebări banale. Tu trebuie să fii realistă. Hai să nu mai pierdem timp cu întrebări la care nu pot să-ți răspund sau ar fi deranjante. Acum, suntem doi, tu și eu. Unde? Acasă la mine, unul lângă altul. Hai să lăsăm dorințele, mințile și corpurile noastre să ne spună ce avem de făcut. Ce zici?

Mă ridică și mă așază pe genunchii lui. Simt că mă prăbușesc. Mă îmbrățișează. Mă sărută, mă incită, mă cheamă, mă privește, privirea este serioasă, așteaptă răspunsul meu. Respir ușor, mai trag o gură de aer de parcă ar fi trebuit să mă scufund cu el cu tot în adâncul mării, și acolo să ne sărutăm. Închid ochii, ca să mă pierd, mă apropii, eu, el așteaptă, ajung, simt ceva care-mi furnică buzele, abia le atingem, le lăsăm să se cunoască altfel decât la primele săruturi. Sunt uscate, arzătoare, se mișcă excitant de încet, apoi simt răsuflarea lui care vine ca o suflare de vânt de primăvară, de început de ceva, ceva care nu a mai fost. Și eu desfac ușor buzele și primesc binecuvântarea care vine din el, din sufletul lui care mă însuflețește, vrea să mă caute în adâncul sufletului meu gol care așteaptă pe cineva care să poată să-i dea ce nu a găsit încă. Pare că ne e teamă de el, de sărut, să nu ne pedepsească dacă nu știm să-l prețuim, să ne bucurăm de el. Bătrân de când lumea e el, sărutul pentru care au murit, oameni care au sărutat pe cei ce au plecat spre ceruri. Dar nici unul nu se poate compara cu sărutul care te face să te pierzi și să nu știi de ce. Simt buze de bărbat, viguroase, pe buzele mele moi, delicate, fierbinți ca sărutul deșertului în căutare de o oază de răcoare. Le las să se joace cu ele, să se bucure așa cum și eu le simt pe ale lui ca o promisiune, că nu mă va abandona după sărutul ăsta. Că o să mai vrea și altele, și altele, până la epuizare, până când nu o să mai avem buze, o să ne rămână doar dorință, nu o să mai avem putere, o să avem doar timp, un timp cu care nu mai avem ce să facem dacă nu ne iubim.

Revin la momentul pe care nu cred că timpul îl va putea șterge vreodată. Mă cutremur încet, ca ramurile unei sălcii care se lasă mângâiată de el, vântul, care-i lasă mii de săruturi peste tot, apoi trimite arșița ca să o usuce, să-i fie iar dor de el, de mângâierile lui, care trimit ploaia ca să-i spele urmele și iar să vrea să-l cheme ca să o bucure.

Uit de mine, sunt numai dorință, îi simt buzele umede iar și iar, mă întreb de ce? Simt cum le umezește cu gustul lui, cu seva vieții, apoi le lasă pe buzele mele, cu mișcări voluptoase care dezlănțuie femeia din mine.

Simt nevoia să respir, deschid ușor gura, el profită, îi simt iar buzele între ale mele, ne mișcăm la fiecare fior, e ca o legănare în vis, pare că ne desprindem și ne ducem într-o mișcare lină, e numai a minții care ne poartă prin locuri pe unde nu am mai fost împreună, spre lumi nemaivăzute. Simt că mă descompun, îl aștept pe el să mă pună la loc, bucată cu bucată. Dar nu are timp, el se mulțumește cu sărutul femeii care a găsit gustul sărutului. Îi simt mâinile cum mă mângâie delicat pe picior, apoi se duc în sus, spre sâni. Vreau să strig, dar nu mai am glas. Nu, nu vreau să cer ajutor, vreau să-i cer îndurare, să nu mă lase.

Se ridică cu mine în brațe și cu pași nesiguri simt cum mă poartă spre locul la care poate că am visat fără să știu unde este. Pare că e un balerin, face pași din ce în ce mai mari, în ritm de ceva ce eu nu știu, poate că doar el poate să audă cadența sufletelor ce caută ceva ce se pare că au găsit.

Mă simt înnobilată în brațele lui, sunt undeva, sus, de unde nu pot să mai cobor, nu sunt scări și nici voință. Se întoarce de parcă ar fi vrut să facă o piruetă cu mine în brațe, se apropie de o ușă, abia o atinge, se deschide încet. Odată cu ea, se revarsă o melodie cunoscută, tresar, pare că ar fi Liviu cu vioara, un maestru care așteaptă să vadă dacă eu am să mă dăruiesc, acum, să fie martor, și apoi să sufere că nu m-am dăruit lui, dimineață. Totul se întâmplă într-o zi, o singură lungă și specială zi din viața mea. Emil, între timp, îmi lasă săruturi pe corp. Cred că mă topesc, le simt pe toate, aproape că vreau să le număr ca să văd dacă nu lipsește cel mai important. Sunt încordată, dispusă să mă dăruiesc, incitată. Teribil de curioasă, nu mai am corsete, nu mai am gânduri care să mă oprească, sunt fericită, șoaptele amestecate, sunt ale noastre, mă simt grozav, mi s-a descleștat gura, pot să vorbesc, să-mi ascult vocea și șoaptele pe care le las de câte ori mă înfioară, la fiecare sărut.

Simt răcoarea lenjeriei de mătase, simt mângâierile lui voluptoase și răbdătoare, îi văd privirea, pare că e în fața unei minuni. Și mâinile lui care trec peste corpul meu, pare că lipește bucățele care se dezlipesc de plăcere. Le pune la loc, e concentrat, vrea să păstreze forma, dar mai ales să nu șteargă puterea magică cu care poate să se bucure și el. E lângă mine, îmi șoptește cuvinte pe care eu nu le mai auzisem, nici citisem prin romanele de dragoste uitate sau care nu au fost scrise pentru că astea sunt speciale, pentru mine, unice. E răsplata dăruirii, poate că va trebui să dau socoteală, dar nu-mi pasă. Trăiesc momente incredibile. Un bărbat, matur, serios în tot ce face, pare că e implicat pentru prima oară într-o misiune atât de complicată, cu o femeie care e în brațele lui, se întreabă dacă e adevărată sau e numai vis și dorință. Pare plămădit din vis și umbre care vin spre mine, mă uimesc, și apoi dispar, se duc să mai învețe cum să mai facă să mă trezească la viață. Mă uit în ochii lui, e mulțumit că am curaj, că fac progrese, că vibrez la fiecare mângâiere, că am încredere în el, că mă topesc în brațele lui, sunt moale, spun vorbe de bine, de uimire și prețuire, sunt șoapte, sunt sunete ca freamătul meu, simt, am corp, simt foc aprins în sufletul meu, e cald, primesc de la el tot, e uman și delicat, dau curs simțirilor, ce mai, plutesc, sunt surprinzătoare, nu mă mai recunosc...

Five

Capitolul 5

＊

*Am sperat doar că o să fim
iertați pentru că am avut curajul
să spunem adevăruri.*

E joi dimineață. Sunt la servici. Șeful mă privește de sus. E mult mai în vârstă decât mine și decât celelalte colege. Este un tip cam uscat, pare un copac fără frunze. Păr puțin în cap, ochii holbați, gura, parcă nu avea buze, când vorbește, pare că vorbele-i ies direct din stomac. Dar e farmacia lui, ce mai, el comandă. E dintr-o familie de farmaciști tradițională, farmaciști de când se știu, poate că strămoșii vindeau ceaiuri și prișnițe. Mă uit la el cu interes. Pare că ar fi trebuit să se pensioneze de când hăul și pârăul. Cine știe de ce nu se gândește să o vândă? Până acum nu m-a interesat. Ce are el mai mult decât mine? Ce, eu nu pot să fiu șefa mea? Mă gândesc la ziua în care abia terminasem facultatea și tata îmi propune să

84

am farmacia proprie. Nici nu am vrut să ascult. Ar trebui să convoc familia pentru un consiliu urgent și extraordinar, cu ordinea de zi; Putem noi să cumpărăm o farmacie? Pot eu să mă ocup de ea? Tata vrea să se ocupe de contabilitate? Na, acum mi-a intrat în cap ceva nou. Pare că bărbații au trecut pe locul doi. Dar dacă o să fiu eu șefa, o să am timp liber ca să pot să mă mai ocup de ei? Ăsta e secretul meu, lista e deschisă.

Dau telefon și vorbesc cu Valentin ca să văd când ar fi liber pentru întrunire. Îmi spune că e, chiar în seara asta. Nu știu dacă nu e prea devreme. Cu o seară în urmă am avut consiliu de familie.

Mai exact seara spovedaniei. Îi promisesem mamei că o să reușesc eu să îndrept discuțiile spre dorința fiecăruia de a se destăinui sau, mai exact, să se elibereze de păcate, de greutățile sufletului. *Misiune grea, dar sunt sigură că o să reușesc, mai ales că intenționez să formez o familie pe baza sincerității și a responsabilității acțiunilor proprii. Îmi vine să râd, tocmai eu, care sunt cu capul în nori.* Oricum, să facem primul pas ca să ne cunoaștem, măcar să așternem un covor curat la picioarele noastre de acum încolo. Să-l lăsăm pe cel al trecutului cu toate greșelile scrise pe el, ca să nu uităm ce am făcut.

Suntem cu toții la masa bogată, cu tot ce trebuie, ca și cea pentru condamnații la moarte cărora li se oferă o ultimă masă copioasă. Mă uit la noi, pare că suntem niște actori. Fiecare își vede de îndestularea stomacului, a setei. Nu se gândește nimeni să-și elibereze conștiința. Eu stau lângă Valentin, el mă întreabă dacă mai vreau un pahar cu vin.

-Da, te rog. Vreau să prind curaj. Și pentru că suntem în familie, cu toții, vreau ca în seara asta să facem un joc, acela al curajului. Mă ridic și trec prin spatele lor, apoi mă reașez.

Au rămas surprinși în poziția în care erau când au auzit propunerea mea. Tata, cu furculița lângă gura căscată, gata să o astupe cu friptură. Lasă furculița alăturii Ia șervetul de lângă farfurie, se uită mirat la mine și contrariat la mama. Eu, pentru prima oară îl înfrunt cu privirea. Mama nu mai stă ca o stafie la masă. E dreaptă în scaun, se uită la fiecare dintre noi fără să-și mai ascundă privirea. El ridică puțin capul și sprâncenele la ea în semn de întrebare, dacă nu cumva știam tot. Mama dă din cap afirmativ. El se ridică de la masă, iese să fumeze o țigară. Rămânem noi trei. Valentin știe de la mine.

Când tata se întoarce de afară, evităm să-l privim. Rămâne în picioare, dă scaunul deoparte.

-Pot să vă spun doar că nu e păcat mai mare decât să faci uz de putere. Încerc de mulți ani să aud că am fost iertat, deși știu că nu merit. Am făcut ce am putut ca să pot să repar. Acum că știți cu toții povestea noastră pe care eu aș vrea să pot să șterg definitiv din mintea mea dar mai ales cea a Gabrielei, femeia care nu poate să mă ierte, simt asta, și eu nu pot să fac nimic pentru ai schimba comportamentul. În tot ce face se simte dorința de a mă pedepsi de câte ori are ocazia. Dar tac și sufăr. Lasă ochii în jos. Îmi este milă de el. Se uită la mine.

-Nora, și tu să mă ierți. Cred că am reușit să avem un cămin, eu v-am dat toată dragostea mea.

Valentin și cu mine avem lacrimi în ochi. Nu știu dacă și ei. Nu reușesc să-i privesc. Muțesc. Nu mai am putere să-i răspund. O întrezăresc pe mama printre lacrimile mele că se ridică în picioare și se îndreaptă spre el. Simțim mâna ei care ne atinge pe spate. Apoi îl ia pe tata de braț. Nu-mi vine să cred. Ne uităm mirați la ce se-ntâmplă.

-Nora, Valentin. Acum în fața voastră vreau să vă spun... Nu reușește să termine că începe să plângă, șterge lacrimile și continuă.

-Vreau să vă spun că m-ați ajutat să iau o hotărâre pe care nu am avut curajul să o iau până acum. Iar se oprește. Se uită la tata care stă cu capul plecat, nu poate, nu poate să ne privească. O ia de la capăt. Momentul e îngrozitor. Mă așteptam să spună că vrea să divorțeze sau să plece, să-l lase. O fixez ca să o oblig să ne spună adevărul. Se întoarce la el, îi ridică capul în sus prinzându-l de bărbie.

-Privește-mă, îi spune. Mitule, TE IERT. Cred că am făcut-o de câte ori ai venit ostenit, făcând ore suplimentare, de când țineai contabilitatea la alte firme, te-ai sacrificat pentru noi fără să ceri nimic. Și farfuria de mâncare pe care o pregăteam ca o femeie credincioasă, cu frica lui Dumnezeu, ți se părea că nu o meriți. Astăzi îți spun aici, de față cu copii noștri, că, *te iert* și să mai știi, mă rog la Dumnezeu ca să fii iertat.

Tata, acum, e un om cu față de tată și de soț. Nu mai spun că nu știu de unde avea atâtea lacrimi care se scurg pe fața mamei care, primea un sărut. Un sărut pe care tata nu a putut să i-l dea, pentru că ea nu i-a permis. Și acum, de față cu noi s-a întâmplat o minune. Ne ridicăm și ne ducem la ei, îi cuprindem în îmbrățișarea noastră de tineri, îi ținem aproape de teamă să nu-i mai despartă nimeni și nimic. Se dezlipesc și ne iau și pe noi în brațele lor...

Acum suntem o familie, o adevărată familie. Ne reașezăm la locurile noastre. Vorbim toți, nu se mai înțelege nimic. Începem să râdem de bucurie, suntem deconectați, simțim iubirea cum plutește peste noi. Nu am mai simțit așa ceva niciodată. Ce important e să fim martori și mai ales responsabili, să avem curaj în viață. Mâncam, vorbeam cu gurile pline, gesticulam împotriva tuturor legilor etice. Am ridicat paharele, tata ne-a îmbrățișat pe fiecare în parte. Nu l-am mai văzut niciodată așa fericit. Acum îl privesc cu respect și dragoste. Da, cu dragoste. A trecut examenul după o lungă suferință, în care a dat socoteală, propria lui conștiință nu avea cum să se elibereze, până în ziua curajului de a recunoaște că în viață nu trebuie să profiți, ci să ai răbdare, să respecți, și să ceri, nu să iei cu forța.

Farmacia mea?

E drept că se făcuse târziu, dar ard de nerăbdare să aflu părerea lor, în legătură cu gândul care-mi intrase în cap, propria mea farmacie. Profit de faptul că se făcuse liniște.

-Vreau să cumpăr o farmacie.

În timp ce privirile lor nedumerite mă urmăresc, surprinși, eu continuu.

- Da, o farmacie, toată a mea, să fiu eu șefă.

Valentin mă privește curios, mama, normal, dar tata nu rezistă, dă din cap de parcă nu auzise bine.

-Ce? O farmacie toată a ta?

-Da. De ce, eu nu pot să fac pe șefa?

-Ba da. Spuse el lung, dar nu cumva crezi că e ușor să poți să fii patron. Mai întâi e drum lung cu formalitățile. Ai nevoie de autorizație, licență de la primărie, număr de înregistrare, și mai ales o licență profesională și una de administrație, adică de competență.

Îl privesc și îi răspund.

-Păi mă duc la primărie și iau toate hârtiile astea.

-Dar tu știi că ai nevoie și de un capital?

-Cred că trebuie făcut un studiu de marcheting, spuse Valentin. Să căutăm o locație bună.

-O să ai nevoie de colaboratori, salariați, furnizori, depozite de medicamente.

-Cred că trebuie să închiriezi un spațiu Nora, ce zici? întreabă mama.

-Trebuie făcut și un studiu de fiabilitate, spuse din nou tata. Se lasă liniștea peste noi, gata, am început să mă gândesc serios. Eu o să te sprijin în tot acest greu drum pentru a-ți vedea visul cu ochii. E visul tău, nu?

Mă ridic cu paharul din care abia îmi înmuiasem buzele. Închin pentru noua mea idee. Mă felicit în gând. O să fac furori, mă gândesc...

Acasă

Ne scuzăm și plecăm. Sunt bucuroasă că am mai pus o dorință în sarcina familiei. Valentin e tăcut, nu știu dacă e îngrijorat, poate că e obosit. Într-un târziu întreabă.

-Nora, cum de era decapotabila ta la Capșa?

Eu muțesc. Nu de teamă, sunt surprinsă, ce naiba, că doar nu o fi pus detectivi pe urmele mele. Mă schimb la față. Nu mă așteptam. Bine că nu m-a întrebat acasă la ai mei, când chiar eu am provocat descărcarea conștiințelor. Trag pe dreapta. Mă întorc spre el și-l privesc direct în ochi.

-Ce faci, mă urmărești?

Îl întreb tot cu tupeu, credeam că o să-l intimidez.

-Nu încă, nu cred că e cazul. Mi-a spus Mardare, colegul meu. Intrase să bea o cafea. A văzut mașina parcată și pe tine cu un tip la o cafea. Sunteți colegi?

Mă uit la el și mă întreb dacă e prost sau face pe prostul. El cunoaște colegii mei la fel de bine ca și Mardare, că doar ne vizităm. Poate că vrea să mă ajute să mă scuz. Vede că nu spun nimic. Îmi iau inima în dinți și îi spun adevărul.

-Am fost invitată de Liviu.

Mă uit la el să văd ce face. E de un calm incredibil. Mă așteptam să strige, să ridice glasul, sau să mă pocnească.

-Bine, hai acasă, Nora. Mai avem puțin. Parchez mașina. Urcăm, intru și mă duc direct în baie să mă spăl pe mâini, am aflat că Valentin știe o parte din drumurile mele, când el nu e acasă. Intră și el în baie. Se spală de parcă se pregătea să intre în sala de operație. Se uită nedumerit în oglindă, la mine. Ca în fața unui aparat care ar fi putut să ne facă o radiografie a gândurilor. Mă uit cât e de frumos. Matur, a crescut, e bărbat, nu mai e tânărul din parc. Simt nevoia să-i spun tot, ca să știe. Dacă tot sunt fiica unui bărbat care m-a conceput împotriva dorinței mamei mele. Asta înseamnă că și eu am ceva rău în mine. Trebuie să-i spun chiar dacă adevărul ar putea să ne debusoleze. Să ne despartă sau poate că ar putea să ne unească mai mult. Contez pe inteligența lui. Pe caracterul lui nealterat, crescut într-o familie sănătoasă, la țară.

-M-am întâlnit cu Liviu.Tu știi cine e.

Nu a fost nevoie să-i dau explicații. Mergem de mult la concertele și la seratele de după concerte. Ochii i s-au întunecat, privirea lui e răutăcioasă. Se întoarce și mă pocnește cu mâna udă, așa ca să mă doară tare. Apoi se sprijină de marginea chiuvetei. Se privește în oglindă și începe să plângă. Eu nu mă mișc. Am simțit că am lângă mine un soț, un bărbat. Cred că ar trebui să fiu pocnită de câte ori greșesc. Dar oare am greșit? Mă lasă în baie și pleacă în sufragerie. Pune două pahare de Brandy. Vede că nu ies. Acum îmi e rușine de el. De ce făcusem, eu, femeie măritată. Dar oare de ce dacă ne mărităm, nu mai putem să stăm în compania altor bărbați ca să vedem cum sunt, poate că așa îl prețuim mai mult pe cel de lângă noi sau știm dacă trebuie să stăm sau nu cu el toată viața.

Intru, mă așez, luăm paharele și le bem până la fund.

-De ce, de ce, Nora? Ce e între voi? Ce cauți? Ce nu ai?

În timp ce întreba se ridică se lasă în genunchi în fața mea. Vrea să mă mângâie pe obraz, unde e semnul și durerea. Nu-l las.

-Nu, nu o face Valentin. Lasă, vreau să mă doară, ca să-mi amintesc de ea.

-Nu vreau să te pierd. Am suferit când am aflat. Eu nu știu să trăiesc fără tine. Ce trebuie să fac?

Îi iau capul în mâinile făcute căuș. Apoi îl mângâi pe păr. Îi iau mâna cu care m-a lovit și o sărut în palmă. Nu m-a durut, a dat-o doar așa, simbolic. Dar eu, nu o să pot să nu-mi amintesc de ea.

-Am fost la el acasă.

Se înroșește la față. Se ridică și toarnă în pahare. Nu am făcut dragoste, dar a fost cred mai rău decât dacă am fi făcut dragoste. - Nu știu de ce sunt atât de curioasă. Simt o nevoie teribilă, incontrolabilă să fiu curtată. Să intru în rolul de femeie puternică. Să-i văd cum se topesc. Cum se transformă în curtezani. Cum născocesc jocuri și cuvinte cu care să mă impresioneze. Și eu, să-mi umplu mintea și sufletul de ele, să văd dacă mai sunt cuvinte pe care nu le folosim. Și asta doar pentru că suntem siguri de noi, suntem căsătoriți.

-Mă uimești, Nora. Dar să știi că te înțeleg. Nu știu dacă și voi ați studiat în facultate, poate așa, în trecere, despre sindromul Burnout, care este o cauză de stres, în care suntem prinși în situații prea solicitante.

-Nu, dragă, asta fac psihologii.

-Uite că n0i am studiat simptomele acestui sindrom, stă la baza multor explicații de comportament ale individului.

-Da? Și cum se manifestă? Sau care sunt cauzele? îl întreb în timp ce-l privesc cu interes.

-Duce la epuizare fizică și psihică datorită emoțiilor negative acumulate în timp. Îmi răspunde cu calm.

-Poate fi din cauza epuizării după angajarea la farmacie? întreb interesată de răspuns.

-Poate că îți este teamă să nu te dea afară, sau al solicitărilor, volumul mare de muncă, lipsa de bani, frica de șomaj... Valentin mă studiază, vrea să vadă ce reacție am.

-Nu dragă, nici vorbă. Mai degrabă îmi este teamă să nu mă depersonalizez, este o definiție dacă-mi amintesc bine, de burn-aut, ceva care nu are nicio legătură cu mine, dragul meu Valentin.

-Se pare că cei ca noi, care lucrăm cu oamenii putem fi afectați, Nora, noi, medicii, profesorii, farmaciștii, funcționarii publici, vânzătorii. De exemplu, mai sunt unii ca tine care au dorința de a performa. Care sunt grăbiți, nerăbdători, vulnerabili la excesul de cereri personale. Suferă de idealism sau se învinuiesc pentru că nu au atins scopul îndeplinirii personale.

-Crezi că am probleme serioase, Valentin?

-Tu încă ești în căutarea identității, ai de luptat, de căutat, de muncit foarte mult, cu tine, cu noi, cei din jurul tău, până când o să reușești. Ce crezi că numai tu o cauți? Toți suntem așa. Căutăm toată viața. Pe parcursul vieții, ne dăm seama dacă suntem sau nu pe calea cea bună. Dacă nu, schimbăm macazul, o luăm pe altă stradă, de multe ori semnalizăm la stânga și o luăm la dreapta. Asta e viața, Nora o luptă continuă cu noi, cu lumea, pe care nu avem cum să o cunoaștem. Pe care o descoperim pe parcurs. Poate că nici noi nu reușim să ne cunoaștem, să ajungem obiectivele, dar supraviețuim. Valentin se apropie de fotoliul meu, își face loc lângă mine, voia să mă facă să înțeleg ce vrea să spună.

-Poate că greșesc dacă vreau să am farmacia mea proprie, ce zici? Dacă e doar o tendință de orgoliu personal, ca să ajung la un anumit nivel, ca să câștig mai bine? Mă privește, ridică sprâncenele.

-Dar dacă tu vrei doar să fii foarte ocupată, ca să eviți o angajare într-o relație intimă, importantă chiar dacă asta ar putea să-ți dea un echilibru ca femeie, Nora?

Îl simt cum mă ține lângă el, simt căldura corpului și a vorbelor. Pare un sfânt care are grijă de mine. Mă simt bine.

-Eu cred că trebuie să mă mai gândesc Valentin la chestia cu farmacia.

-Vezi, Nora, draga mea, e posibil ca, odată cu timpul, să poți să ai un disconfort emoțional, nu o să mai poți să scapi de partea negativă emoțională, pentru că o să fii suprasolicitată.

-Păi și atunci ce trebuie să fac? Să renunț?

-Mai gândește-te, acest conflict inter-personal cu munca ar putea să creeze probleme între familie și muncă. Toți consumăm multă energie în dorința de a excela la locul de muncă. Și asta ca să dovedim capacitatea noastră, valența profesională în fața concurenței. Voi femeile, concurați cu bărbații, mai ales pe toate planurile.

Râde pe înfundate. Eu îl iau de gât, simt nevoia să-l pup peste tot. Așa și fac. Pe față, pe urechi pe păr pe unde apuc. El se face că se apără de ploaia de săruturi și mă apucă de mâini. Se ferește și continuă.

-Vezi că sindromul ăsta, Burnout, apare pe fondul stresului la care o să fii expusă după ce o să ai farmacia ta, când vei avea un mediu nou, necunoscut. Tu ar trebui să demonstrezi că poți să faci față. Că ai eficiență ridicată, draga mea. Dacă dai semne de epuizare, în primele cinci luni de încercare, de adaptare, vindem farmacia și gata. Râde de parcă ar fi spus un banc.

Mă ridic. Încep să-l gâdil. Cât e de mare, sare de pe fotoliu, fuge în dormitor unde, după atâta Brandy și discuții am căzut lați. Am adormit epuizați complet. Cred că era două noaptea când îl trezesc pe Valentin.

-Nu pot să dorm mai spune-mi despre acest sindrom.

Mă ridic ca să aud mai bine, vorbește foarte clar.

- Sunt persoane care nu riscă să aibă sindromul Burnout. Ăstia sunt cei care sunt atenți la starea fizică. Au o sănătate bună. Care fac sport, au un stil de viață sănătos. Dar, spune, cu vocea ridicată că, stima de sine și încrederea, se pot baza pe ceea ce sunt. Adică pe educația, abilitatea și capacitatea lor. Pun mâna pe el.

-Ce faci? Ești treaz?

-De ce? mă întreabă curios și somnoros.

-Văd că iar îmi vorbești despre sindromul ăsta a lui Bondoc sau cum îl cheamă că nici eu nu sunt trează de-a binelea. Valentin se întoarce, mă ia în brațe și adormim râzând de noi, de noaptea care se joacă cu noi și cu mințile noastre tinere, încinse și dornice să afle cât mai multe despre viață.

Muller

Astăzi Valentin lucrează până târziu. Eu am liber. Fac câte două ture, adică una dimineață și alta după amiază. Așa că am câte trei zile libere pe săptămână. Mă întind. El nu mai e lângă mine, așa e în fiecare dimineață, trebuie să plece devreme. Nu e de glumit cu pacienții operați.

Ce ar fi să merg cu mama prin magazine? Schimb ideea, nu e bună. Poate că astăzi are program cu Zoli. Spunea că se întâlnesc uneori la o cafea. Tata știe, ca să vezi, domnule, ce om, bravo lui. Da, dar el are încredere în ea, știe să păstreze distanța. Mai știe că e căsătorită și că are o familia cu el. Nu e nici un pericol. Oare de ce se spune așa, relație deshisă? Înseamnă că sunt liberi?

Afară e o zi superbă, călduță și senină. Mă întreb cu ce să mă îmbrac comod pentru bătut magazine. Mai întâi o să-mi pun niște balerine joase, fine, moi, numai bune. Aleg un pantalon deasupra gleznei. Larg, galben ca păpădia. O bluză fină, verde deschis, cu o floare de păpădie, culoarea pantalonului. Într-o parte de pe umăr coboară cu frunzele pe piept. Scot balerinele și încalț o pereche de pantofi sidefați, cu baretă pe gleznă print leopard ce-l au și la spate, deasupra tocului. Atât, în rest simpli, sidefați, veseli. Îmi pun o șapcă tinerească, simplă, un bej deschis. Are o panglică cu print leopard ca și poșeta mare cu paspartu și curea leopardată. Culorile printate de leopard sunt foarte pale, sunt discrete. Caut trenciul bej îl iau pe mână și sunt gata de plecare. Îmi amintesc că această toaletă de zi, o văzusem pe o domnișoară la o parada de modă. A fost suficient să spun că îmi place și Valentin a și cumpărat-o. Le primisem a doua zi, chiar când mă pregăteam să plec la servici. Deasupra cutiei, un trandafir, roșu, adevărat, cu coadă lungă, așezat pe diagonală. În colțul de sus era un plic de la Vali. Doamne, ce m-am mai bucurat.

Așa că ies la o plimbare cu temă, shopping, cine știe ce se mai întâmplă și astăzi. Mă uit în oglinda mare de la ieșire, sunt foarte elegantă și foarte vizibilă. Un strop de parfum și gata, ies. Mă simt foarte bine, acum că știe totul despre mine, adică nu chiar tot, dar sunt bucuroasă că Valentin nu m-a pedepsit. Ce știu eu cum, să-mi ia cheile de la mașină în zilele mele libere. Hm. Aveam impresia că dacă tot am golit parte din coșul cu surprize, trebuie să mă duc în căutare de altele. Curios, mă cert, hai, gata, termină, nu te juca cu focul. Pe drum mă bate gândul să mă duc mai întâi la niște magazine pentru bărbați, să-i cumpăr și lui ceva deosebit, ca să-l surprind. Dar ce? Un ac de cravată din aur cu un mic diamant. Dar nu m-a ținut mult. Schimb ideea, mai întâi fac eu o plimbare să văd ce noutăți mai sunt, pentru mine.

Las mașina în parcare. Ajung în fața magazinului, pun mâna pe bara imensei uși din sticlă, trag, dar, deasupra mâinii mele o mână de bărbat trage o dată cu mine. Nu pot să văd cine e. Intru și mă întorc curioasă. Un tip înalt, blond, bronzat, când mă vede din față, rămâne surprins.

-Scuzați, nu sunteți persoana pe care o cunosc.

Privită din spate e ușor să te înșeli. Ne dăm într-o parte ca să deblocăm intrarea. Hm, mă gândesc, și ăsta de unde a mai apărut? *Doamne. Dar câte exemplare demențiale ai făcut? Și te mai miri că facem păcate. Păi tu nu vezi cum e? Asta nu e ispită?* Îmi prinde mâinile între ale lui. Se uită la mine râzând. Ce naiba râzi, nu vezi că m-am topit de bucurie. Sau poate vrei să te scuzi mă gândesc? Chiar așa și face.

-Vă, vă rog să mă scuzați doamnă. V-am confundat cu o colegă.

Îl fixez sigură că o să-l impresioneze răspunsul meu, dar mai ales privirea, sigură, dar dulce, ca mierea.

-Se mai întâmplă să facem confuzii domnule. Așa că accept scuzele, la o cafea, mi-o datorați pentru emoții.

Nu e așa simplu să vrei să deschizi o ușă și să te trezești că de undeva de sus, cineva, trimite ajutor. Se luminează și acceptă. Așa că ieșim și ne îndreptăm spre grădina de vară a unui Bar-Cafe cu mese mici, intime, rotunde, cu fețe de masă impecabile, albe. La mijlocul meselor sunt șervete colorate. Pe fiecare masă șervetele sunt de o altă culoare. Toate aceste culori sunt ca o invitație pentru cei ce intră ca să rămână mai mult. Culmea e că e doar o masă liberă la umbră, una cu șervetul roșu. Culoarea care mie nu-mi place, dar știu că simbolizează viață, îndrăzneală. Culoarea pasiunii. Poate da naștere la sentimente extreme…

Iată-ne ajunși, ne așezăm, între noi o masă mică, rotundă. Două scaune de grădină comode, cu perne. Se apleacă. Îl trage pe cel din dreapta. Mă așez în timp ce-mi las poșeta pe partea stângă a mesei. El se asigură că stau comod. Se așază în fața mea. Inevitabilul s-a produs. A depărtat picioarele ca să poată să ocupe doar spațiul mic de sub masă. Așa că, picioarele mele aveau doar puțin loc între ale lui. A făcut tot ce a putut să nu ne atingem, dar a fost imposibil. Aceasta a declanșat un râs spontan, plăcut și respectuos. Ce să mai spun? Iar sunt prinsă într-o situație care nu știu cum se va termina. Oricum, iau poziția femeii seducătoare, irezistibilă, dracu gol, cu alte cuvinte. Na că s-a înroșit la față de emoție sau cine știe de ce, poate de plăcere. Ne scoatem ochelarii în același moment. Sincronizați, cu calm și eleganță. La comanda cuiva care voia să ne dea posibilitatea să ne privim direct în ochi. Să vedem care e mai dibaci în arta conversației, ca să nu putem să trișăm. În fond, suntem două persoane tinere, moderne, putem să ne bucurăm de cunoștință fără să ne încurcăm în ceva demodat sau repetitiv, fără interese, doar ca să pierdem timpul la o cafea. Am în fața mea un bărbat frumos, deosebit. Pot să-l consider un accesoriu sexy, contrar prejudecăților pe acest subiect.

Sunt impresionată de gesturile lui simple, atente, nu e primul bărbat care se comportă așa... Sunt gesturi atât de naturale, măsurate, pentru a putea trata o doamnă, mai mult, femeia, cu oarecare respect. Îl are instinctiv, natural. Nu e rigid și nici de modă veche. Are ceva între curtezanii pictați de pe pânzele celebre alături de femei frumoase, pentru care unii și-au pierdut viața în dueluri. Un fel de Viking amestecat cu Alfredo, curtezanul Violetei din Traviata.

-Hi, sunt Muller, am un spectacol diseară. Rămân uimită. Doamne da complicată mai e viața mea. Zâmbesc. Îi întind mâna în timp ce mă prezint.

-Eleonora, pe scurt, Nora. El o strânge prietenește, atât.

-Hi, Nora, e frumos numele tău.

Avem cafelele în față. Îmi pune o linguriță cu zahăr. Îi privesc mâinile fine, delicate. Eu o ridic pe a mea, în semn că nu mai vreau.

-Îți place cafeaua amară, doamnă? Așa, ca viața?

Mă minunez, nu părea de loc un tip care să fi suferit sau că viața l-ar fi tăvălit cine știe cum și pe unde.

-De ce viața e amară?

Nu spune nimic, aștept răspunsul. Credeam că o să înceapă cu vrăjeala. Cred că a văzut ce tip de femeie sunt, a înțeles că nu cred în povești inventate pe moment, ca să mă impresioneze. Cred că e aproape 35 de ani dacă nu mă înșel. Are și el o poveste tristă sau vrea doar să mă impresioneze pe mine? Dar ce-i veni? De ce a trebuit să-mi iasă în cale să-mi strice ziua. La ce speram eu și unde bate el. De ce nu folosește regulile codului de bune maniere? Să-mi facă ziua mai frumoasă, ușoară, nu să mă complice. Și așa viața mea pare un fiasco. Nu prea știu încotro să o iau, deocamdată...

Doamne, ce moment stresant. Cine știe, poate că-mi place de el și sunt emoționată. Eu care aș fi vrut să fac o impresie bună, doar atât. Să-i las o amintire plăcută. Ce să fac cu el? Nu-l cunosc de loc. Sunt încurcată. Nu știu ce subiect să abordez, ca să nu-i dau posibilitatea să-mi spună de ce, povestea vieții lui e complicată. Ce, a mea nu e complicată? Adevărul e că dacă e complicată, e mai frumoasă, mai interesantă. Îmi folosesc zâmbetul, știu că e un succes garantat. Vreau să noteze că sunt veselă și deconectată. Pare că aspectul meu l-a impresionat plăcut. Așa că sunt sigură de mine. Da ce să fac? Să-i dau de înțeles că sexul, la prima întâlnire, este o opțiune personală, pentru mine este mult mai important contactul fizic. Ce-ar fi să mă sărute? Pare că s-a binedispus, cred, nu știu precis ce să mai cred, mă privește, atât. Scoate din borsetă un carnet și un pix. Na, mă gândesc, acum îmi face portretul. Îmi vine să mă ridic și să plec. Începe să scrie ceva, mă privește și scrie. Apoi trage scaunul aproape de mine, foarte aproape, îi simt respirația.

-Uite, ascultă, versurile astea sunt pentru tine, am să le pun pe muzică va deveni un cântec pe care vreau să ți-l dedic ție, femeia necunoscută. Știi, eu mă pricep la compoziții, le și cânt. *Pentru tine vreau să fac un imn, un îndemn la viață, la surprizele pe care ea, viața, le pregătește și când crezi că nu mai ai pentru ce să te bucuri, hop, vine surpriza.* Începem să râdem, mă îmbrățișează ca pe cineva pe care poate că știa că există, dar nu știa unde. Și, din întâmplare, mă găsise, și acum, de bucurie, scrie cuvinte, scrie ceva ce simte. Dar oare cum poate mintea și inima să ne-o ia înainte?

-Nora, Nora, ascultă-mă. Îngână o melodie, apoi așează cuvintele pe ea.

Vreau să deschid o ușă care, e la intrarea-n magazin, e coadă,
Unde știu bine, c-aveau doar pantaloni, cămăși și haine,
Dar ușa-avea și-o bară aurită, pe care am găsit o mână caldă,
E de femeie? E doar o umbră? Sau nu văd bine.

Simt că ar vrea, să stea mai mult cu mine,
Și mâna mea o strâng mai bine.
Nu vreau să știu de ce și cum,

Și nici de vom avea, un drum.

Știu doar, că-i fină, blândă și mă lasă,
  Să-i iau din timp, să iau al ei parfum,
  Și tot ce are ea mai bun,
  Să pot din ea să fac o muză,

Să pot să-i pun cu un sărut, pe gură,
  Că are scris pe ea, dorință,
  Și să mă facă să o vreau,
  Ș-apoi să cad în umilință...

Efectul asupra mea este devastant, surprinzător, în premieră absolută. Nu credeam că pot fi pe post de muză, să inspir un bărbat, eu. Îmi vine să râd. El nu știe cu cine sunt. Sunt curioasă ce ar vrea să-mi dedice, în cazul în care ar fi trecut pe lista mea cu bărbați la rubrica numărul 4. Nu cred că o să-l scutesc de suferință, dar asta doar în cazul în care ar sta la jocul meu. Dar dacă ăsta e mai tare ca mine și mă face să mă îndrăgostesc de el și apoi mă abandonează ca să mă rănească, să mă învăț minte să nu mă mai joc cu ei?

Deocamdată să văd cum fac să-i sucesc capul. Din câte văd nu e greu. Ăsta sau a fost abandonat de vreo nemțoaică, blondă decolorată, sau divorțat de vreo italiancă rea ca focul. Simt cum îmi ia mâna și o sărută. Na beleaua. Acum ce mă fac? Îl privesc cu ochii abia întredeschiși, îi trimit limbi de foc, săgeți și semnale că poate să înceapă partida, gata l-am injectat. Îmi mângâie gâtul cu degetele lungi, fine, delicate. Mă cutremur, dar nu mă dau de gol. Îmi pune degetul mijlociu pe buza de jos, de parcă voia să vadă dacă buzele mele sunt destul de moi, dacă sunt pe placul meu. La prima atingere vreau să mă trag înapoi, dar, ehei, e bine, e bine tare, e excitant. Îl plimbă pe buza mea fără să spună nimic. Mă privește, atât, mă privește cu interes. Eu nu mai rezist când trece pe buza de sus, atunci, buzele-mi rămân anesteziate, ușor deschise, pare că fac loc sărutului care plutește în aer. Aștept să mă reanimeze, să simt ce știe el să facă cu ele. Am mai fost sărutată de soțul meu, de Emil, de Liviu, de el, nu, știu precis. Îmi sprijină capul pe brațul lui pe care-l dusese în spatele meu, în semn de protecție, cu delicatețe mă ajută să-mi sprijin capul, încet, mă incită, mă uit la el. *Doamne, vezi, acum, ce să fac? Dă-mi un semn, dă-mi curaj, dacă mai pui un păcat pe lista mea, până când o să mă chemi o să fie o listă lungă de aici și până la tine. Tu m-ai făcut așa, de ce?* Văd cum se apropie de buzele mele, sărutate de zeci de ori de soțul meu, și acum el, vine să mă sărute peste altele, ca să văd care e diferența? Gata, sunt pierdută. Se apropie și-mi lasă un sărut scurt, abia simțit, ca o adiere de vânt pe care scrie respect. Eu sunt amețită. Sunt prea slabă. Cum am putut să cred că îi plac așa de mult, ca să mă și sărute ca lumea așa de repede?

-Nora, te rog să nu te superi. Dar nu am rezistat. Uite cum îmi bate inima.

Îmi ia mâna și o strecoară sub cămașa fină, o așează pe locul de unde inima lui bate, bate tare, sacadat, de parcă voia să iasă. Am o senzație extraordinară. Între cămașa fină și piele, un strat fin de puf moale, care cred că a lăsat pe mâna mea tot atâtea dorințe de a mă dărui lui. Vreau să fac o nebunie. Vreau să mă potolesc. Și asta poate fi doar atunci când o să am curaj să merg până la capăt. Cred că am primit semnalul așteptat. Nu știu de unde a venit, de sus, de la El, sau de jos, unde poate că am un loc rezervat. Știu că nu o să fiu singura, dar de ce să plătesc dacă dragostea a lăsat-o Dumnezeu? Este legea firească a firii umane, să iubim. În rest, nu mai contează nimic. Și tot așa eu, cu gândurile mele, mă trezesc de mână cu el intrând într-o cameră a hotelului Palas. Deschide ușa larg, nu fac eu primul pas, intră el, îmi pune brațul după gâtul lui puternic și mă ia ca pe o furnică, sunt în brațele lui, se învârte cu mine, pe melodia pe care abia o inventase. Îmi umple sufletul de bucurie, mă las să facă ce vrea cu mine. Ne aruncăm în patul imens, moale, moale ca cel al lui Liviu, moale ca dorința, și mai tare decât orice pat făcut special pentru dragoste, ca hotărârea și curajul. Mă privește, se pregătește să mă sărute. Eu vreau, da, vreau sărutul lui, aici, unde nu ne vede și nu ne știe nimeni. Se apropie din ce în ce mai mult. Dar, când să treacă la fapte, sună celularul. Sare, îl scoate din buzunar, răspunde.

-Da, bine, unde? La ce oră? Acum, acum nu pot.

De partea cealaltă cineva se agită, spune că e așteptat la repetiție de două ore. Închide, se plimbă agitat prin cameră. Eu rămân îngropată pe locul în care ar fi trebuit să fac ce abia hotărâsem. Iar mă uit în tavan. *Doamne, tot Tu te joci cu mine, când mă trimiți înainte, când mă oprești, eu ce să fac, spune și tu?* Mă ridic, mă duc în baie și-mi aranjez părul. Mă uit la mine. Înțeleg că ăsta a fost răspunsul la întrebarea pe care am cerut-o eu Celui de Sus. Sunt bucuroasă. Nu e nici o tragedie, se scuză. Stabilim să ne vedem a doua zi de dimineață. Caută în diplomat și-mi dă două invitații pentru spectacolul din seara asta.

-Nora, te rog să mă scuzi. Nu cred că mai e nevoie de explicații. Te rog, te implor să mă ierți!

Spunea asta în timp ce mă lua de mână, mă duce cu mașina la locul de parcare al magazinului. Mă sărută în mașină. Acum de-adevăratelea. Nici nu știu încă cum a fost. Știu doar că sunt în mașina mea și nu mai știu nici unde e gaura pentru cheia de contact nu mai văd nimic, pare că sunt amețită. *Da asta ce mai e, Doamne? Aud și răspunsul care plutea prin aer, păi vezi, dacă-ți place să te joci cu focul?* Mă frec la ochi. Aștept să-mi revin. Alerg acasă, simt că am ceva în plus, o energie nouă, mă arunc în pat îmbrăcată. Închid ochii și încerc să reconstruiesc emoțiile și plăcerea, luată prin surprindere, ca un boxer care nu ține garda sus. Plimb limba pe buze, mă cutremur, îi simt gustul, sunt fericită. Pun mâinile la ochi și râd, râd de bucurie, în timp ce corpul meu se tăvălește în tot patul...

Margareta

Azi noapte am visat-o pe bunica. Parcă ne chema la cuptorul din curte spunând că scoate pâine caldă. Așa făcea, ne aduna sau mai bine zis ne ademenea, ba cu gogoși, ba cu pâine caldă, parcă îi simt mirosul, nu-l uit de pâine cu untură și ceapă tăiată pe deasupra. Știa când să iasă, să ne strige de la joacă. Dacă ar fi fost după noi, am fi stat flămânzi toată ziua.

Îmi amintesc că iarna, îmi povestea, despre vecina și prietena ei cu care se cunoștea de când lumea. Crescuseră împreună, povestea ce pățise cu copii după ce i-au crescut și i-au dat la facultăți, ea și soțul ei nea Tache. Când erau mici, nu-i lăsau să pună mâna pe coada sapei sau a toporului, să taie și ei un lemn. Nimic. Erau mari, veneau în vacanţă şi se uitau la bunica cam strâmb, că, vezi Doamne, noi nu am putut să o dăm la facultate pe maicăta. Da-mi povestea că erau vecini buni, gospodari, aveau de toate. Ea se măritase cu nea Tache, un băiat din satul vecin, înalt şi frumos.

Părinţii lui locuiau la vreo 12 km de satul nostru.

Biata Margareta rămăsese văduvă de tânără, pe la 40 de ani. Tache murise pe câmp, muncea fără să se oprească. Avea trei fete şi doi băieţi, toţi cu şcolile terminate, la casele lor, locuiau la oraş, dar niciunul nu le semăna. Nu erau aşa descurcăreţi ca ei. Trăiau din salar, ce câştigau, cheltuiau. Mereu îi cereau bani când veneau acasă, să o vadă, cică. Şi tot aşa până într-o zi când au venit cu toţii la parastas, dar, după ce au plecat, şi-a făcut şi ea o socoteală văzând că au plecat cu maşinile pline cu de toate. Numai că acum nu mai aşteptau să le dea ea ce şi cum putea, îşi luau singuri. Găini, raţe, curci, gâşte, mai avea trei iepuri, i-au luat şi pe ăia. Din pod, şuncile şi jamboanele dispăruseră.

Într-o zi, îmi spuse bunica, Margareta a venit la mine şi ne-am aşezat şi noi ca femeile, la vorbă. Mi-a povestit tot, şi la urmă i s-au scurs şi câteva lacrimi de durere.

-Ştii ce m-am gândit Viorica?

-Nu ştiu, ia spune.

-M-am gândit să mă prefac că sunt bolnavă, să văd şi eu ce au să facă. Doar tu ştii că nu e aşa. Eu o să stau în pat când or veni cu toţii să mai cureţe de pe aici ce-a mai rămas. Ce zici?

-Ce să zic? Chiar aşa nu le pasă de tine, Margareta?

-Poate că mă înşel. Aşa că o să-i pun la probă.

Se ridică şi îmi face cu ochiul şugubăţ ca să mă asigure că aşa o să facă. Credeam că renunţă la ideea asta. Dar nu a fost aşa.

După două săptămâni s-au prezentat cu toţii. Au găsit-o în pat. Au întrebat-o în treacăt ce are. Mai mult nemulţumiţi că nu i-a mai aşteptat cu sarmale, fripturi şi alte bunătăţi ca altădată. Au stat ei ce au stat, iar au mai luat ce le mai trebuia. Ba una dintre fete, cea mare, a întrebat-o dacă a făcut testament pe casă, şi că s-au gândit să cheme notarul acasă că dacă tot e bolnavă...

Numai că Margareta le spusese să stea liniştiţi că o să se facă bine. Aşa că și-au luat copii și duși au fost. După puțin timp o văd cum vine iar la mine bucuroasă nevoie mare.

-Ai văzut? Îmi spune. Nu le pasă de mine. Dar eu îi iubesc așa cum sunt. Da nu mă las Margareto până când nu le dau o lecție să mă țină minte, că sunt mama lor și că nu numai la dat trebuie să vină la mine, să-mi dea și mie o bucurie, să vorbească cu mine, că eu și Tache numai acolo, nu le-am suflat cu dragoste și sacrificii, că doar știi. Gata m-am liniștit, acum încep acțiunea. Mâine închid telefonul. Îmi iau și eu un celular. Tot satul are, numai eu, nu. Zis și făcut. A închis telefonul. S-a dus la oraș și a cumpărat un celular, și-a cumpărat niște lucruri noi de îmbrăcat și de încălțat și un parfum pe care l-a dorit mereu, dar s-a tot lăsat pe ea. A doua zi a tras mașina în fața casei, a încărcat ce era mai de preț din casă. A chemat un vecin cu camionul și cu patru băieți care au pus toate animalele în cuști, porcul și curcanii care au mai rămas și le-a dus în satul vecin, la casa socrilor pe care nu o vânduse după ce socrii nu au mai fost în viață. A îngrijit-o și aranjat-o. S-a refugiat, cum spune ea, acolo. Are niște vecini mai nevoiași pe care îi plătește să aibă grijă de casă și animale, când nu e ea acasă, se ducea să vadă cum își fac datoria, că doar îi plătea. În ograda ei lăsase doar două găini ouătoare ca să mai aibă câte un ou proaspăt, la nevoie. Dacă-ai ști ce bucuroasă era după isprava asta.

Într-o zi îmi spune că o să plece să stea acolo la sfârșitul săptămânii, era sigură iar au să-i vină copii, că au terminat proviziile, și că dacă mă întreabă unde e, să le spun că a plecat la București, la verișoara ei. Zis și făcut. A încuiat tot până și poatra și dusă a fost.

Ce crezi Nora, au venit de dimineață cu toții, dar nu au putut să intre că ea încuiase poarta, că aveau și ei poartă cu grilaj din fier. S-au tot învârtit până când au venit la noi să întrebe de ea. Eu le-am spus ce-mi spusese ea. Nedumeriți, se tot uitau prin gard, în curte, au văzut că nu mai e plină de păsări, au înțeles că ceva făcuse mama lor. Neavând ce face, au plecat și duși au fost.

Pe seară a venit Margareta, a tras mașina în fața porții noastre și a venit repede ca să-i spun ce-au făcut. I-am povestit, era tare bucuroasă, dar la urmă au început să-i curgă lacrimile, multe, tare multe, atât de multe că am început să plâng și eu de mila ei, ce vrei, inimă de mamă.

-Of Doamne, de ce oare copiii nu mă iubesc? De ce sunt așa materialiști și nu le pasă de mine.

Se văicărea, ofta și plângea. După ce s-a răcorit a plecat acasă și și-a văzut de ale ei.

-Și ce-au mai făcut, bunică? o întrebam curioasă. Păi ei s-au împrăștiat prin lume, doi în America, doi în Spania și fata cea mică la Londra. Nu i-am mai văzut pe aici.

Da, să știi că Dumnezeu nu a lăsat-o. Într-o Duminică, când tocmai se întorcea de la biserică, pe jos, că nu era departe, cu gândurile ei, *tocmai când îi spusese lui Dumnezeu că îi este tare urât singură și că poate s-o îndura El de ea, că e bătrână și că nu ar vrea să moară singură ca un câine, în casă, ce să vezi, minune.* Cum plouase și ea mergea pe marginea drumului, a trecut o mașină care a stropit-o din cauza unei gropi de pe marginea șoselei. Se întoarce, se uită după mașină, își face o cruce mare și spune: Cum, Doamne iartă-mă, să nu spun nimic? Uite și tu ce mi-a făcut. Dar, mașina s-a întors. Din ea a coborât un domn, a traversat strada, s-a prezentat și scuzat. Asta a fost ziua în care Dumnezeu s-a îndurat de ea. De atunci el nu s-a mai despărțit de ea. Margareta a vândut casele, animalele și ce mai avea, a dat de pomană în tot satul ce nu-i mai trebuia și a plecat la el acasă. S-au cununat la biserică. A dus-o în voiaj de nuntă cu vaporul. Pe ea, care nici prin vis nu putea să vadă așa ceva. El are doi băieți la casele lor, care o respectă și o iubesc. Și ei nu-i rămâne decât să se bucure de ei și să lăcrimeze cu gândul la cei cinci copii cărora le-a dat viață și care au uitat că au o mamă. După ce a terminat, și-a șters și ea ochii. Dar lacrimile erau de bucurie pentru Margareta...

Six

Capitolul 6

∾ↄ♡ↄ♡⌒

Nu anticipasem faptul
că şi scările pot creea
situaţii deosebite.

E dimineaţă, mă îndrept spre primărie, vreau să mă interesez despre formalităţile necesare pentru a realiza această dorinţa de a avea o farmacie, a mea, intru în acţiune. M-am îmbrăcat cu un costum bleumarin, cu un paspartu fin la manşete şi guler, un gri metalizat. O bluză albă, fină. Această simplitate, nu face altceva, decât să arate intenţia mea de a reflecta maturitatea, printr-o eleganţă simplă, minimă, dar notabilă. Am asortat geanta cu pantofii. Sigur, parfumul este ca briza mării de dimineaţă. Degajă un aer proaspăt. Sper să pot oferi şi un interesant impact vizual.

Sunt curioasă, nu am mai umblat pe la primărie. Urc scările impunătoare de la intrare. Constat că e destul de mare foială. Care intră, care ies. Unii discută aprins cu câte un consultant, probabil. Am sub braţ un dosar cu actele de care am nevoie, poşeta şi cheile de la maşină în mâna cealaltă. Sună

104

celularul, desfac geanta să-l iau, mă împiedic de-o treaptă, mă dezechilibrez. Las geanta să cadă ca să mă pot controla. Nu urcasem multe trepte, aşa că primul gând a fost, chiar dacă o să cad, nu o să fie rău, urcasem cinci trepte. Dar, în timp ce corpul meu nu mă ascultă şi se pregăteşte să o ia la vale, aşa, ca din senin, cineva mă prinde de mâna cu care nu ştiam ce să fac. Sunt braţele unui bărbat. Întorc capul în partea de unde m-a învăluit un miros intens, cu aromă sălbatică de salvie şi piper negru, cu un pic de picant. Nu văd prea bine, dar mă ajută să mă îndrept în timp ce-mi pune geanta pe umăr şi mâna pe braţul lui ca să mă ajute să ajung până sus. Simt că mă doare genunchiul drept, pe care m-am sprijinit în cădere. Nu e momentul potrivit să văd cum e. O să vadă acasă Valentin. Urcăm scările încet, aşteaptă la fiecare treaptă să urc şi eu. Acum ştiu exact ce parfum foloseşte, Dolce Gabbana. Respir aerul dimineţii, îmi umplu mintea şi sufletul cu momentul de faţă, de braţ cu un El care poate fi un posibil curtezan. E foarte serios. Trag cu ochiul. E un bărbat stilat. Se vede că se cremuieşte în fiecare zi. Aşa cum fac şi eu de altfel. Pe la mijlocul scărilor îl privesc mai bine, îi văd doar profilul. În faţă, multe scări, pare că duc la un infinit despre care nu ştiu nimic. Nu mai văd uşile de la intrare, văd ceva în ceaţă, o oază, ceva de descoperit. Inima-mi pulsează frenetic prin fiecare venă, în ritmul unui cântec de îndemn la viaţă. Iar vreau, doresc, am curajul să văd dacă e şi el în acest peisaj sălbatic, în care trăim zi de zi, dispus să se joace cu o femeie. Mirosul, adierea vântului şi dorinţa mea ar putea să ne pună la încercare, să ne bucure?

Pasul lui e sigur, pare hotărât să mă însoţească până sus. Nu dă semne de nerăbdare, dar nici de plăcere. Are un sex appeal deosebit, seducător, foarte elegant, dar mai ales puternic. Ajungem la capătul scărilor. Suntem faţă în faţă. Eu, o femeie care a început rău dimineaţa, alunecând pe scări. Poate că e un semn bun, cine ştie dacă nu sunt comparabile cu cele ale vieţii pe care le urcăm, le mai şi coborâm, ne mai poticnim, uneori e cineva care să ne ridice, alteori trebuie să o facem singuri.

Aşa că, ce mai. Hai să văd ce e de făcut. Nu pare de glumit cu unul ca el. Am în faţă sigur un bărbat încadrat în etalonul celor speciali. Este impunător cu aplomb, un adevărat om de afaceri. Are un aer de gentelman, dar mai ales înfiorător de seducător. Un bărbat cu pălărie, cu corp tonificat, la costum, pardesiu fin, pantofi impecabili, de marcă. Mirosul pe care-l degajă pare că vrea să mă anestezieze de plăcere, este ușor amărui de lemn de cedru, și puțin de tutun, puternic masculin.

Am ajuns, dă mâna cu mine, mă salută și se pierde pe coridorul imens al primăriei. Rămân pe loc, uimită, dar mai ales dezamăgită. Îmi pare rău că nici măcar nu s-a prezentat. Habar nu am cine e. Na, că pe ăsta l-am scăpat. Un bărbat ca el nu va fi niciodată pe lista mea. Se vede că știe ce vrea. Ăsta e aranjat și serios. Nu ca mine, în căutare de tot ce poate să mă impresioneze. Pare că sunt o cerșetoare care vrea doar atenții. De ce? De ce oare am eu atâta nevoie de ei?

Razele de soare care au inundat coridorul imens cu mare forfotă îmi bat în față, aproape că nu mai văd bine. Încerc să găsesc oficiul de informații. Nu am niciun indiciu. Mă uit pe pereți după semnele cu săgeți care ne direcționează. Văd una care face la dreapta, sub care scrie serviciul informații. Mă așez după niște persoane care vorbesc mult și tare. Mulți sunt în grup. Simt că mă obosește gălăgia. Vreau să ies și să plec, să vin altădată. Dar înțeleg că așa va fi mereu, că am început această acțiune și că trebuie să merg înainte. Așa că mă potolesc. Bag mâna în geantă să iau celularul să văd ce mesaje am. Dar, nu-l găsesc. Sigur a rămas pe scări când am alunecat. Ies din rând și mă grăbesc spre locul acela, însemnat parcă. Surpriză. Chiar acolo era bărbatul care mă ajutase, e cu celularul meu în mână. Mă vede în capul scărilor. Îmi face semn să stau pe loc. Mie îmi vine să alerg spre el. Mă bucur că-l revăd, dar mai ales că nu l-am pierdut. Urcă, câte două trepte odată. Are fața schimbată, nu mai e așa serios. Se apropie, respiră așa ca o briză cu aer proaspăt, iar mă învăluie în parfumul lui deosebit care provoacă un impact vizual asupra mea.

Îmi arată celularul, dar nu mi-l dă. Culmea e că nu mă revolt, pare că o să-mi ceară ceva în schimb ca să-l am. Sunt curioasă ce. Intrăm de braț, coridorul e învăluit în lumină. Soarele intră prin ferestre. E ca o lume ireală, când la lumină, când la întuneric. Când intrăm în întuneric aproape că nu mai văd din cauza trecerii rapide de la soare la umbră. Simt doar mâna lui care mă ghidează prin mulțime având mare grijă să nu mă ating de cineva care vine din sens opus.

Simt că și el este un cuceritor, că e sălbatec, șarmant, așteaptă să fie dus la lumină, la dragoste, să se minuneze de cea care o va face. Are aplomb, e aferat, un gentelman puternic, elegant, cred că ăsta nu trebuie să facă nimic ca să cucerească o femeie.

Ajungem în fața biroului. Acolo e un bodyguard. Îl salută. Eu mă înroșesc.

-Bună dimineața, domnule primar, vă așteaptă fratele dumneavoastră în cabinet. Sper că nu vă supărați că l-am lăsat să intre?

Simt că mă dizolv. Cum naiba fac că numai peste belele dau? Ce caut de braț cu omul ăsta? În drum spre fotoliul în care cred că o să mă planteze, ridic ochii către cer *și îl întreb pe Dumnezeu, iar te joci cu mine, ce trebuie să fac, ajută-mă, te rog, Doamne! Dacă mă ajuți și de data asta, îți promit că nu mă mai bag în viețile lor.*

Deodată biroul se întunecă, prin fața soarelui trecuse un nor. Numai eu știu de ce. *Îmi spune Dumnezeu că nu mă crede.*

-Nu, nu, cum să mă supăr, că doar e fratele meu. Îl aud pe domnul primar răspunzându-i politicos.

Sunt în biroul primarului capitalei. Într-un fotoliu din piele e fratele lui, fumează pipă. Se ridică și ne salută. Apoi se așeză din nou ca la el acasă. Pare diferit de domnul primar. Se fac prezentările în timp ce mă chinuiesc să-mi amintesc numele primarului pe care cred că și copiii îl știu. Dar nu reușesc.

-Mircea Mironescu. Se prezintă în timp ce-și scoate pălăria și pardesiul fin, care alunecă de pe el ca un vis. Se îndreaptă spre mine și-mi arată fotoliul liber din fața biroului.

Dă să se așeze, dar se ridică, vine între cele două fotolii ocupate de mine și de fratele lui să-l prezinte. Ne ridicăm, el este între noi. Întind mâna în timp ce-mi spun numele. Simplu.

-Eleonora Pascu Vlase.

-Daniel Mironescu, îmi spune în timp ce-mi sărută mâna. Iar simt că am intrat pe o poziție importantă, ce mai, dacă chiar primarul capitalei îmi sărută mâna chiar că e un moment important din viața mea. Se așază la locul lui, mă privește și așteaptă să-i spun scopul vizitei.

-Știți, domnule primar, eu, de fapt, sunt farmacistă și am venit aici pentru că vreau să am o farmacie pe cont propriu. În rest, știți ce s-a întâmplat. Dau să mă ridic, în timp ce încerc să mă scuz.

-Doamna Eleonora, vă rog să luați loc. O să vă ajut să rezolvați problema. Pune mâna pe telefon şi o cheamă pe secretară în biroul de alături care apare aproape în acel moment în care pusese telefonul la locul lui.

-Bună dimineața! Da, vă rog.

Când intrase secretara Bianca, era să leşin. Fusesem colege de liceu. Era cam ştearsă. Dar acum arăta extraordinar de schimbată. Blondă, cu părul prins la spate, într-un coc lăsat pe ceafă, perfect. Ținută impecabilă. Machiată decent. Ce mai, rămân impresionată.

-Domnişoara Bianca, te rog să o ajuți pe doamna Eleonora Pascu să pregătească documentele pentru deschiderea unei activități.

Mă ridic. Nu îndrăznesc să întind mâna domnului primar şi nici fratelui său. Domnul primar vine spre mine cu mâna întinsă. O ia pe a mea şi o sărută cu o candoare care cred că mi-a ars toate dorințele de a mă mai juca cu focul. Mă uit la Daniel, nu se sinchiseşte, îi par indiferentă. Face doar un gest cu mâna ridicată puțin şi o mişcă de la stânga la dreapta. Uşor, abia vizibil. Dar, domnul primar ne conduce până la uşă, a deschis-o şi îmi aruncă o privire diversă de toate celelalte cu care mă privise înainte.

Uşa din spatele nostru se închide. Noi ne întoarcem. Ne îmbrățişăm cu grijă să nu ne stricăm machiajul, începem să râdem pe înfundate ca să nu ne audă nimeni. Ne ducem în biroul ei. Mă impresionează. Ne aşezăm la o masă unde cred că au loc şedințele de dimineață cu primarul. O masă ovală de 12 persoane, cu scaune tapițate elegante. Ne luăm de mâini.

-Ce faci, Bianca? Cum de eşti secretare lui? Parcă erai la facultatea de drept?

Printre hohote de râs îmi spune:

-Sigur că am făcut-o, dar eu nu sunt secretară, secretară, eu sunt consilier juridic, un fel de secretar, mă ocup de partea legală. Dar tu cum naiba ai reuşit să pui mâna pe asta, adică pe domnul primar. E imposibil. Toate femeile de aici suntem moarte, leşinate după el. Da el, nimic. Nici nu se uită la noi. Şi tu cum de l-ai cunoscut, Nora?

-Stai să vezi, urcam scările, mă-npiedic, era să cad şi ce crezi, cine mă prinde să nu-mi rup gâtul? Începem să chicotim. Mă umflă râsul. O iau de la capăt cu povestitul, urcam scările și am alunecat. El venea din spate și m-a ajutat să ajung până sus, unde m-a lăsat și s-a dus în treaba lui. Chiar așa, ia să văd cum e genunchiul, Bianca. Am și uitat de el, cu un bărbat ca ăsta chiar că merită să te rostogolești pe toate scările primăriei numai ca să-l cucerești.

-Ce să cucerești, Nora, că ăsta nu stă. Și apoi nevasta lui se ține lipcă de el.

-Cum e? E frumoasă? Lucrează și ea aici?

-Nu, e grasă, încrezută și merge cu nasul pe sus. Dacă ar putea, pe noi astea tinere de la primărie, ne-ar pune într-o cușcă dimineața și ne-ar drumul după program, ca să nu ne apropiem de el.

-Auzi, Bianca, da cum se îmbracă?

Ea pune mâna la gură ca să înăbușe râsul.

-Numai cu rochii largi. Parcă-i elefant. Și cu zorzoane.

-Lucrează aici?

-Nu, asta ar mai lipsi, slavă Domnului. E directoare la fabrica de lapte. Mă, Nora, da e deșteaptă mă, e extraordinară. O femeie dârză, hotărâtă, inteligentă, a reușit să salveze fabrica. A făcut reorganizarea personalului și a luat legătura cu niște investitori Olandezi. Mă, e dată dracului de deșteaptă ce e.

-Asta da, femeie. Completez cu admirație. Mă interesează. Mai povestește-mi despre ea.

-Dar de ce te interesează? Vrei să o cunoști?

-Ar fi interesant, îmi plac persoanele care fac pârtie în viață.

-Și cum îți spuneam, știu pentru că a fost toată acțiunea ei făcută public, pentru eficiență. Mai întâi au pus în discuție vânzarea produselor, brânză, telemea de vaci, cașcaval și smântână. Să știi că toate au o calitate excepțională.

-Cum de a reușit să aibă așa produse deosebite, Bianca?

-Simplu, au făcut contracte pentru achiziționarea laptelui cu producătorii care au vaci ce pasc pe pășuni de munte, nepoluate cu chimicale. A ținut cont de veridicitatea produsului asupra calității și, de asemenea, în fabrică nu a tratat nimic cu produse chimice.

-Și se vând?

-Sigur că da, nu numai că se vând, dar piața internă și externă îi oferă un preț de cel puțin de două ori și jumătate mai mare.

-Sunt așa de scumpe?

-Da, dar avantajul e că se vând la cantități mici și nu se simte, nu sunt cantități mari care să impresioneze cumpărătorul. Și apoi sunt marile magazine și cele private care fac foarte multe comenzi având în vedere calitatea și marca. Asta contează pe piață, Nora.

-Mă surprinde.

-Dar tu ce vrei să faci, Nora? Știu că ai terminat Facultatea de Farmacie...

-Așa e. Acum lucrez la farmacia unui domn în vârstă. Poate că dacă iese la pensie sau vrea să o vândă, intru eu în bussines.

-Nora, păi tu știi ce înseamnă să ai așa o responsabilitate? Ce crezi, că dacă ești patron mai dormi liniștită, mai ai timp de tine? Habar nu ai în ce te bagi. Ce crezi că eu nu puteam să am un birou de avocatură? Ba da. Dar....

-Și ce să fac, să stau toată viața într-o farmacie la patron?

-De ce nu? Nu te doare capul. Ai program fix? Sau juma de normă? Cumpără și tu una când ești bătrână și nu mai ai altceva ce face decât să te ocupi de ea și să vezi viața de după galantarul ei cu mirosuri de medicamente și clienți bolnavi.

-Și ce dacă, poți să faci ce vrei.

-Păi asta-i problema, că fac numai boacăne.

-Ce vrei să spui? Ce boacăne faci?

-Păi vezi, ies în oraș și cunosc tot felul de bărbați care vor să mă cunoască.

-Cum naiba faci, că la mine nu se uită niciunul.

-Cum să se uite dragă? Nu vezi cum ești? Îți mai lipsește roba și ochelarii. Ești greu dragă de cucerit. Ești prea serioasă, înțelegi? Țepoasă.

-Care țepoasă, Nora, că merg pe stradă și mă uit peste tot, adică de la mașină acasă, e drept că sunt doar vecinii. Dar tu unde te duci ca să-i agăți? Scuze, ca să-i cunoști?

-Păi eu pe unde trec, cunosc câte unul. Acum câteva zile am avut o întâlnire cu unu, după aia am mai cunoscut doi.

-Cum ai mai cunoscut doi? Ce le faci, dragă?

-Nu fac nimic.

-Nu te cred! Sigur nu ieși așa cum ești îmbrăcată acum?

-Sigur că nu, mă îmbrac elegant, distins şi vizibil. Dar să ştii că e foarte greu să fii aşa. Trebuie mereu să-ţi verifici poziţia corpului, mişcările şi mai ales privirea.

-Termină cu fabulaţiile tale, Nora. Mă faci să râd. Cum, cu trei într-o zi?

-Da, cu trei.

-Şi te-ai culcat cu ei?

-Nuuuu. Cum să mă culc? În momentul în care te culci cu ei, gata, poţi să spui adio relaţiei.

-Păi atunci de ce te întâlneşti cu ei?

-Aşa, ca să mă curteze. Îmi face o deosebită plăcere să fiu curtată.

-Dar cum sunt, bătrâni?

-Ei bătrâni, ce naiba mă vezi pe mine cu unul bătrân? Adică e unul mai copt, dar nu e bătrân, e aproape de patruzeci. Pe unu cred că-l ştii.

-Cine e?

-E violonistul, Liviu. Ţii minte că sunt afişele cu el în faţa Filarmonicii?

-Să nu-mi spui că te-ai cul... văzut cu el?

-Ba da.

-Cum ai făcut?

-Am fost la concertul de săptămâna trecută, cu Valentin, bineînţeles. În primul rând, aproape de el. Adică aşa de mult m-a impresionat concertul, virtuozitatea lui şi mişcările că m-am topit acolo, pe loc.

-Cum aşa, că şi eu eram acolo, mai prin spatele sălii, cu soţul meu şi nu m-am topit.

-Păi vezi? Aici e şpilul, adică jocul.

-Unde? Spune-mi şi mie!

-Cred că eu sunt mereu într-un gol emoţional şi că simt nevoia să-l umplu cu muzică şi senzualitate imposibilă. Necrezând că voi ajunge vreodată să pun mâna pe el sau pe alţii.

-Şi cum ai făcut?

-Am ieşit în pauză, m-am pierdut de Valentin, am fost pe holul unde ies iei să tragă o gură de aer, să se relaxeze.

-Şi?

-Şi, l-am găsit acolo. M-a văzut, a venit spre mine şi mi-a sărutat mâna.

-Nu pot să cred, din câte știu e cuplat cu pianista cu care ține concerte sau poate sunt doar colegi, dar ea e prea interesantă ca să nu fie curtată de el. Și nu uita că ei sunt legați prin muzică. Se leagă sufletește.

-Ei, da! Atunci de ce mi-a dat întâlnire la Capșa?

-Și ai fost? Te-ai întâlnit cu el?

-Da, cum să nu.

-Nora, nu glumi, nu pot să cred.

-Nu glumesc, Bianca, e adevărat.

-Și ce ați făcut?

-Ce să facem? Am fost la Capșa

-Ei, mare brânză.

-Da, după aia am fost la el acasă. Bianca holbează ochii la mine de parcă așteaptă să-i spun cine știe ce.

-La el acasă, Nora?

-Da, dragă, ce e așa curios, la el acasă. Sau așa cred că e casa lui.

-Ție nu-ți e frică? Dacă te bate sau te chinuiește, sau te sechestrează? Ce crezi, sunt o grămadă de nebuni, Nora.

-Ei da, dar ăștia sunt de calitate, dragă.

-Ce ai făcut acasă la el, Nora? Sunt curioasă.

-Nimic.

-Cum nimic? Se ridică și vine aproape de mine, de parcă ar vrea doar ea să asculte ce aveam de spus.

-Adică nu chiar nimic. Am dansat.

-Ceeee?

-Am dansat numai tango.

-Și?

-Păi vezi! Nora, deci, cu Liviu ai dansat tango. Și cu ceilalți ce ai făcut?

-Și gata, am plecat. Cred că ai dreptate că are ceva cu colega lui. I-am văzut de mână.

-Ei, e mult de povestit. Gata pentru astăzi.

Bianca e dezamăgită, dar nu insistă...

Bianca

-Uite ce, Nora. Nu depune dosarul. Mai gândeşte-te. Când te hotărăşti vii aici şi începi să te legi la cap. Ce zici?

-Ştii ceva Bianca, cred că ai dreptate. Să ştii că sunt tare bucuroasă că ne-am întâlnit. Te felicit pentru postul pe care-l ocupi, pentru şeful demenţial, şi pentru liniştea ta care se citeşte pe chipul tău chiar şi acum după ce ţi-am povestit din trăsnăile mele.

-Dragă, le primesc pe toate, le-ai nimerit, doar cu liniştea nu ai nimerit-o. Am o situaţie complicată în familie, cu soţul. Dar hai să ne întâlnim după servici şi să mai stăm de vorbă. Ce zici? Mă ridic, ne îmbrăţişăm şi în acel precis moment cineva bate în uşă şi o şi deschide în acelaşi timp. E el, da el, vine spre mine cu un zâmbet de o frumuseţe rară. E aşa de frumos omul ăsta că nu mă pot uita mult la el, e ca un soare. Mă orbeşte şi impresionează.

-Am uitat să vă dau celularul doamna Pascu. Aţi rezolvat problema, aţi depus documentele?

-Nu încă. Am să mai aştept. Vreau să mă gândesc bine înainte să iau o decizie atât de importantă.

-Scuzaţi-mă, doamnă, vreţi să spuneţi că aţi venit aici şi că nu mai sunteţi sigură că vreţi să intraţi în afaceri?

-Cam aşa ceva, îi spun lăsând privirea în jos.

-Oricum, nu aţi venit degeaba. Ne-am cunoscut. Şi asta nu cred că e puţin.

-Vreţi să spuneţi că a fost o plăcere şi pentru dumneavoastră?

-Chiar aşa. De ce, dum… nu-l las să termine.

-Nora, vă rog să-mi spuneţi pe nume.

-Nora?

-Da. De la Eleonora. Vă rog, insist.

-Ei atunci să nu-mi mai spui domnule primar Nora, ne-am înţeles?

-Nu prea, ştiţi, dumneavoastră aveţi o funcţie aşa de importantă.

-Ei da, poate că în public e bine să păstrăm aparenţele, dar acum suntem doar noi trei. Şi cu Bianca suntem la per tu în particular. Nu-i aşa Bianca?

-Da, spuse Bianca cu tot respectul şi plăcerea. Aşa e, Nora, Mircea este o persoană cu totul şi cu totul specială. Hopaaa, mă gândesc eu, că nici aici nu e treabă curată.

-Dacă îmi permiteți o să vă trec pe lista mea... de prieteni. Am început cu toții să râdem de parcă această întâlnire a deblocat ceva în noi, ceva ce stătuse departe de speranța că poate într-o zi vom putea să ne bucurăm de prieteniile noastre ca oricare om. Așa simplu. Cu prezența și cu spiritul de tinerețe care ne dă forță și ne pune să ne bucurăm că suntem. *Împărtășim aceleași sentimente, poate că și idealuri, el care e mai mare și a reușit, și noi care venim în urma lui și încercăm și noi marea cu degetul.*

-Bine, fetelor, vă rog să nu mă mai rețineți, că am multe lucruri importante de rezolvat. Dă să plece. Se întoarce, ne ia la pieptul lui și ne strânge ca pe două flori îmbobocite care abia au dat de soare și vor să înflorească. Ne-a lăsat cu gurile căscate.

-Cine știe câtă nevoie are omul ăsta de dragoste, spune Bianca. Eu încă mă mai uitam pierdută spre ușă. Speram că se întoarce.

-Ce spui?

-Hei, trezește-te, Nora. Nu mai e aici.

-Văd, îi spun cu regret în glas.

-Ce naiba ai, Nora, că doar nu te-ai îndrăgostit și de el?

-Îndrăgostit nu. Sunt distrusă de dorința de a-l mai vedea.

-Uite ce, Nora, nu te juca, ăsta nu e de nasul nostru. Noi suntem niște fete care nu au să facă niciodată parte din palmaresul lui de femei pe care să le iubească.

-De ce nu? o întreb cu răutate.

-Pentru că el frecventează niște cercuri despre care noi nici nu știm că există.

-Și ce dacă?

-Păi noi nu o să ajungem acolo nicicând, îți dai seama, nu?

-Nu. Și nici nu vreau să cred că nu o să-l mai văd. Mă îndrept spre ea și îi pun palma mea lângă nas.

-Uite Bianca. Miroase. Vezi, aici e el, a lăsat nu numai parfumul lui de bărbat, dar sunt sigură că a lăsat și o dorință.

-Termină, Nora, nu credeam că ești așa visătoare.

-Da, sunt o visătoare și tot ce vreau obțin. Crede-mă, Bianca. Ea se uită la ceas.

-A, ia te uită, e deja ora pauzei de masă, avem o oră de pauză, spuse Bianca, bucurându-se.

-Vrei să mergem să mâncăm ceva împreună?

-Cum să nu vreau? Îşi ia geanta şi ieşim vesele alergând spre scările cu pricina, multe scări, doar că acum trebuiau să le coboare. Eu mă opresc şi o opresc şi pe Bianca apucând-o de poşetă.

-Bianca, am o idee.

-Care? mă întreabă curioasă.

-Hai să coborâm pe rampa pentru handicapaţi. Vrei?

-Ce-ţi veni, Nora? De ce?

-Pentru că scările îmi dau o stare de frică. Când trebuie să le urc am impresia că e ascensiunea mea în viaţă. Când trebie să le cobor pare că pierd ceva, că mă afund, am o senzaţie ciudată.

-Şi ce-i cu asta Nora? Hai, lasă prostioarele tale.

- Uite Bianca, astea, de exemplu, îmi dau impresia că dacă le cobor, mă declasific, mă deprimă.

-Păi şi dacă coborâm pe rampă, nu e acelaşi lucru?

-Nu. Pentru că nu sunt marcate ca nişte linii care par că mă opresc văzute de sus, că nu o să pot să le cobor fără să cad, că mă duc cum şi unde vor ele.

-Prostii Nora.

-Ei nu, draga mea. Lasă-mă pe mine să fac ce cred că e bine. Tu coboară scările dacă ai curaj.

Bianca, râzând, se desprinde de mâna mea şi o ia în jos pe scări, uitându-se din când în când la mine. Voia să fie sigură că o privesc şi mai ales că ea le cunoaşte, le urcă şi coboară de doi ani aproape. Şi tot uitându-se la mine, se împiedică şi cade, chiar când mai avea doar două trepte. Na beleaua, mă gândesc că poate e vina mea. Alerg pe rampa handicapaţilor şi mă grăbesc să o ajung şi să o ajut să se ridice. Dar ea se scutură, mă priveşte nedumerită. Apoi începem să râdem ca două fetişcane care cine ştie ce boacănă am mai făcut.

-Asta-i culmea, îmi spune Bianca, după ce ne mai potolim şi mergem spre grădina unui restaurant nu departe de primărie.

-Să ştii că eu nu am nici o vină Bianca, chiar îmi pare rău, dar tu, cu ochii pe sus, nu ai fost atentă și gata, te-ai dus. Vezi, de aia eu nu vreau să le cobor. Dar să știi că nici măcar nu o să le mai urc. Știi ce comodă e rampa? Mai ales pentru doamnele cu pantofi cu toc.

-Ei da, păi Nora, eu le urc și le cobor zilnic și nu am pățit nimic.

-Vrei să spui că e din cauza mea?

-Ei bine, da, și din cauza ta. Dar, ca să-ți spun drept, nu-mi pare rău.

-Cum așa?

-Ascultă, se spune că dacă te împiedici și cazi, te măriți sau așa ceva, și începem iar să râdem.

-Păi tu spuneai că ești măritată.

- Și eu sunt măritată, așa că nu văd cum am mai putea să ne mărităm.

-Știi și după cât timp se întâmplă minunea? Bianca se uită la mine ciudat.

-Ei știu, cine știe, așa am auzit și eu. Stai să vezi. Înainte să mă mărit cu Nicu, după ce abia terminasem facultatea, treceam prin fața tribunalului. Nu trebuia să intru că nu aveam treabă. Treceam așa pe acolo în drum spre casă. Ce crezi? Alunec și cad. Da, cad de-a binelea. Era în ianuarie și era zăpadă. Mă ridic și lângă mine era o doamnă în vârstă, se apropie și-mi spune, *o să te măriți, fată dragă.* Ei da, mă gândesc eu. Nici vorbă. Noi nu aveam unde sî locuim împreună, nu aveam nici bani pentru nuntă. Știi tu cum e la început.

-Să nu-mi spui că s-a adeverit, îi spun în timp ce ne așezăm la o masă, sub o umbrelă mare, roșie.

-Stai să vezi minune! După numai trei săptămâni, vine Nicu la mine într-un suflet. Roșu la față de emoție.

-Ce ai? îl întreb speriată.

-Bianca, Bianca, a murit unchiul Vasile din America.

-Mă uit la el uimită. Nu văd urmă de regret, de părere de rău, de lacrimi, nici atât. Nu știu ce să cred. Era fericit, vesel și a început să-mi spună în mare grabă cum că a lăsat familiei, inclusiv lui o sumă mare de bani. Și așa, deodată, mă întreabă:

-Bianca, vrei să fii soția mea? Mă uimește, mă mai gândisem uneori la asta, de ce să nu recunosc, dar știam că nu se poate. Așa una după alta? Vrei, vrei? Mă tot întreba.

-Păi, păi, vreauuuuu. Strig de bucurie și sar de gâtul lui.

-Aha, deci avea dreptate doamna care-ți spusese că te măriți, Bianca. Ai văzut că semnele sunt reale?

-A avut dreptate, da. Numai că nu merge bine căsnicia noastră. Nora, soțul meu este un afemeiat.

-Un ce? Un afemeiat?

-Da, îmi spune încet, ca să nu audă și cei de la mesele vecine.

-Și de ce nu-l lași? o întreb curioasă.

-Păi nu vrea să divorțăm, spune că mă iubește și că nu o să se mai uite după alte femei. Dar nu poate Nora. Dorința lui este incontrolabilă.

-Cum adică? Nu poate să fie serios?

-Nu, cum vede o femeie, gata ar vrea să... să le aibă el pe toate. Dar să vezi ce caraghios e când face tot ce poate ca să se facă văzut. Se duce pe lângă ele, își așază freza, le zâmbește, intră în vorbă cu ele.

-Păi nu a fost niciuna care să nu-l bage-n seamă?

-Ba da, una l-a și luat la rost. Dar el a motivat că i s-a părut ei și că nu a fost în intenția lui să o curteze și că e bărbat serios și însurat.

-Toți sunteți la fel, îi spuse supărată acea doamnă, să vă fie rușine. Am și eu unul acasă ca dumneata. Nu vă mai potoliți. Nu mai sunteți tineri ca să fiți scuzați că nu știți ce faceți. Ei, draga mea, să știi că aceste cuvinte l-au durut cel mai mult. Pentru că el încă se mai credea la vârsta la care îți poți permite să arunci cu ochii în toate părțile. Are aproape 35 de ani nu mai e un tânăr.

-Am înțeles, îi răspund.

Parcă mă vedeam pe mine în aceeași postură. Poate că într-o zi și mie o să-mi spună un bărbat că nu mai sunt la vârsta la care să mă arunc la bărbați, că sunt bătrână. Gândul ăsta mă întristează. Și ce o să fac eu atunci? Bianca continua să povestească. Eu nu o mai ascult. Mă gândesc la ale mele când aud o voce de bărbat. Ridic privirea. Lângă masa noastră era Daniel, fratele domnului primar. Cum naiba a făcut că ne-a văzut, nu știu.

-Bună ziua, doamnelor.

Ne salută, apoi se uită la scaunul care era gol și se așază. Pe celălalt de lângă Bianca pusesem noi poșetele. Se așază comod de parcă era patronul restaurantului, nu alta. Eu sunt puțin intrigată. Mă uit la el. E un bărbat bine îmbrăcat, la vreo 30 de ani, un stil inocent, care pare că nu ar putea face rău unei femei. Nu pare că e fidel unui singur stil vestimentar și poate că nici unei singure femei. Cred că e ingenios ca să impresioneze în orice peisaj inedit sau special. Na, că iar mi-a luat-o mintea înainte.

-Ați comandat? întreabă uitându-se la Bianca. Mă uit mai atent să văd dacă nu cumva între el și Bianca ar putea fi ceva în curs sau mai de demult.

-Nu, răspunde.

-Dacă-mi permiteți o să comand eu, aveți încredere în gusturile mele, vă rog.

Ooo, da cum să nu, mă gândesc eu distrându-mă văzând ce situație se crease. Vorba aia, unde dai și unde crapă. Vine ospătarul.

-Cu ce vă putem servi? Mă uit mai atent la ospătar. Pare că stă în fața unui persoane importante. Aproape că-i era frică să nu greșească.

-Cu meniul zilei, domnule Vladimir. Dar, te rog să ne aduci mai întâi niște ceaiuri japoneze cu lapte, cum bine știi.

-Vă rog să-mi permiteți să vă tratez cu acest ceai înainte de masă. Sper să fie pe gustul dumneavoastră, doamnelor.

Dar noi ce să mai spunem? Să ne punem rău cu fratele domnului primar? Nu, nu se poate.

Lângă masă, a fost adusă o altă măsuță mică, cu un aranjament în stil japonez, mai întâi remarc serviciu de ceai, autentic japonez. Nu cu cești, cu castronașe mici, trei de diferite culori și cu diferite întrebuințări. Am fost surprinși când a venit o domnișoară îmbrăcată în chimono să ne servească. O privesc discret, dar cu atenție. Se putea spune că abia ajunsese din Japonia era ca o gheișă autentică.

Admir ideea patronului, neștiind că e cel din fața mea. Mă uit împrejur. Mai sunt alte mese cu persoane care-și servesc ceaiul. Nu făcusem caz când am intrat.

-În Japonia, spune Daniel, prepararea și modul în care este băut ceaiul este mai mult decât un ritual terapeutic. Am preferat să îmbin stilul European cu cel japonez. După cum vedeți, nu este o ceainărie, dar se pot servi și ceaiuri înainte de a servi masa. Și cum vreau să bucur clienții, și mai ales să îi atrag, am angajat aceste domnișoare care servesc numai ceaiul, pentru ceremonia acestuia care este una pentru sănătatea sufletului și trupului.

-Eu am văzut că ceaiurile se servesc în locuri speciale, înăuntru, nu afară.

-Avem înăuntru amenajată o cameră întradevăr specială, fără mese, dar este incomod ca o doamnă pe tocuri sau un bărbat ce are cureaua cu două găuri mai strânsă ca să pară mai slab să stea cu picioarele sub el pentru o ceașcă de ceai, mai ales că la noi nu ține de tradiție ci numai de curiozitate.

-Vă mulțumesc pentru plăcerea de a ne ține companie, și pentru explicații, îi spun. Înclină capul, elegant, privindu-mă.

Grădina este plină, toate mesele ocupate. Este liniște. Culmea, nu mai văzusem așa ceva. Sunt plăcut impresionată. Am observat că ceaiul a fost servit la toate mesele în același timp. Adică la ora 12 și 15 minute.

Această disciplină implică clientul, îl educă sau mai bine spus îl liniștește. Îl împrietenește cu timpul. După ce am servit licoarea nemaipomenit de plăcută, delicată și fină, pare că mă transformasem într-o persoană răbdătoare, calmă. Oare ce-o fi pus în ceai? Dar nu reușesc, că începuse un murmur care venea de peste tot, gata, se terminase cu ritualul, acum așteptau să mănânce. Inclusiv noi.

-Doamnelor, sper să vă placă meniul nostru.

-De ce, restaurantul este al dumneavoastră? întreb eu nedumerită.

-Credeți, doamnă, că eu nu pot să am un restaurant? De ce?

-A nu, vă rog să mă scuzați. Cred că sunteți prea tânăr pentru o asemenea experiență, o responsabilitate atât de mare.

Observ că nu se grăbește să ne tutuim. Curios, mă gândesc. Păstrează distanța între noi. Asta e bine. Poate că nu e bine să vrei să te prezinți oricui. Poate că e o tactică pe care ar trebui să o folosesc și eu.

Vin trei ospătari. Așează în față o farfurie albă, mare, pe ea un bol cu supă de creveți cu lapte de cocos, acoperite cu un șervet alb, impecabil. Dedesubt, linguri, două, una mai mică și una mai mare. Ca să putem să alegem, cred că după dimensiunea gurii. Zâmbesc. Nu mai văzusem așa ceva. Sunt gata să încerc și altceva decât supa de găină a mamei.

La primul impact rămân plăcut impresionată. Corespunde cu gustul meu. Mă mir. Servim supa în liniște. Apoi lăsăm lingurile pe farfuria mare cu bolul gol, adică mai erau vreo două linguri de supă, lăsate din politețe. Dar, altă surpriză. Ca să le debaraseze vin alți trei tineri de vreo 16 ani, cu pantaloni bleumarin, cu cămăși albe și șorț lung, de culoare grena. Trag cu ochiul. Așa e serviciul la toate mesele. Se mișcau cu eleganță printre mese. Pare un spectacol. Acum am înțeles de ce terasa și restaurantul au pe jos un material curios, cred ca e Tam-Tam, dar nu sunt sigură. Oricum, Daniel se uită la fața mea uimită, dar nu-mi dă explicații, mă lasă pe mine să le descopăr. Cine știe ce-o mai fi. Pare că suntem pe scenă într-un spectacol. Este totul fantastic. Unde o fi regizorul? Trebuie să fie șeful de sală.

-Doamnelor, așteptăm felul doi. Dacă nu sunteți de acord cu alegerea mea, puteți să schimbați cu altceva. Aveți o mică listă cu preparatele chiar în fața dumneavoastră. Noi nu ne grăbim să o consultăm. Avem încredere.

-Cum de ați ales restaurantul acesta?

-Pentru că este cel mai aproape, răspunde Bianca.

Acum mă gândesc la cât de mult poate să coste un asemenea serviciu într-un asemenea restaurant.

-Eu am mai fost aici, spuse Bianca.

Cred că Daniel știe că a fost chiar cu domnul primar.

-Eu nu știam, nu am fost aici. Poate că părinții mei înainte, când sigur nu era așa.

-Cum se numea acest restaurant când l-ați cumpărat, domnule Daniel? Scuzați dacă sunt indiscretă, dar știți așa suntem noi...

-A fost restaurantul Casei Armatei. Sigur părinții dumneavostră îl știu, doamna Nora. Așa e. Eu umblam cu colegii prin birturi ieftine.

-Știu doar că mama spunea că-și comanda pantofii, la un domn Vasilescu care avea un mic atelier chiar sub scara terasei restaurantului. O mai fi?

-Nu, nu mai e. Și iată că vine și felul doi. Alți trei ospătari, care aveau papion verde. Tot așa cu farfurii întinse, dar nu mai erau albe, erau verzi, doar bolul era alb cu o salată de spanac cu afine uscate și o mică farfurioară pe care erau niște penne cu sos de brânză și ricota. Sunt puține, îmi vine să le număr. Sunt destul de mari, aproape cât o falangă de la degetul mare. Mirosul, îmbietor. Două furculițe și un pahar cu suc de portocale, aburit.

-Eu nu mai rezist, trebuie să vă spun că sunt surprinsă.

-Mă bucur, spuse Daniel. Asta este intenția noastră, doamna Nora.

-O să mai ai de ce să te minunezi, spuse Bianca.

-Da? Abia aștept. Ce să spun de salată? Mâncăm și acasă, dar este altfel sau mi se pare, sau chiar așa e. Abia aștept să-i povestesc mamei. Cine știe ce va spune, ea mă așteaptă nerăbdătoare să vadă ce am făcut cu documentele la primărie, nu cu impresii de la restaurantul descoperit astăzi.

-Mâââ, știu că nu se scot asemenea sunete, dar să știți că nu am rezistat, forma, mirosul, gustul sunt în perfectă armonie. Complimente pentru bucătarul șef și pentru cine l-a angajat.

-Mulțumesc, spuse Daniel.

Îl privesc. Stă drept la masă, are o ținută perfectă. Poate din respect pentru cine a gătit și satisfacția pentru papilele gustative. Îmi amintesc cum îmi explica Valentin rolul lor, tot așa cu ocazia testării unor noi gusturi. Îmi spusese că, *detritele lor vin de la baza rădăcinii limbii, de unde culeg informații gustative...* zâmbesc și mă delectez cu aromele din farfurie.

Nu facem comentarii, asemenea gusturi noi nu le avem mereu pe mesele noastre. Sau poate că le avem, dar sub altă formă și cu gusturi diferite. Revin ajutorii de ospătari care debarasează discret și elegant. Sunt curioasă ce ne mai așteaptă. Ca să fiu sinceră încă îmi este foame, puțin, dar simt că aș mai mânca ceva. Nu este ca atunci când mănânci acasă și când ne dă mama câte șase sarmale și o farfurie de ciorbă plină. Aici cantitățile sunt foarte mici.

Oare până la urmă o să fim sătui? Și iată și minunea, minunilor. Avem farfurii goale în față. Dar, la mijlocul mesei tronează un fund de lemn cu vreo două kilograme de carne, cred, cu tot felul de grătare din diferite părți ale porcului și printre ele și niște cârnați afumați, tot la grătar. Incredibil. În tot fastul, apare și stilul rustic. Dar, ce m-a impresionat erau fetele și băieții îmbrăcați în costume naționale care ne-au servit. Credeam că au să danseze, dar nu, ne tot aduceau pe masă de toate. Abia așteptam să mă înfrupt din aceste bunătăți care mă ispitesc, mă condamnau la plăcerea de a mânca până la sfârșit, să nu mai rămână nimic. Dar nu a fost posibil, abia am gustat câteva bucățele pe care le tăia Daniel și le servea în farfurii, la mine și la Bianca. Gustul este impresionant. De mult timp nu am mai simțit atâta aromă, suc și miros care invadase toată gura, mintea, cred că stomacul s-a bucurat cel mai mult, erau moi și gustoase.

Mă las pe speteaza scaunului, mă uit la ei, care aveau aceeași expresie de mulțumire ca și mine.

-Eu mă declar învinsă. Ai câștigat bătălia cu toate puterile mele de a mă opune dorinței de a gusta din toate, la care nu am rezistat. Eu mă dau bătută...

Seven

Capitolul 7

Viața este uneori
de-adreptul stranie.

Au trecut trei zile. Emil răspunde la toate apelurile mele. Simplu și la obiect. Astăzi trebuie să ne vedem din nou. Mă întreb dacă fac bine, dacă nu ar fi cazul să-l sun, să găsesc o scuză și să stau acasă cu o carte în mână? Îmi vine să râd de mine, ce-mi trece prin gând. Așa sunt eu, am tendința să mă judec, să fiu aspră cu mine. Nu vreau să se strecoare greșeli în viața mea, dar dacă nu va fi bine, o să pot să mă învinovățesc? Poate că iau lucrurile prea în serios. Trebuie să mă eliberez de povara gândurilor, mai bine să fiu veselă, e un eveniment important. Cred că dacă nu o să complic situația, el mă va adora, cred că o să vadă că sunt inteligentă și echilibrată. Trebuie să ne simțim bine împreună, chiar dacă au să fie momente mai tensionate, sigur nu ne cunoaștem prea bine, așa că eleganță și calm, Nora.

Încă mai port semnele lăsate de el, pe corp, în minte, aș vrea să fie tot restul

123

vieții mele. Sunt sigură. Abia aștept să-l văd. Mă pregătesc de plecare. E cald, așa că pun o fustă bej până deasupra genunchiului, o bluză cu mânecuță lăsată peste umeri, adică cu umerii goi, în talie un cordon lat din trei bucăți de mătase și o pălărie stil bărbătesc, bleumarin, cu boruri normale. Îmi strâng părul la spate, fac un coc lăsat pe ceafă, să se vadă de sub pălărie. Iau geanta asortată la pălărie și pantoful cu toc, mă mai uit odată în oglindă și cobor nebună de fericire. Pun piciorul pe accelerator și pornesc în viteză, cauciucurile scârțâie, câțiva pietoni mă privesc curioși. Încetinesc și le strig, *sunt fericităăăăă!*

Unii zâmbesc, o doamnă tristă s-a înveselit, voiam să știe toți că sunt fericită. Inima-mi bate mai ceva ca o tobă în piept, dar nu-mi pasă, simt că am început să trăiesc. Alerg spre parcul unde ne-am cunoscut. Ajung, văd mașina lui trasă la umbră. Mă vede. Coboară, Cobor și eu. Alergăm unul spre altul cu brațele deschise. El are un buchet cu flori de câmp ofilite. Ne apropiem. Le iau și-l îmbrățișez în timp ce mă ia în brațe și mă învârte, simt că amețesc, ne sărutăm de bun venit. E fantastic. Extraordinar, emană viață, bucurie. Mă așază în fața lui, mă privește. Pare că sunt un bloc de marmoră și el mă caută cu dalta și ciocanul, bate încet de teamă să nu mă doară, îmi cere să stau nemișcată. Mă uit la el de aproape, pare că cere plată pentru timpul în care m-a căutat și nu m-a găsit. E ca un sculptor, înalt, viguros, pare că și el a fost descoperit într-un bloc de piatră, cine știe ce femeie l-a căutat, apoi i-a dat formă după dorințele ei de femeie, așa cum îi apăruse în vis, poate. Și ea a căutat forma pe care a văzut-o într-o noapte de dragoste, într-un vis, l-a recunoscut și nu s-a lăsat până când nu i-a construit trupul și chipul cu dragoste. Apoi, când au fost față în față, l-a sărutat ca să-i dea viață. Viață din viața ei, ca să poată să se bucure de el, de minunea visurilor împlinite. Pentru că acolo unde nu ajunsese dalta, au săpat lacrimile ei de tristețe, de teamă că nu o să-l găsească. Cu suflarea nerăbdătoare a vrut să-l simtă, i-a dat suflet când i-a pus primul sărut pe buzele-i reci. S-a îndrăgostit, lăsa mângâieri pe piatra rece. Nopți în șir, gânduri, vise și dorințe, cerute de la un bloc de piatră. Până într-o dimineață când, adormită, era cu dalta și ciocanul în mână, îl aude spunând; *Hei, trezește-te din vis femeie, m-ai găsit, sunt eu, iubitul tău.* Și apoi s-au pierdut cu timpul, că așa e el, timpul, ne dă și apoi ne ia...

Sunt confuză, simt cum nemulţumirea creşte, în loc să mă pot bucura, în suflet a apărut un fel de revoltă, o neînţelegere. Oare aşa e dragostea? Mister, confuzie, surprinde, te porneşte, apoi, te opreşte, te lasă să ai timp să hotărăşti tu. O fi sistemul de referinţă al existenţei?

Mă ia de mână şi traversăm strada.

-Mă priveşti, vrei să mă săruţi aici?

-Da. Mai lasă-mă un anotimp să te iubesc, fredonează o melodie încet. Mă îmbrăţişează şi mă sărută. Eu mă apuc de el, de gâtul lui acum cu amândouă mâini. Îmi este bine, mă ridic pe vârfuri ca o balerină. Nu mai aud, nu mai văd, doar simt sărutul lui, sărutul nostru. Nimeni nu face caz, fiecare merge în treaba lui.

Râsetele noastre atrag privirile trecătorilor. Nouă nu ne pasă. Suntem stăpânii străzii. Ei se dau de-o parte când trecem noi. Ne fac loc. Par că se bucură de spectacol. Ne oprim în faţa unui magazin cu bijuterii. Îmi ia mâna să vadă dacă mai am verigheta. O vede. Nu spune nimic. Intrăm. Ne întâmpină o doamnă grăsuţă, elegantă şi distinsă, cu un zâmbet limitat.

-Bună ziua! Doriţi să vă prezint produsele noastre?

În timp ce eu mă uit în galantarul cu multe minunăţii, el îi face doamnei semn să aibă răbdare să vadă ce mi-ar place mie. Mă întorc şi-l întreb în ce zodie e născut. Răspunde imediat.

-În zodia berbecului. Tu?

-Aaaaaa, eu sunt în zodia taurului. Râd, doi cu coarne. Ştii ceva, pe astea le vreau. Le arăt cu degetul, două ace pentru prins pălăria, frumoase elegante. Nu eram sigură dacă vrea să-mi cumpere ce vreau eu sau deja ştia el ce. Făcusem o gafă. Graba, vezi? Mă cert. Se apropie de mine, trece braţul peste mijlocul meu.

-Ia să văd ce ţi-ar place, minune.

-Păi ţi-am spus, acele de prins la pălărie cu semnele... Mă înviorez. Poate că două ace de pălărie cu semnele noastre zodiacale.

-Numai atât? Credeam că vrei tot galantarul.

Râde, îi face semn doamnei să se apropie ca să ne servească. În timp ce el plătește eu așez acele în pălărie, alături, unul lângă altul. Avea un semn de la el. Surprins, mă ia de mână. Ieșim, se uită la mine cu admirație, surprins de ideea mea.

-Le pui pe amândouă la pălăria asta? mă întreabă curios.

-Da. Uite și tu ce bine stau și ce discrete sunt, mici, strălucitoare, nimeni nu știe că suntem noi, pe o pălărie, împreună, semne discrete ale trecerii tale prin viața mea. Tu ai lăsat o parte din sufletul tău, și eu plec cu el cu tot.

-Sunt emoționat. Te rog să repeți ce ai spus, dar nu aici. Promiți?

-Promit.

Ieșim, totul e al nostru, strada e mai largă, oamenii, mai frumoși, vitrinele, mai mari, și noi suntem mai mari, acum mergem de mână. Suntem între pământ și văzduh. Din când în când simt pământul sub picioare, de parcă ar vrea să ne amintească că trebuie să coborâm, să fim pământeni, nu duhuri care bântuie în căutare de răspuns la ce facem noi, cine suntem și încotro ne îndreptăm. Așteptăm schimbări, așteptăm ca timpul să se oprească, să nu ne pună obstacole, să nu ne despartă. Să ne lase așa, uniți și fericiți. Doi oameni de nicăierea, care așa, din cauza ploii, s-au cunoscut. *Da oare ea, ploaia, nu a trimis-o Dumnezeu ca eu să-l cunosc pe el, omul minune, care m-a scos dintr-o lume a neputinței și m-a luat cu el în una adevărată, cu dragoste, cu sentimente, adevăruri și realități netrăite de mine?* Mă uit mai bine, nu cumva pot să-l văd pe el, Atotputernicul? Nu cumva suntem pe lângă el? Nu e el cel care ne înalță? Nu e El cel care ne-a unit, ca să vedem că se poate? Nu ne-a lăsat să ne zbatem în neștiința de a cere, când aveam nevoie? Da oare EL chiar m-a auzit? Dacă EL a făcut tot, ca să mă scoată din lumea mea cu gânduri de a cuceri bărbați și apoi să-i abandonez, ca pe soldații răniți pe câmpurile de luptă? *Sau mi-a trimis un rănit, pe el, pe Emil, ca să-l fac eu bine?*

Poate că suferă, poate că e în căutare de mine, de bine și dragoste. Pare că dorința lui de a mă avea e incontrolabilă. Nu ezită să arunce valuri infinite de priviri, gesturi și îmbrățișări, fiecare în premieră absolută. Simt cum mă mângâie vântul, e și el, ne mângâie pe unde Emil a trecut cu mâna lui, ca să mă uimească, să-mi arate cât e de dornic de bucurie, de dragoste acum când m-a găsit pe mine, rătăcitoare printre gânduri și dorințe neîmplinite.

Gata, nu mai zburăm, nici nu mai mergem, simt cum pierdem din înălțime, mă trezesc încet la realitate, cu greu închid ochii minții și-i deschid pe cei ai realității. Mă uit în jur, sunt în patul lui, printre perne moi de mătase, un pat moale ca somnul, sunt îmbrăcată, nu sunt singură, e și el. Doamne, dar ce pat mare. Distanța dintre noi cred că nu o să pot să o parcurg, întind mâna spre el, dar e prea departe. O mișc sperând că a lui va veni spre mine. Nu, nu se întâmplă nimic. Dau să mă ridic, dar mă scufund în moliciunea lui, a patului care pare că m-a înghițit și mă ține acolo, ca el să poată să se bucure de mine. Sau poate că eu sunt cea care l-am pus să mă iubească ca să văd dacă e el cel ce va face să se deslușească gândurile care nu-mi dau pace. Mă întorc pe o parte. Îl văd întins, cu ochii în tavan. Liniștit, pare că doarme, dar nu, nu doarme, a simțit mișcarea mea, se întoarce. Bagă mâna printre perne, alunecă lin pe cuvertura din mătase, făcută parcă special să poată să alunece spre mine, să-i fie ușor să mă apropie de el. Simt o plăcere nouă, acea de chemare, de cineva care mă vrea. Mă duce pe tărâmul lui, unde doar el poate să-mi dea pace sufletească, gânduri limpezi, fără jocuri murdare de a trișa și apoi, abandona. Acum știu ce vreau. Îl vreau pe el. Mă așază pe brațul lui. Suntem amândoi tăcuți. Ne e teamă să rupem liniștea gândurilor. Le lăsăm pe ele să facă ce știu cu noi. Suntem doar noi doi, acum uniți, avem aceleași goluri de umplut sau suntem în căutare de ceva nou, pentru că ce am avut nu a lăsat nimic în sufletele noastre?

Mă cuprinde o moliciune totală. Brațul lui pare o ancoră, simt că sunt în siguranță. Nu vreau să știu ce se va mai întâmpla cu mine. Știu că el mă va scoate și apăra de orice situație care ar putea să strice, să umbrească calea noastră spre fericire. E un singur obstacol în calea uniunii noastre este existența unui soț, al meu, tânăr și frumos.

Îmi vine în minte Valentin. Abia mai respir ca să nu tulbur timpul care s-a așternut peste noi ca să putem să gândim la ce am făcut și la ce trebuie să facem. Mă întreb pentru prima oară dacă trebuie să mă despart de Valentin? Oare el cum ar reacționa? Ce ar spune? Ar fi mulțumit că nu mai are o soție pe care nu a văzut-o dincolo de soție? Una pe care nu a dorit-o, nu a căutat-o, a avut-o doar pentru că așa am hotărât eu. Și el acceptase. Nu simt nimic, nici un dezastru al momentului despărțirii. Cred că o să accepte fără să facă o dramă pasională. Mă ridic din locul în care aș fi vrut să mor de plăcere. Trebuie să plec.

-Vrei să pleci? mă întreabă surprins.

-Da, nu pot să mai rămân. Trebuie să mă pregătesc pentru mâine. Încep programul în farmacie devreme.

-De ce, tu lucrezi la o farmacie? se ridică și el. Ești farmacistă? pare mirat.

-Da, sunt farmacistă. Nu-ți vine să crezi? Da tu ce credeai că sunt?

-Nu m-am întrebat ce ai putea să fii. Eu văd doar femeia, asta ești, femeie. În timp ce-mi face complimente, ne îndreptăm spre ieșire. Plecăm spre parc, unde e mașina mea. Pare că ieșim dintr-un vis. Că nu ne place asta și suntem triști, că ne pierdem unul de altul. Că facem ultimul drum împreună. Mă urc în mașina mea, întorc capul și-l salut cu un zâmbet ridicând mâna și scap în viteză. El rămâne pe loc. Nu știu ce va face singur. Nu știu dacă mai are nevoie de mine. Nu știu dacă mă va mai căuta vreodată. Poate că el consideră că pierde mult timp cu mine. Că nu poate să materializeze nimic. Că nu poate să guste din fructul oprit. Că îi ajunge doar să stea cu mine. Nu cere mai mult.

Surpriză

Ajung acasă, luminile sunt toate aprinse. Cred că Valentin a ajuns înaintea mea sau le-am uitat eu aprinse. Mă grăbesc să intru, curios, inima începe să-mi bată puternic, o simt. Nu am mai simțit-o așa agitată de mult. Poate de teamă că o să mă întrebe unde am stat sau poate că mi-e dor de el. Asta nu am mai simțit niciodată. Curios. Ușa e descuiată, intru, îl caut, îl strig.

-Valentin. Valentin. Nimic. Intru în dormitor. E îmbrăcat, întins de-a lungul patului, peste așternuturi, mai mult peste partea mea de pat, pare că mă cautase. Mă apropii încet ca să nu-l deranjez. Vreau să-l învelesc. Mă înhață de mână și mă trage peste el. Mă sărută. Mă ține strâns.

-Stai lângă mine! Vreau să-ți spun ce mi s-a întâmplat, Nora. E ceva de necrezut.

-Ce, întreb curioasă. În loc să mă întrebe de unde vin.

-Știi ceva, Nora, draga mea, mi-a fost un dor nebun de tine. Pentru prima dată mi-ai lipsit. Cred că m-am îndrăgostit de tine. Uite, simt ceva aici, în stomac. Îmi ia mâna și o pune pe stomacul lui. Pare că mă curentează.

Eu sunt neputincioasă, nu știu ce să-i răspund. Simt doar o căldură care mă cuprinde. Îl privesc, este mai frumos ca înainte, radiază, ochii lui sunt scânteietori, gura lui se apropie de a mea, încep să mă înmoi, nu știu ce se întâmplă cu noi. Pare că am fost la un doctor care m-a reconectat la viață, și acum simt mângâierile soțului meu, sunt voluptoase, sunt de nerecunoscut. Se lipește de mine. Pare un liant, pielea lui mă incită, ochii mi se aprind, nu mă recunosc. Îl îmbrățișez, îl doresc, dar e nespus de puternică dorința mea de a mă dărui lui. Și asta pentru prima oară. Să mă dăruiesc cu tot ce pot eu să simt acum, când umblând după senzații tari, care să mă trezească la viață, simt că am reușit să fac ceva. M-am regăsit. Femeia este, acum, cu Valentin vreau să finalizez ce nu am făcut cu ceilalți, care pare că doar m-au pregătit pentru el. Au răscolit tot ce aveam adormit în mine, și acum sunt cu el, bărbatul care cu mult curaj mă ia de soție deși știa că nu am avut timp să ne cunoaștem, să ne iubim ca să putem să simțim pe deplin bucuria dragostei.

-Mi-a fost dor de tine, îmi șoptește, mă sărută, altfel de până acum. Închid ochii, pare că sunt cu Emil, pare că simt aceleași mângâieri, săruturi, dorințe de bine. Mă bucur, simt emoție și fericire, simt că vibrez, că sunt, abia acum cu el, bărbatul, care cu ani în urmă nu prea știa ce e dragostea. I-a trebuit timp ca să crească, să simtă. *Recunosc voluptatea cu care mă domină, da el, soțul meu pe care nu dădeam doi bani.* Da, mă uimește, pare că a fost la cursuri de cum să iubească nevasta, nu de specialitate. Simt că îmi este drag. Asta e ceva nou. Îmi era indiferent, total. Acum poate că-l confund cu Emil. *Nu cumva are și el pe cineva care l-a deblocat? Vreo femeie care nu a vrut să meargă mai departe, l-a incitat și l-a lăsat așa?*

Deschid ochii, îl văd răvășit, pasional, mă privește ca un amant care se înfruptă din trupul unei femei ce nu-i aparține. Sunt extaziată, îmi curg lacrimi de fericire, de bucuria regăsirii celui pe care nu-l vedeam, nu știam că există. Vedeam doar medicul care stă printre bolnavi, trupuri bolnave ce așteptau să-i vindece el, soțul meu. Și acum, iată că are răbdare, m-a vindecat de nepăsare, mi-a vindecat ochii cu care nu-l vedeam. *Doar sufletul mi l-au vindecat Liviu și Emil? Ei au fost cei care m-au tratat? Care au stârnit în mine simțuri adormite, de femeie nesatisfăcută, în căutare de mister?* Simt corpurile noastre lipite, mai simt lacrimile lui care cad, cad de sus de unde e el, mă privește de parcă acum mă vede pentru prima oară. Fața lui se schimbă. Îmi caută mâna în timp ce se lasă pe spate. O duce la gură, o ține acolo pe buzele-i fierbinți și uscate. Nu o sărută. Pare că vrea să oprească vorbe. Nu mai aveam nevoie de ele, am înțeles. Ne-am regăsit după ani...

De ziua mamei

Astăzi este o zi specială, este ziua mamei mele, Gabriela. Trec pe la ea să o îmbrățișez vreau să fiu prima. Diseară mergem la restaurant cu ai mei cu această ocazie ca în fiecare an. Mă bucur. Nu-mi amintesc să fi avut atâta entuziasm și căldură față de ea. O iubesc, dar ceva mă ține pe loc. Aș vrea să-i fac o surpriză. Nu o mai făcusem de mult. Cumpăr niște flori, multe și colorate, așa ca și gândurile, bucuriile pe care le-am trăit cu cei patru bărbați diferiți, care au trecut prin viața mea și au lăsat căldura lor. Mi-au încălzit sufletul. M-am trezit la viață. Și acum, plină de bucurie, aproape alerg spre casa în care am crescut, la mama. Intru val-vârtej. E surprinsă. O găsesc la masă în fața unei cutii rotunde în care are o pălărie lila deschis, cu o panglică mai închisă de aceeași culoare și cu un buchețel de flori mici. Mă uit mai atent, sunt adevărate, doar că sunt uscate, de timp, de așteptare. Culorile au rămas frumoase, doar frunzele au mai pierdut din verdele crud, dar încă sunt frumoase. Ochii ei sunt pierduți, privesc departe. Este cutia ei, cine știe ce amintiri ține închise de ani de zile. Nu spun nimic, trag scaunul din față și o las să se reculeagă.

Ia capacul cutiei, din ochi i se scurg două lacrimi care cad pe el, pe capac. Observ că mai sunt niște pete. Poate sunt alte lacrimi, de demult. Le șterge cu dosul palmei în timp ce ridică privirea la mine, vinovată, parcă. Mă uit la ea cu drag.

Mă ridic și o îmbrățișez. E surprinsă. Nu o mai făcusem de mult timp. Mă prinde de mijloc, lasă capul pe pieptul meu odată cu lacrimile care curg. O prind într-o îmbrățișare de femeie, de copilă, cu dragoste. Sufletul meu se înmoaie. Simt cum îmi trimite dragoste, da, dragoste de mamă. Mă așez din nou lângă ea. Se ridică, vrea să ia cutia, o opresc, o rog să se așeze. Pun mâna pe mâna ei de femeia matură, de mamă. O privesc în ochii înlăcrimați, o văd că suferă. Poate pentru că am surprins-o, poate pentru că numai ea trebuia să poată să prețuiască un secret al vieții ei. Cine știe?

-Mamă, îi spun cu un glas stins. Scuză-mă, nu am vrut să te deranjez.

-O, nu, draga mea, *așa a vrut Dumnezeu să nu port greutatea acestui secret toată viața. Dar nu credeam că pe tine te-a ales, fiica mea, să readuc trecutul în prezent, să-ți spun ce nu am avut curaj să spun nici măcar la spovedanie.* Și acum, aici, astăzi, iată-ne față în față. O privesc liniștită ca să o fac să înțeleagă că sunt gata să ascult. Își șterge ochii din nou. Se reazemă de speteaza scaunului și începe să-mi spună povestea tristă, să o caute de atunci, de demult și să vadă cum face să nu mă sperie, să nu mă facă să mă simt vinovată, că exist, eu fiica ei.

-Aveam șaptesprezece ani când am fost trimisă la o școală profesională, unde trebuia să învăț croitorie. Când m-am văzut în dormitorul imens, cu paturi din fier, cu plasă la geamuri, am simțit că ceva s-a rupt în mine. Ceva ce nu mai puteam să înnod. Viața de acasă era diferită, cu soarele care-mi bătea în geam, își făceau loc printre crengile și frunzele copacului din fața geamului, diminețile care începeau cu râsete și voie bună. Cum vezi, bunicii sunt oameni gospodari, cu suflete calde și cu zâmbetul pe buze.

Trebuia să-mi pun puținele lucruri pe care le aveam din valiza mică, într-un dulap din tablă. Totul mi se pare ostil. Celelalte fete sunt ca mine, nemulțumite, surprinse, noi credeam că e un loc mai ca lumea. Dar nu a fost așa. Eram optzeci, toate înscrise la cursuri. Găsisem în dulap, agățat, câte un halat albastru cu guleraș alb. La fel pentru fiecare. Apoi a venit pedagoga care ne chema, ca la armată, să vedem sala atelier, sala de mese și baia, mai exact dușurile erau separat de toalete. Mirosea a clor de mă usturau ochii. Eram ca un cârd de oi, mergeam fără vlagă. Atunci, în mine s-a schimbat ceva. Am înțeles că trebuie să ascult și să nu mă răzvrătesc, deși aș fi urlat de mânie. Mă întrebam? De ce? De ce aici? O auzisem pe mama vorbind cu sora ei, Tanța. Mai exact se sfătuiau. Ar fi vrut mama să mă dea la liceu, dar nu aveau posibilități. Așa că s-au bucurat de școala asta că are internat.

-Lasă, dragă, croitoria e o meserie bănoasă. Poate să câștige bine. Poate să lucreze de-acasă. Nu o mai bat vânturile și ploile ca să se ducă la servici,

131

cine știe pe unde.

Numai că în timpul școlii aveam și ore libere, duminica. Ieșeam în grupuri mici în centrul micuței provincii, un fel de orășel. Mai exact, era o comună da-i spuneau oraș pentru că avea o mare fabrică de zahăr. Și așa orășul Bod, din județul Brașov, era înviorat de prezența noastră, a fetelor. Erau și băieți la cursuri, dar ei aveau un cămin separat. Și tot învârtindu-ne prin oraș, vedem un anunț pe care scria că, echipa de fotbal a fabricii de zahăr din Bod va juca astăzi cu echipa din Cărpiniș. Neavând ce face, am plecat toate la meci ca să facem galerie. Ajunse acolo, crezând că vom găsi cine știe ce stadion ne trezim pe niște bănci din lemn, chiar lângă gardul înalt de sârmă care împrejmuia terenul. Niște tineri alergau după o minge. Se distingeau doar prin culorile tricourilor diferite, cu care erau îmbrăcați. Noi habar nu aveam cum se joacă, ce e fotbalul. Dar strigam și noi când băieții care stăteau mai departe de noi și care știau ce se întâmplă acolo, strigau de mama focului. Așa se face că mingea sare peste gardul de sârmă chiar în brațele mele. O prind, nu știam ce să fac cu ea. Dar în fața mea apare un tânăr brunet, tuns scurt, care respira agitat de cât alergase după minge, vine la mine, întinde brațele să o ia. Ne atingem mâinile, el se oprește, mă întreabă cum mă cheamă.

-Gabriela, îi spun grăbită. Apoi pleacă, uitându-se înapoi. De câte ori era cu mingea la picior eu mă emoționam, aș fi vrut să bage el gol, ca să pot să urlu, să sar în sus de bucurie. Și uite așa ne-am cunoscut. Pe el îl cheamă Zoli, era băiatul directorului fabricii de zahăr. Ce mai, erau înstăriți, nu glumă. Erau maghiari. Într-o zi m-a dus acasă la el și m-a prezentat familiei. Eu, o biată fată de la țară, într-o casă în care erau covoare persane, mobilă de care eu nu mai văzusem și o masă cum cred că nu am să mai văd, așa era de elegantă. Era acoperită cu o față de masă brodată, fină, cu vase de argint, pahare de cristal, farfurii din porțelan fin și cu tacâmuri galbene, cred că erau suflate cu aur. Șervețelele de lângă farfurii erau cu același model de broderie ca și fața de masă băgate într-un suport special rotund tot din argint. Dar ce m-a surprins că farfuria era pusă pe un taler galben, părea turcesc, strălucitor. Fructiera era pe trei etaje, pe care erau piersici, mere, pere și struguri care atârnau. Păreau pregătite pentru un pictor care avea să le pună pe pânză, să le vadă și alții. Zoli stătea lângă mine și îmi spunea ce să fac cu toate cuțitele, furculițele de dimensiuni diferite. Eu de unde să știu. Erau cu toții îmbrăcați elegant. Eu aveam o fustă neagră și o bluză albă, cu guler de dantelă, pe sub care legasem o mică eșarfă neagră cu buline mici albe. La fel era și cordonul din talie. Zoli era foarte mândru de mine. Mama lui chiar mă complimentase. Doar pe mine ca să nu mă pună într-o situație delicată din care să nu știu cum să ies. A văzut că sunt tânără, probabil că a intuit că sunt de la țară după calitatea materialelor, dar îi plăcuse combinația, forma și cum stăteau pe corpul meu tânăr, mlădios.

Zâmbetul de uimire era doar ca să nu creadă că mă sfiesc. Dar, în realitate, abia așteptam să plec. Bineînțeles că m-au interogat delicat. De unde sunt, ce ocupație au părinții mei, dacă mai am frați sau surori. După ce au aflat tot, au început să vorbească între ei. Ce m-a impresionat e că nu au vorbit ungurește deloc. Și asta nu am uitat niciodată. Cât respect pentru o biată fată ca mine, de la țară. După ce am terminat de mâncat, ne-am scuzat și am plecat în oraș. Zoli era mândru de mine. Mă ținea de mână să vadă că cea mai frumoasă fată de la școală e cu el. Frumusețea lui e greu de descris. Sau, mai exact, mie îmi plăcea foarte mult. În primul rând delicatețea și eleganța în comportament pentru mine erau sigur impresionante. Era mai înalt decât mine, pielea era ușor măslinie, ochii negri, vioi și părul negru, strălucitor. Avea o cărare pe mijloc, așa că tot timpul băga degetele prin părul mătăsos și-l trimitea spre spate, dar nu stătea. Era fantastic, gestul lui mă uimea.

A fost primul băiat care m-a sărutat. Și asta nu am uitat. Credeam că e ceva banal să te sărute un băiat la vârsta noastră. Dar nu e așa. Dacă închid ochii îl simt, aici. Și mama pune degetul arătător delicat pe buzele ei frumoase, îl lasă acolo de parcă avea și sărutul lui. Închide ochii și scoate un mic oftat, de dor, probabil. Apoi își amintește de mine și-l retrage de parcă ar fi vrut să se scuze. Dar nu a făcut-o. Acum sunt și eu femeie. E pentru prima oară când stau de vorbă cu ea. E pentru prima oară când ea își spune oful, mie, fiica ei. Asta înseamnă că și eu sunt schimbată dacă are încredere în mine.

După ce s-au terminat cursurile, ne scriam, îmi amintesc că într-o după amiază de iulie călduroasă, în timp ce citeam ultima lui scrisoare, pe scara din fața casei, în bătaia soarelui, ascunsă sub pălăriuța asta, s-a oprit o mașină în fața casei din care a coborât Zoli. Da. A venit să mă vadă. A venit să-i invite pe părinții mei la ei, ca să se cunoască, să vorbească despre căsătoria noastră. El îi înnebunise de cap că vrea să se însoare cu mine, și au cedat. Mă iubea. Înțelegi, mă iubea.

Eu nu știam cum să-i spun mamei că a venit, ieșise ea auzind mașina. S-a prezentat, mama l-a invitat înăuntru. Nu cred că a fost încântat când a văzut că la noi nu e lux ca la ei. Între timp, mama adusese o tava cu un pahar cu apă rece și o farfurioară cu dulceață de trandafir. Alături a pus și niște cornulețe, cam strâmbe, că astea mai rămăseseră. El, cu multă delicatețe, a servit din dulceață și a băut puțină apă. A început să-i povestească cum ne-am cunoscut, că părinții lui m-au văzut și le place de mine, că el vrea, și că el vrea, repeta, să se căsătorească cu mine, că o să stăm la ai lui până termină facultatea, că după repartiție o să avem casa noastră, și că, că, și că, că...

Când a terminat, s-a scuzat, m-a luat de mână și am ieșit afară. Șoferul îl aștepta lângă mașină. Ne ducem sub teiul din fața casei. Mă privește, din ochi ne curgeau lacrimi. Mă strânge la pieptul lui.

-Gabriela, Gabriela, repeta de parcă cineva voia să-l ia de lângă mine și lui îi părea rău.

Între timp mama venea spre noi. Fețele noastre tinere și triste au impresionat-o. A înțeles că nu e bine să accepte invitația. A văzut diferența de clasă.

-Dragul meu, te rog să mulțumești părinților tăi pentru invitație. Dar așa cum vezi, noi nu o să putem să ne permitem să-i invităm la noi. Și apoi ce ai spus tu mi se pare aproape imposibil. Gabriela abia a terminat școala. Noi nu avem nici o posibilitate să o ajutăm în nici o direcție. Tu o să termini facultatea, o să vezi că nu o să te simți bine cu o soție care nu e la nivelul tău. Crede-mă!

-Dar noi ne iubim! a sărit cu gura.

-Lasă să mai treacă puțin timp ca să vă cunoașteți mai bine, să înțelegeți dacă este suficient numai să iubești pe cineva ca să te și căsătorești. Se bagă între noi, ne ia de umeri ca o mamă și ne spune. –

-Nu vă grăbiți. Dacă soarta va hotărî să fiți împreună, o să fiți. Gabriela e aici. Acum știi unde o găsești. Îl sărută pe frunte și pleacă. El mă ia din nou de mână.

-Gabriela, tu ai putea să aștepți să termin facultatea? Se uită în ochii mei.

-Da, pot pentru că te iubesc. Mă ia în brațe și se învârte cu mine, mă sărută. Apoi mă lasă, se uită cum îmi aranjez părul ciufulit și creț în timp ce el trage de haină și își potrivește cravata. Bagă mâna în buzunar și scoate acest mic buchețel cu flori, uitase de el. Erau ofilite, dar eu l-am văzut proaspete și frumos colorate. Așa erau după câteva ore de stat într-o mică vază cu apă rece. Și eu lângă ele, le priveam și le rugam să se învioreze. Șoferul se urcase în mașină.

- O să-ți scriu și o să vin să te văd de câte ori o să pot. De acord?

-Da îi răspund în timp ce el îmi sărută mâna.

Apoi aleargă la mașină de parcă avusese o misiune imposibilă. Mă uit după el, dar șoferul demarase lăsând în urmă doar un nor de praf și semnul roților. Rămân cu mâna întinsă, după sărutul lui, apoi o duc la gură și o sărut și eu. Simțeam că e rece. Mă reazem de copac, mă las în jos, pare că mă topesc. Pun mâinile la ochi și încep să plâng, ca după mort. Eram sigură că nu o să-l mai văd vreodată.

Lacrimile îmi curgeau de parcă retrăiam momentul, clipă cu clipă. Eu sunt uimită de unde am atâtea lacrimi. Le șterge cu palma și apoi se uită la mine. Mă ia de mână, o mângâie.

-Știi, ieri am fost la clinică să-mi fac un control. Am luat un număr, m-am așezat așteptând să-mi vină rândul. După vreo douăzeci de minute vine asistenta cu dosarul meu în mână. Se apropie și mă invită în cabinet. Intru. Medicul era cu spatele la intrare și cu fața la computer. Se uita la fișa mea medicală. Mă așez pe patul de consultații după ce lăsasem jacheta pe scaun. Asistenta trăsese cortina albă, probabil trebuia să mă dezbrac. Aștept. Asistenta îi spune că sunt înăuntru. Aud pașii care se apropiau, cineva trage cortina, mă privește și rămâne uimit. Asistenta era în spatele lui. A plecat. El nu mai putea să scoată nici măcar o vorbă. Se apropie îmi ia mâna o duce la obrazul lui și se mângâie cu ea, văicărindu-se și spunându-mi numele de multe ori cu același glas cu care o făcuse atunci. Când căuta imposibilul.

-Gabrielaaaa, Gabriela, tuuuuuu?????? Mă îmbrățișează. Eu nu am putut să spun nimic. Ca proasta am lăsat şiroaiele de lacrimi adunate de demult să iasă, multe toate cele pe care le eliberasem după el de atunci, de când plecase şi nu ne-am mai văzut.

-Dar ştii ceva, ca să nu o mai lungesc, vreau să-ţi spun că mâine o să mă întâlnesc cu el, în oraş, la o cafea. Ce părere ai, Nora? faţa ei se schimbă, e fericită, incitată şi bucuroasă, avusese curaj să-mi spună ce o să facă ea, mama mea, că o să aibă o întâlnire cu el, cu ea, cu fosta ei iubire. Incredibil cum poate dragostea să ne schimbe. Pare că a întinerit, vorbeşte cu alt glas, al tinereţii şi dragostei, vorbeşte, spune tot ce nu a putut să spună nimănui...

* * *

Rămân uimită. Pare că e hotărâtă. Doamne, dar eu cu ce am greşit să mă pui pe mine să-i spun ce ai vrea tu. Pe mine nu mă băga, Doamne, că abia am ieşit dintr-ale mele, ştii bine. Mă fac că nu aud. Mă ridic. Mama mă prinde de mână.

-Să ştii că sunt hotărâtă, mâine o să-i spun toate cuvintele pe care i le-aş fi spus dacă am fi fost împreună. Nu rezist. Nu pot să nu mă duc. Nu mă interesează dacă o să-i spui lui Mitică.

Se agită, vrea să mă convingă că nimeni şi nimic nu o va putea opri. Că a venit momentul să facă ce simte, să hotărască ea, nu soarta...

-Nu o să-i spun nimic lui tati, da parcă mi-e milă de el, mamă.

-Lasă, nu-ţi mai fie milă de el că nu ştii tu ce socoteli am eu de făcut cu el. Rămân pe loc uimită.

-Adică cum socoteli? Ce ţi-a făcut?

-Nu pot să-ţi spun acum. Dar nu-ţi fă griji pentru el, nu o să-l doară, ştia că va veni o zi în care va trebui să plătească pentru ce a făcut. Mă întorc nedumerită la ea.

-Mamă, te rog, te implor, spune-mi, spune-mi acum, nu mă lăsa, ai suferit şi eu nici măcar nu am văzut suferinţa pe faţa ta?

Se întoarce, încă avea cutia în mână.

-Fi-rar să fie de cutie, din cauza ei trebuie să-mi amintesc ce nu aş fi vrut să spun nimănui. Mai ales ție, tu nu ai nicio vină. Nu, nu pot să-ți spun. Nu vreau să-l urăști.

Simt că lumea se prăbușește. Că parchetul se mișcă într-o singură direcție. Simt că amețesc. Ochii ei sunt mai mari, pare că abia acum se vede pe ea, pe noi, cu care mare parte din viața ei a conviețuit în tăcere. *Și acum a venit fericirea pe strada ei, dar și momentul cel mai greu de-mi spune mie secretul vieții lor.* Mi se pare mai mare, stă dreaptă, de parcă acum a găsit ceva ce a căutat tot timpul încovoiată de gândurile și lacrimile pe care le lăsase pe unde trecuse.

Doar eu nu le vedeam. De unde să știu că a pierdut ceva atât de important în viață? A rămas îndrăgostită de mângâierile mâinii cu care a scris scrisorile de dragoste. *A stat așa, în așteptare, cuminte și umilă, o viață, aștepta ca el să vină să o sărute pe obraz și să-i șoptească tandru, la amândouă urechi, ca să audă bine, să nu creadă că i se pare: hai, scoală-te, nu mai visa, femeia visurilor mele, cu ochi triști și cu pălăria plină de vise, în cutie, uite-mă am venit la tine.*

-Față de tine am făcut tot ce am putut ca să pară că este totul normal, ca în orice altă familie. Măcar asta am făcut-o bine. Pentru asta am stat cu Mitică. Am simțit că vrea să-și plătească păcatul. Dar nu i-am dat niciodată posibilitatea să se scuze pentru ce făcuse. L-am lăsat să se chinuie, să-l mistuie această șansă de a se răcori. Îl condamnasem la tăcere. Eu, Gabriela, singură, eu, victimă și judecătoare, acuzatoarea lui și apărătoarea mea, într-o instanță fără străini care să ne arate cu degetul, să ne denigreze, am acceptat situația și am căutat și găsit soluția. Dar nu a fost grațiat, a rămas prizonierul propriului fapt mârșav.

-Ce păcat, mamă. Mă așez lângă ea, o iau de după umăr, mă lipesc ca să nu mă aibă în față, să nu mă vadă ca să poată să-mi spună.

După ce a plecat Zoli, după două luni, mai exact pe 9 septembrie, ziua asta nu am uitat-o și nici nu o să uit vreo dată. Mama mă trimite la Brașov, la sora ei, pentru câteva zile. Cursă nu era la Brașov la ora la care voia să plec. Când mergeam cu ea la Brașov, ieșeam la ia-mă nene, la șosea. Când ajungeam la destinație, plăteam și gata. Așa făceam și la întoarcere.

De data asta, mama a hotărât să mă trimită singură. A venit cu mine la șosea, unde mai erau și alții ca noi, făceau semn la câte o mașină. Care se oprea, care nu. Şi am aşteptat până când, o maşină s-a oprit în dreptul nostru. Ne-am dus împreună. Mama a deschis portiera să vadă cine e la volan, ca să mă dea pe mâini bune. Era un tip de vreo 25 de ani la volan. Îmbrăcat curat, cu pălărie şi cu ochelari. Pe bancheta din dreapta avea nişte dosare şi o mapă. Îl întreabă dacă merge la Braşov. El răspunde afirmativ şi ne invită să urcăm în spate. Atunci mama îi spune că doar eu trebuie să ajung în Braşov şi îi dă şi adresa sorei ei, unde trebuia să mă lase. Îl întreabă dacă poate să aibă încredere în el. El se uită la mine, mă măsoară şi o asigură pe mama că o să mă ducă direct la adresa de pe petecul de hârtie. Mă urc în spate. Mama pleacă. Plecăm şi noi.

După vreo câţiva kilometri trage maşina pe dreapta, ia dosarele de pe bancheta din faţă şi-mi spune să mă aşez pe bancheta din faţă. Aşa şi fac. Pornim la drum. Eu eram cu gândul la Zoli. El a început să mă descoase, câţi ani am, dacă am iubit, ce fac eu cu iubitul. Eu eram roşie de ruşine. La un moment dat intră cu maşina într-o lizieră spunând că are o urgenţă. Ajungem pe un drum de ţară, între copaci. Se dă jos. Se duce primprejur să vadă dacă mai e cineva pe acolo, se întoarce şi mă invită să ies să mă răcoresc şi eu. Scoate o pătură din portbagaj, o întinde la umbra copacilor şi se aşază. Îmi spune că a lucrat toată noaptea la nişte documente şi că este obosit.

Cobor, fac câţiva paşi, mă invită să stau lângă el cu un glas aproape poruncitor.

-Hai, vino, nu mai face pe mironosiţa. Aşază-te că nu te mănânc. Mă aşez pe un colţ de pătură, departe de el. Nu-mi era frică de el, nu ştiam nici ce vrea şi nici ce se poate întâmpla. Era om serios, era mai mare ca mine. Eu, o copilă nevinovată, şi el, un om bărbat copt. Stăteam liniştită privind mâinile pe care le pusesem în poală, mă jucam cu degetele. Mă gândeam ce bine ar fi fost să fiu acum cu Zoli. Simt că se apropie de mine, mă trage aproape, nu e violent, credeam că vrea să mă aşeze mai comod.

Aşa a şi fost, mai comod ca să mă violeze. Nu aveam putere să mă lupt cu el, mă săruta pe unde eu nu reuşeam să-mi ascund corpul nevinovat. Era ca o fiară. Eu nu am putut decât să descopăr ce înseamnă să fii a unui bărbat care a hotărât să fii a lui, fără să ţină cont de părerea ta. M-a tăvălit bine, nu a auzit plânsetul şi gemetele mele de durere. După ce s-a potolit, s-a dus la maşină, fără să se mai uite la mine. M-a lăsat ca pe ceva de care nu mai avea nevoie. A venit cu o sticlă cu apă de doi litri şi cu un prosop. Eu eram mută, moartă, imobilă. Mă ridică în picioare. El se aşază în faţa mea, îmi ridică rochia şi-mi pune mâinile inerte să o ţin. Apoi udă prosopul şi mă şterge de sânge pe picioare, o face voluptos. Ridică ochii să vadă ce spun eu. Eu nu numai că nu puteam să vorbesc, eram o nălucă, se amesteca durerea cu scârba, cu surpriza neplăcută acestui act în sine. Eu, care visasem să mă dăruiesc iubitului meu sau celui care va fi soţul meu, cum spunea mama, ochii şi fecioria, Gabriela. Şi acum ce să fac?

Eliberează poalele rochiei, mă ia de mâini, mă priveşte în faţă. Eu nu las privirea în jos, voiam să-i văd mai bine faţa celui care şi-a luat ceva ce nu-i aparţine.

-Mă cheamă Dumitru, Dumitru Pascu. Pe tine cum te cheamă?

-Gabriela, abia reuşesc să-mi spun numele.

-Uite ce Gabriela, ce s-a întâmplat aici, acum nu trebuie să ştie nimeni. Ce e tatăl tău?

-Tata e secretar la primăria comunei.

-Unde? mă întreabă preocupat.

-La primărie.

-Şi unchiul la care mergi în vizită, unde lucrează?

-La Ministerul de Interne, e şeful comisiei de verificarea fondurilor comisariatelor de poliţie pe capitală şi pe judeţul Ilfov.

-Unde? întreabă uimit. La Ministerul de Interne? Cum îl cheamă? mă întreabă îngrozit.

-Ghinea. Răspund.

Pare că i-am dat cu un par în creştetul capului, se pierde. S-a schimbat la faţă. Se ridică în picioare şi începe să se plimbe nervos, bătându-se cu mâna peste frunte, da tare.

- Doamne ce am făcut? Doamne, cum de am putut să fac aşa ceva?

Se văicărea, era disperat, a început să plângă. Se aşază în genunchi în faţa mea, îmi ia mâinile şi-mi lasă lacrimile lui. Le simţeam ca pe nişte lovituri de bici, fierbinţi şi scârboase. Trag mâinile le pun la spate. El bocea ca o femeie disperată. Mă apucă de pulpe şi plânge, un plâns care devine din ce în ce mai sec, doar cuvinte care veneau prea târziu spre mine.

- Iartă-mă, iartă-mă, te rog să mă ierți. Gabriela, sunt un nenorocit. Iartă-mă! Ești așa frumoasă și gingașă, și eu un nenorocit, am profitat de tine. Iartă-mă! Ce să pot să fac să mă ierți? Ai putea să mă ierți vreodată?

Mă uit la el de sus, rece. Mi se face milă, ditamai bărbatul la picioarele mele, îngenuncheat, bocind, cerând iertare. Desfac cu greu mâinile de la spate, le apropii, le așez pe capul vinovatului. *Cred că atunci, s-a arătat Dumnezeu sau nu știu ce sfânt a putut să facă această minune.* Mă înmoi. El stă cu capul plecat, așteaptă sentința. Acum m-a pus pe mine să-l judec. Eu, o copilă care nu știam nici dacă sunt legi care ar putea să-l judece, legi mai presus de dorința umană necontrolată. Aproape de nebunie, inconștiență sau dorința de a lua ceva fără să țină cont de părerea celuilalt. Problema este atunci când trebuie să te judeci singur, să dai o sentință pe care să o și execuți. Pedeapsa care te va încarcera pentru toată viața, împreună cu sentimentele și remușcările care nu au să înceteze să te tortureze, ca să plătești cel mai înalt preț.

Se ridică, mă ia de mână, mă trage după el, eu eram moale. Deschide portiera, mă bagă înăuntru în timp ce-mi spune:

-Mergem la poliție, să mă denunți. Eu deschid portiera și sar din mașină, mă duc pe partea lui, deschid, și cu o privire de fiară rănită, urlu la el:

-Nu, asta nu. În același timp bat din picior atât de tare că el rămâne uimit, părea că a trecut o turmă de mistreți, că de undeva a venit un zgomot însoțit de urletul meu de durere. Iese, îngenunchează din nou.

-Te rog, te rog, Gabriela, nu pot să nu o fac. Nu merit decât să fiu pedepsit. Nu mai știu cum să-i explic că nu vreau. Îi iau mâinile într-ale mele, inconștient, de parcă aș fi vrut să-i pun cătușe. Mă uit în ochii lui. Nu am văzut niciodată ochii cuiva disperat. M-a impresionat.

-Ascultă, domnule, cum spuneai că te cheamă?

-Dumitru. Mitu.

-Bine, domnule Mitu, eu nu vreau să declanșăm un scandal. O să mă fac de râs în sat și familia mea va trebui să sufere, și eu nu vreau asta. Gândește-te ce putem face ca să evităm scandalul.

-Mă însor cu tine, Gabriela, acum, mâine, când vrei tu. Dacă vrei mergem chiar acum la primărie.

Îmi ia mâinile și le sărută, le spală cu lacrimi. Nu le mai simt reci. Parcă uitasem nenorocirea. Poate că nu e chiar un golan, un profitor. Și-o fi pierdut și el mințile din cauza mea, caut să-l scuz.

-Gândește-te cum trebuie să faci domnule. De acum te las să aranjezi totul. Bine? Fiind mai mare, știi ce ai de făcut ca să o dregi.

-Uite cum, mergem la mătușa ta și îi spunem că ne iubim și că am vrea să ne căsătorim.

-Cum așa, deodată?

-Da. Ce crezi că o să ne creadă?

-Păi așa, deodată? Cine știe, hai să încercăm.

Pare că a prins viață, aripi, mă ia de mână, o duce la gură și lasă sărutul lung care cerșea îndurare, iertare.

Așa a și făcut. Eu trebuia să accept. Am lăsat gândurile mele de copilă și am început să mă gândesc în altă direcție. *Atunci am simțit că am crescut, că sunt bătrână și înțeleaptă. Că e soluția cea mai bună. Măritată, la casa mea, în oraș. Și așa m-a adus aici, unde te-ai născut tu, Nora. Și iată-ne, noi suntem părinții tăi. Nu cum credeai tu că noi nu avem trecut. Doar cu prezent și cu viitor.*

-Acum, fă ce vrei.

Se ridică și se îndreaptă spre fereastră, lasă visele ei să-și ia zborul. Gata. S-a eliberat. E mai ușoară. Mintea ei nu mai e custode de amintirile neplăcute și chiar nici de cele plăcute. Crescuse... Știe ce trebuie să facă. Se reîntoarce cu fața la mine și-mi spune calm, fără urme de remușcări ucigătoare.

-Uite ce a făcut dumnealui. E drept că m-a luat de nevastă, eram însărcinată cu tine. M-a dus la el acasă, l-am urât, dar, cu timpul, și mai ales cu tine, am plâns necazul meu când eram singură, și așa a trecut timpul. Nu mi-a lipsit nimic, nu m-a lăsat să croitoresc acasă, spunea că nu vrea să fiu deranjată. Și așa, știind că m-a luat de la țară, am înghițit zi de zi măgăria lui și am început să fiu mamă și soție lăsând acel moment să se îndepărteze de ziua aceea. Trebuia să fac în așa fel încât să nu știe nimeni cum de eu o fată de la țară am un soț de la oraș așa de bine aranjat și destul de frumos.

-Nu mai știu nici dacă Zoli m-a căutat sau dacă a mai scris vreodată. Nu știu mai știu nimic. Mama a făcut rugăciuni spunând că ea e vinovată. Tata se tot văicărea prin grădină, îl auzea mama vorbind singur, a trebuit să le spun până la urmă. Dar nu au putut să repare nimic. Trebuiau să mă dea după el. Nu vezi că noi nu vorbim, decât dacă ești tu? Îi lăsasem săruturi înveninate pe obraz, ca să-i amintesc acel moment.

Plâng, înghit noduri de durere, simt corpul plăpând și fin al mamei în brațele mele, fata ei, iar o poveste tristă, una de care eu nu am cum să nu mă mir, de el, de tatăl meu. Nu simt nimic, nici ură, nici dorința de răzbunare. Simt nevoia să o ajut pe ea, pe mama mea care m-a născut din suferință. *Iată de ce eu m-am născut așa, fără identitate. Zămislită cu sila de el.* El, care nu avusese curajul să-mi mărturisească niciodată. Acum înțeleg de ce trece pe la biserică. Cred că se roagă pe la toți sfinții să-l ierte. Oare ce trebuie eu să fac?

-Știi ceva, nu mai mergem la restaurant în seara asta.

O întorc cu fața la mine și îi șterg lacrimile. O strâng în brațele mele cu toată puterea. O să-l sun pe Valentin să vină direct aici de la servici. O să aranjez eu o masă că avem, slavă Domnului, de mâncare. O să stăm toți patru, tu să-i spui povestea cu Zoli și el pe cea cu tine. Să vedem ce trebuie să facem. Ce zici?

-Nu e prea devreme, Nora? Lasă să treacă timp, să văd ce e și cu Zoli. Apoi o să vorbim din nou să vedem dacă e mai bine să rămână totul așa cum e acum, ca să nu stricăm totul...

142

Eight

Capitolul 8

De multe ori sunt situații
în care destinul râde de noi.

Îi povestesc soțului meu despre masa de la restaurant. Mă privește uimit. Eu care abia ciugulesc câte ceva de teamă să nu mă îngraș. Eu am participat la folia gastronomică de care-i povestesc?

-O să mergem împreună, Nora, sunt curios, vreau să te văd cu gura plină de toate bunătățile de care-mi povestești. Ce ai făcut cu actele?

-Nimic. Bianca spunea că poate ar trebui să mă mai gândesc.

-Nora, de ce nu cauți niște cursuri despre psihologia persuasiunii? E posibil să ai convingerea că ideea ta e bună și că ai putea și tu să ai farmacia ta.

-Unde se țin asemenea cursuri Valentin?

-Caută și tu pe internet. O să găsești informații și adrese cu siguranța.

-Bine, așa o să fac.

Mă uit la el cu interes. Vreau să-l compar cu cele două exemplare văzute astăzi. Cine ştie, poate că şi el este un bărbat deosebit, doar că eu nu-l văd aşa, poate pentru că îl cunosc de când eram mici. Sau poate pentru că l-am avut foarte repede. Adică a cedat imediat. Da ce mă tot lamentez că dacă nu mă lua el de nevastă, cine ştie dacă nu mai căutam şi astăzi un soţ.

Mă uit la el cum se îmbracă. Se pregăteşte să plece la spital. Citisem undeva că un bărbat bine îmbrăcat e unul care trebuie să impresioneze prin stilul vestimentar, dar mai ales prin atitudine. Ce are el deosebit de alţii şi abia acum am observat este freza lui. Este mereu aranjată impecabil, în acelaşi stil de parcă ar putea fi semnătura lui.

Eu am o slăbiciune pentru bărbaţii bine îmbrăcaţi. Pasionaţi de modă şi de curentele moderne. Încă nu m-am săturat de bărbaţii bine îmbrăcaţi, stil elegant. Cred că ei sunt mereu pregătiţi să atace, să cucerească. Mă gândesc dacă ei au şi un ghid de cumpărături sau le cumpără la întâmplare?

Mă prezint la cursuri. Puteam să-l fac şi pe internet, dar cred că e mai eficient cursul pe viu. Sunt doar două ore pe zi, de patru ori pe săptămână. Fiecare curs are un alt profesor. Suntem vreo 40 de persoane de toate vârstele. Mă aşez şi eu printre ei. Scot iPad-ul ca să-mi iau notiţe. Încep să mă uit în jur să văd cine e în grupul nostru de începători. Mai erau nişte săli cu alţii care erau aproape de final.

Nimic interesant. Persoane obişnuite, par foarte interesate, discută. La ora 9 fix intră un bărbat înalt, cu un pardesiu de vară pe umeri, peste costumul elegant. Se instalează la masa imensă din faţa noastră. Ne priveşte şi începe o discuţie liberă cu noi.

-Sper să avem cum să comunicăm în aşa manieră încât să nu vă simţiţi elevi, ci persoane mature, care sunteţi aici, cu mine, ca eu să pot să vă îndrum şi să vă explic cât de clar, cum se acţionează pe piaţa marketingului. Există o psihologie a persuasiunii. În principal, scopul oricărei acţiuni de marketing, adică de vânzare, este doar să determine pe cineva să treacă la acţiune. Dumneavoastră aţi avut probleme? Ridic mâna.

-Da, eu. Credeam că e momentul potrivit, dar...

-Iată cum putem să facem sau să luăm o hotărâre importantă. Să vedem cum trebuie să convingem cumpărătorul să cumpere de la noi şi nu din altă parte. Ştim că suntem cu toţii aparent sofisticaţi şi raţionali. De aceea există principii psihologice, care ne fac să acționăm într-un fel sau altul. Așa că, împreună, o să înțelegem cum sunt oamenii și cum putem comunica pentru a-i face să treacă la acțiune...

* * *

Mă grăbesc să ajung la timp la servici. Parcă aș bea un cappucino aici, la intrarea în Mall, e o cafenea. Îl voiam înainte de intrarea la cursuri, mă așez după alte trei persoane care erau în fața mea. Mă gândesc că am făcut bine că m-am oprit, până după masă când termin am nevoie de energie.

Cum stăteam cu cappucino în față, îmi vine un damf de ulei de in. Am impresia că mi se pare. Nu fac caz. Dar îmi amintesc exact că și cămașa lui Valentin mirosea cam așa când am pus-o la spălat. Ei, prostii, o fi de la spital.

Ajung la farmacie. E întuneric. Deschide șeful.

-Astăzi nu lucrăm, aștept o echipă de electricieni să schimbe transforma-torul de distribuție. Ne vedem mâine, doamna Eleonora. Fac cale întoarsă. Simt nevoia să mă odihnesc. Mă duc acasă, cred că e și Valentin că a fost de gardă.

Intru, îl strig, îl caut, nu e. Ciudat, de obicei era acasă după gardă. O fi rămas în spital la vreo urgență, mă gândesc. E destul de târziu și eu nu știu pe unde să-l mai sun. Nu răspunde pe celular. Nu se mai întâmplase până acum. Singurul lucru la care mă gândesc e că l-a pierdut. Deși e foarte atent. Mă agit, nu știu ce să mai fac. Mă îmbrac să mă duc la spital să-l caut. Încep să-mi fac griji, ce-o fi cu el. Nu știam că-mi pasă așa de mult de el. Mă întorc spre casă, cu viteză mică, uitându-mă pe la trecători. Nimic.

Terasa Restaurantului Doamnei

Sunt în plin centru al Bucureștiului pe strada Doamnei, unde este și restaurantul cu grădină, Terasa Doamnei. Trag în parcare. Cobor. Îmi e foame. Mă gândesc să mănânc ceva pe terasă. Vine un ospătar care mă conduce la o masă pentru două persoane. Mă așez. Doriți să comandați ceva imediat, doriți ceva de băut sau vreți să revin?

-Da, te rog să revii. Răsfoiesc lista de bucate cu gândul la Valentin. Unde o fi, Doamne? Mă minunez. Dar nu termin mirarea mea că Dumnezeu a trimis răspunsul pe loc. Văd pe trecerea din stradă spre grădină care era chiar în fața mea o siluetă care părea a lui. Ce e curios e că nu era singur. Credeam că mi se pare. Mă frec la ochi. Mă uit mai bine. Lângă masa mea era o plantă ornamentală, așa că el nu avea cum să mă vadă. Aștept să văd ce fac. S-au așezat la o masă mai departe de mine, sunt cu spatele în partea opusă. Au ales o masă dintr-un loc, mai ferită. S-au așezat. Stă foarte aproape de ea. Pune mâna pe spătarul scaunului, o mângâie, ia câte o șuviță, o buclă, se joacă cu ele și apoi le așază la locul lor. Ea se apropie de fața lui, îl sărută pe obraz. Am impresia că explodez. Dar, mă potolesc. Îmi amintesc că și eu am fost cu Emil. Așa că acum am înțeles că cineva vrea să-mi arate cam cum e când căutăm ceva la alte persoane. Ceva de care avem nevoie. Și asta descoperim în timp. Ea este de vreo 20 de ani, are forme delicate acoperite de o rochiță de vară fină, verde oliv, cu multe floricele de toate culorile, o splendoare. La gât are un guleraș de dantelă. Pare din alte timpuri. Părul blond, numai bucle, strălucitoare, se revarsă peste umeri. Valentin a lăsat pe scaunul de alături un bloc mare de desen și o geantă colorată, din pânză. Mă uit să văd cu ce e încălțată. Sunt curioasă. Da, o pereche de papuci din pânză verzi la fel cu rochia, legați cu șireturi pe picior.

Iar mă minunez, Doamne e adevărat? E el? Soțul meu. Așa o femeie atrage atenția multor bărbați. Oare de ce Valentin a ieșit cu ea? Se cunosc demult și eu nu am înțeles nimic? Dacă are și el nevoie să evadeze, să cunoască viața, să iubească? Dacă nu sunt eu așa cum ar fi vrut el să fie o femeie? Doamne, da cât de curioasă e viața. Ca să vezi. Cine ar fi crezut? Tocmai el, care nu a dat semne de nemulțumire. Oare asta caută? *O femeie proaspătă, verde, care să se confunde cu natura, cu dorințele lui, cu ambientul în care a crescut la țară.* Valentin e soțul meu, e căsătorit, oare vrea să mă părăsească pentru fata asta mai tânără?

Dar dacă mă lasă, eu ce fac? Nu o să mai am o familie, pe el, și nu o să mai am nici pornirile pe care le am de a căuta ceva care să fie altfel decât el, un model de bărbat nou, cel puțin până acum. Oare noi ar trebui să ne găsim dragostea printre oameni noi, printre străini? Așa sunt destinele noastre? Nu mai sunt intrigată, ba mai mult încep să mă gândesc că poate e mai bine așa. Să ne despărțim, să fim liberi, să găsim alți parteneri de viață, alte experiențe, alte vieți alături de care să trăim. Cine știe, poate că e mai bine.

Deci, la rece judecând, acum eu trebuie doar să-l las pe el să facă următoarea mișcare. Eu, între timp, trebuie doar să-mi văd de ale mele cu calm. Să întrerup ce am început cu Liviu și Emil. Mă uit în spatele meu să văd dacă mai e vreo ieșire. Ba da, o văd, îmi iau geanta și ies de parcă nu mai fusesem niciodată aici. Mă duc în parcare. Culmea. Mașina lui Valentin e parcată aproape de mașina mea. Cum a făcut de nu a văzut-o pe a mea? Sau a făcut-o intenționat ca să nu aibă nevoie să se mai scuze sau să inventeze ceva, sau poate că abia așteaptă să-mi spună adevărul. Deci a făcut-o deliberat, a împins dorința lui ascunsă dincolo de limită, a demonstrat, în sfârșit, că în fapt, realitatea obiectiva este alta.

Cred că l-am mai văzut cu fata asta? Da, da. Îmi amintesc, fusesem cu Valentin la o expoziție a studenților de la Universitatea Națională de Arte București. Era și ea, dar nu cred că se știau sau au evitat să se apropie ca să nu-i văd eu. Găsisem în casă un pliant de-al ei de la facultate, unde era anunțat un concurs. Da, așa e, trebuie să-l am în geantă. Știu că voiam să-l întreb ce-i cu el pe Valentin, dar am uitat. Ia să văd. Desfac fermoarul, încep să scot un mic carnețel cu un pix pe care-l folosesc când am de luat notițe, aha, uite că te-am găsit. Îl desfac curioasă ca să înțeleg ce legătură ar putea să aibă cu ei doi. Ia să văd. Este vorba despre un concurs. Sus, cu litere groase scrie: „ÎN ATENȚIA TUTUROR STUDENȚILOR DE LA UNIVERSITATEA NAȚIONALĂ DE ARTE BUCUREȘTI.

Anul acesta se împlinesc 300 de ani de la moartea celebrului pictor olandez Rembrandt. Cu această ocazie Ambasada Olandei îi invită pe tinerii artiști studenți de la Universitatea națională de Arte București să se implice în celebrarea artistului prin participarea la CONCURS.

Cerințe: Inspirația sau omagiul adus artistului Rembrandt să fie evidente.

Interesant, ia să văd dacă s-a înscris la concurs. Deci: Materialele supuse jurizării trebuiesc puse într-un folder (conținând fotografii digitale…)

Denumirea folder-ului va fi numele studentului. Ahaaaa, ia te uită ce am

147

descoperit eu aici, mă, da' deșteaptă mai sunt. Cum de m-am gândit să nu o arunc? Deci domnișoara se numește Mihăilescu Mihaela, este în anul III la Arte Plastice. Profesor coordonator: Vladimir Luxuria. Titlul lucrării: Potolirea furtunii.

Pe dos este scris ceva. Ia să văd.

Potolirea furtunii, este un tablou care reprezintă una dintre minunile lui Isus. Cum spun evangheliile, Isus din Nazaret și ucenicii săi traversau într-o seară Marea Galileei cu o corabie, când izbucnise o furtună puternică, cu valuri care se prăvăleau peste corabie, astfel încât era cât pe ce să se scufunde. Isus era în partea din spatele corabiei, dormind pe un căpătâi, dar ucenicii l-au trezit și i-au spus: *Învățătorule, nu-ți pasă că ne înecăm?* EL s-a ridicat, a certat vântul și a poruncit mării: *Taci! Liniștește-te!* Și vântul s-a potolit și s-a făcut liniște pe mare. Atunci EL le-a spus ucenicilor: *De ce vă este atât de frică? Încă nu aveți credință?* Ei erau înfricoșați și se întrebau unul pe altul: *Cine este acesta? Până și vântul și valurile îl ascultă!* Marea Galileei era cunoscută pentru furtunile ei năprasnice care începeau din senin și că evreii erau un popor de uscat, care nu se simțea bine pe mare, deoarece ei credeau că marea este plină de creaturi înfricoșătoare.

Totul scris cu o caligrafie frumoasă, de copilă, de femeie tânără care-și caută drumul în viață. Merită păstrată. O pun din nou în geantă. Oare e conectată cu divinul așa de tânără? Cine știe, sunt curioasă dacă s-a înscris la concurs. Schimb locul de parcare, dar am ales unul de unde să-i văd doar eu. Pe fundul buzunarului de la geantă mai e ceva, o hârtie împăturită. Asta e obiceiul meu, le adun și nu le citesc. Mă uit din nou spre ieșire, nimic nici o mișcare.

Este o pagina de ziar, e mototolită, cine știe de când așteaptă să o citesc. Cu un ochi la ieșirea din restaurant și cu altul la text încep să citesc articolul ca să treacă timpul. Pe prima pagină un articol scris cu litere groase: *La Belle Otero, ultima mare curtezană a Europei.* Mă interesează. În fond și eu sunt un fel de curtezană.

O bătrână de 96 de ani murea, singură, într-un hotel din Nisa. În tinerețe toată lumea o știa drept, La Belle Otero. Înaintea celor două războaie mondiale, fusese cea mai cunoscută curtezană din Europa. Poate chiar ultima curtezană din La

Belle Epoque. Îl cunoscuse pe Albert I de Monaco, pe Edward VII al Marii Britanii și pe marii duci ai Rusiei. Ea fusese ținta invidiei multor femei. Născută în Spania, dintr-o familie săracă, fusese trimisă la muncă la o vârstă fragedă, servind drept fată în casă. Se spune că la vârsta de numai 10 ani ar fi fost victima unui viol, după care ar fi rămas sterilă. După câțiva ani a început o relație cu un tânăr dansator, au plecat în Portugalia, la Lisabona. Acolo i se spunea Nina. Începuse să lucreze ca dansatoare în teatre unde atrăgea atenția tuturor bărbaților. Începuse să aibă relații numai cu oameni bogați, care îi ofereau bani și o viață de lux. Apoi s-a măritat cu un cântăreț italian de operă, dar nu a durat mult pentru că soțul ei devenise dependent de jocurile de noroc, dar și ea era nestatornică.

La 21 de ani ajunsă la Paris, orașul care avea să o facă faimoasă în întreaga lume. Cu noul ei nume de scenă, La Belle Otero, ea impresiona chiar de la primele spectacole publicul parizian. Așa ajunsese numele ei în ziare, și a avut un mare succes atrăgând atenția unui agent american, care a luat-o cu el la New York, unde i-a aranjat câteva spectacole de pe urma cărora Nina a câștigat sume mari de bani. După ce s-a întors în Europa, a început o relație cu Marele Duce Petru Nikolaevici, chiar nepotul Țarului Nicolae I. După care avea să-l cunoască pe Edward, prințul de Wales, moștenitorul Reginei Victoria, și pe Împăratul Wilhelm al II-lea.

Aceste relații au fost făcute publice în acele timpuri prin presa vremii, așa că era cea mai invidiată femeie din Europa. Scandalurile în care a fost implicată, atacuri din partea unor soții geloase sau bărbați care s-au sinucis pentru ea, îi sporeau și mai mult faima, astfel încât tânăra curtezană nu ducea niciodată lipsă de admiratori și de bărbați dispuși să-i ofere o viață de lux.

Nu e de mirare că Nina a reușit să strângă o sumă fabuloasă de bani. Când a decis că este prea bătrână ca să mai revină la viața de curtezană s-a pensionat. Și-a cumpărat un conac extraordinar, care astăzi ar valora 15 milioane de dolari. Averea ei era impresionantă, dar încet, încet a risipit banii pe jocurile de noroc. Când a murit, în anul 1965, era deja o bătrână săracă, care-și petrecea timpul povestind celor dornici să o asculte despre petrecerile fabuloase, pe care le dădea în tinerețe sau de prinții și regii pe care îi cunoscuse.

Poate că e întâmplător la mine, sau o fi trimis de tatăl Ceresc să văd ce viață au femeile ca mine. Acest articol trebuie să-l păstrez ca pe un ghid.

În păturesc și-l așez cu grijă în geantă, arunc o privire spre ieșirea de la grădina de vară a restaurantului cu pricina, îl văd pe Valentin cu domnișoara se îndreptau spre mașină. Îi las să plece și mă duc discret după ei. Cotesc și se opresc pe strada, Gral. Budișteanu nr 16. Știam că e un campus pentru sudenți, dar nu știam că e pentru cei de la Belle Arte. Opresc mai departe. Valentin coboară. Se duce pe partea ei să-i deschidă portiera, dar ea deja coborâse, nu era la vârsta la care să aștepte asemenea atenții. El scoate blocul de desen și geanta, i le pune în brațe, apoi o ia de umeri și o sărută. Simt că nu mai văd bine. Mă mir ce reacție ciudată pot să am chiar eu, femeia care a sărutat și alți bărbați.

Na, că să te înveți minte Nora, îmi spun cu ciudă. Bat cu pumnii în volan. Îmi dau lacrimile. Acel sărut mi se pare interminabil. Apoi ea dă să plece, dar el se duce după ea și o sărută din nou. Voiam să claxonez să știe și să vadă că știu, că sunt acolo. Dar iar îmi amintesc de Liviu de Emil de Muller, mă potolesc.

Doamne, cred că tu, iar vrei să mă faci să înțeleg că nu e bine ce am făcut. Vrei să-mi arăți cum e gustul amar al trădării. Dar dacă e așa, de ce mă lași să mă duc spre ei, să-i vreau, să-i incit, să-i chem? Încep să plâng din nou. Îi văd. Se cuprind cu amândouă brațele. Sunt îmbrățișați, strâns. *Mă uit la ei, și mă întreb, oare pot eu să le reproșez ceva? Poate că acum e timpul lor, așa a vrut destinul, sunt și ei în căutare de bine. Cine știe cât amar or avea în suflete.* Ea desface degetele și le trece prin părul lui. Mă întreb dacă am făcut-o și eu. Nu-mi amintesc. Pare o mângâiere divină, mă înfioară pe mine spectacolul.

Îmbrățișare, două trupuri, două persoane care s-au căutat și s-au găsit prea târziu, că timpul nu este potrivit, că ar fi trebuit să o facă mai de mult. Sau poate că așa e scris, ca destinele lor să se unească acum sau poate doar să se iubească, cine știe cum va fi. *Nu credeam că Valentin suferă de singurătate, că are nevoie de ceva ce eu nu știu să-i dau. Trăiește situații noi, cu o femeie nouă, diversă de mine, poate că este chiar una care corespunde dorințelor lui din toate punctele de vedere. Este mai complexă decât mine, mai cultă, mai delicată, mai atentă... uimit de o serie de evenimente și culori, culorile anotimpurilor care au trecut cu planuri intersectate, ca și dorințele noastre ascunse sau, poate, pe care nu le știam că sunt și nici unde stau, de ce așteaptă timpul ca să ne dea curajul să le scoatem, să le trăim. De frica cui nu am putut să le aducem în prezent înainte de a ne căsători? Oare pentru că atunci nu știam de existența lor?*

Revanșa

Simt o mână pe umărul meu, e cineva care-mi ține umbră, soarele mă încălzise în mașină și deodată, cineva stă lângă mașina mea. Ridic privirea, nu-mi vine să cred, este el, Emil. Deschid portiera și mă arunc în brațele lui. Încep să plâng cu sughițuri. El e surprins. Nu știe ce să creadă nu știe de ce plâng. Nu apucă să întrebe nimic, încep eu să-i spun printre sughițuri că l-am văzut pe Valentin sărutându-se cu altcineva.

-Potolește-te că nu înțeleg nimic Nora.

Încearcă să mă desprindă de el, dar eu nu vreau, stau lipită de pieptul lui. Îmi dă din nou batista lui, albă, impecabilă, călcată. O desfac și-mi ascund fața în ea în timp ce mă îndepărtez de pieptul lui pe care-i lăsasem pe cămașă rimel, ruj și alte smac-uri femeiești pe care le punem pe la ochi. Mă uit îngrozită.

-Uite ce ți-am făcut pe cămașă, scuză-mă Emil, te rog.

-Nu e că mă bucur, dar acum va trebui să o duc la curățătorie. Urcă, îmi spune. Lasă mașina ta aici. În timp ce portbagajul se deschide automat, el trece în spatele mașinii și își scoate tricoul și cămașa. Își pune altă cămașă, albastră, precum cerul. Se urcă la volan. Ia telefonul și sună la ambasadă. Cheamă șoferul și-l roagă să ia mașina mea și să o ducă în garaj. Îi dă adresa de unde să o ia.

-Mergem la tine acasă? îl întreb mirată, de parcă nu aș mai fi fost.

-Da. Na că îmi comandă. Mi-a spus-o pe un ton serios. Nu mai e loc de glumit cu el Nora. Încearcă să înțelegi…

Da eu mă bucur că mă duce iar la el acasă. Sper să regăsesc magia neliniștitoare a marilor povești de dragoste. Înțeleg că Emil e îndrăgostit de mine, crede că o să vreau să mă dăruiesc lui. Oare ăsta e începutul unei lupte sau al unui refugiu? Recunosc că sunt o visătoare nu o războinică. Dar ce va fi după, dacă Emil nu o să mai vrea să mă vadă? Pot eu să cred că el este bărbatul care vrea să-și petreacă restul vieții cu mine? Oare ar vrea să se căsătorească cu mine, riscă să-și ia adio de la liniște, dacă și atunci o să vreau să mai cunosc și alți bărbați?

Iar bat câmpii în timp ce văd că deschide portiera. Emil așteaptă să-mi revin. Cred că lucrurile se complică, poate fi el subiectul pasiunii mele? Sunt eu, oare, femeia de care are nevoie el?

-Vreți să coborâți, doamna Nora? mă întreabă glumind. Îmi întinde mâna. Mașina lui e cam înaltă și nu e ușor pentru o doamnă să urce și să coboare.

-Da, mulțumesc, domnule, îi răspund. Dar nu mă mișc. Schimb ideea. Știi ceva, Emil, vreau să te rog să mă duci acasă. Nu cred că o să-ți facă plăcere să mă plâng la tine și să mă vezi tristă.

-Știi ceva, Nora, tocmai de asta cred că acum ai nevoie de mine și eu vreau să-ți fiu alături. Hai coboară.

Mă convinge. Intrăm, dar nu mă mai invită în sufragerie, mergem direct în bucătărie. Iau loc pe scaunul înalt, ca cele de la baruri. Începe să scoată din frigider de toate. Apoi se așază, deschide borcanul cu icre, unge niște felii de pâine proaspătă. Îmi e foame, sunt obosită. Mirosul mă incită. Încep să mănânc, între timp toarnă whisky peste cuburile de gheață.

-Noroc!

-Ăsta da noroc Emil să apari în momentul în care am nevoie de tine.

Lasă paharul din mână în timp ce eu beau două guri bune. Simt nevoia să-mi ardă focul din suflet, durerea și ciuda, că aș putea să-l pierd pe Valentin. Da oare îl mai vreau, mai am eu neoie de el acum când sunt și eu cu altcineva? La gândul ăsta încep să-mi curgă lacrimile pe felia de pâine cu icre. Îmi este foame și o mănânc cu lacrimi cu tot. El nu se miră. Ba chiar nu face caz. Acum taie niște șuncă. Iar nu mai văd bine din cauza lacrimilor, dar mă șterge el la ochi cu un șervețel. Acum stă în picioare, e în fața mea. Așteaptă să termin.

-Știi ceva, eu nu vreau să plâng, dar vezi, am aici un nod în gât care nu se duce în jos, e amarul meu, înțelegi Emil?

-Mai bea o gură din pahar, mai mănâncă ceva și o să vezi că-ți trece Nora.

-Mă simt de parcă am fost alungată din Rai, ca Eva. Parcă m-a uitat, nu mă mai găsește prin gândurile lui. Poate că și el a fost în întuneric, nu m-a iubit, m-a dorit, doar atât. Acum a dat cu ochii de ea, fata cu plete blonde, subțire de parcă a trecut prin vremuri de poveste și s-a întrupat ca să-l bucure pe el.

-Mă uimești, Nora. Gândurile tale sunt frumoase, deși sunt triste. Ce cauți? O explicație?

- Nu, nu caut explicații Emile, mă caut pe mine, vreau să știu ce rol am avut în viața lui. Credeam că e al meu, și acum bâjbâi în întuneric, îl caut, dar nu-l mai găsesc. Am doar o minte încărcată de cuvinte alese, care sunt atâtea câte zile am trăit împreună, fără să ne știm gândurile, zilele de singurătate. Emil, înțelegi?

-Nora soarta te compensează, nu te-a lăsat singură, m-ai cunoscut pe mine. Cu mine ce ai de gând să faci?

- Ce crezi tu că eu știu ce să fac cu tine? Ai venit și mi-ai furat liniștea, vrei poate să-mi furi și visele dacă nu mă trezesc la timp?

-Eu vreau să pot să te iubesc, nu știu dacă asta e puțin Nora. Ai fost de acord, nu te-ai împotrivit, aveai nevoie de mine atunci sau mă

mai vrei și în continuare, hotărăște-te, nu-mi plac situațiile neclare, asta trebuie să știi foarte bine, eu nu mai am timp să mă joc, să-l pierd cu tine, ai înțeles???

-Dragul meu, vreau să te adun, am să te iau cu mine pe drumul nemulțumirilor noastre, într-o frântură de timp, de care am făcut rost în plus, care mă împinge nedorit de mult spre tine. Se apropie și mă îmbrățișează.

-Acum simt ploaia ce cădea peste noi, ploaia de clipe senine, ce se revarsă peste noi, peste trupurile noastre. Ooo, Nora. Te rog să crezi, vei fi înțeleasă, iubită, așa cum pot și știu eu, cu mintea, cu sufletul. Am să-ți dau vorbe, gesturi pe care nu le găseam, doar acum văd că sunt multe, se îngrămădesc în mintea mea, vor să fie eliberate, lipite de tine, femeia pe care vreau să o iubesc.

-Știi ceva Emil, mie nu îmi este teamă de tine, deși ai fost și tu pe lista bărbaților pe care voiam să-i fac sclavii mei, doar ca să mă bucur de voi, fără să vă dau altceva decât plăcerea de a sta pe lângă mine leșinați de dorințe și eu să mă fac că nu înțeleg ce vreți. Acum o să-ți scriu numele pe sufletul și gândul meu. *Simt că tu poți să-mi dai ce nu am știut că este.* Să trăim în libertate, între senin și ploaie, ca orice început de septembrie, ca o toamnă cu iz de frunze uscate, în culori ruginii, ca vorbe vechi de mult uitate.

-Nora, să nu pierdem clipa de față.

-Eu sunt prinsă între două căi, nu știu bine pe care trebuie să merg, Emil, ajută-mă ca să aleg. Am mers pe o cale ani, pe care acum am să trec la amintiri ce le voi lăsa uitării. *Aleg drumul nou, cu tine, e un început, poate că ne vom aștepta furtuni, ai curaj?*

-Vezi tu, Nora, vreau ca la judecata de apoi, când va trebui să dau în scris, povestea noastră să reprezinte chiar concluziile scrise în procesul de încheiere al vieții, și care sper să fie ca un vis, dar să fie adevărat.

-*Emiiiil,* buzele mele îi murmură numele, în șoaptă, e aproape, brațele îmbrățișează iubirea noastră spontană și neplanificată. *Este lumina sufletelor noastre, pe care nu o uităm, va rămâne tot timpul, ca pe un cer cu dorințe în loc de stele și chipurile noastre vor rămâne vii, în timp ce alții nu ne văd, pentru că gândul nostru are aripi să zboare, dar ei nu au, nu au cum să ne ajungă de atâta nefericire.*

Sunt în brațele lui, acum mă simt altfel decât în prima zi, acum știu ce trebuie să fac. Sunt liberă. Valentin m-a eliberat dintr-o relație care nu era completă. Deci, nici el nu era fericit. Mulțumit? Poate că da. Ca și mine, dar...

Aici cred că Dumnezeu s-a îndurat de noi și ne-a dus pe alte drumuri acum, când suntem tineri și avem viețile noastre înainte. Nu ne-a lăsat să ne zbatem în întunericul neștiinței...

Eliberarea

Alerg spre casă, speram să ajung înaintea lui Valentin. Intru și-l caut, este, mă liniștesc. E în dormitor, alerg spre el, vreau să văd cum o să motiveze lipsa de acasă.

Ușa e deschisă, îl văd și nu-l recunosc, este fericit, relaxat. Mă opresc în prag de teamă să nu calc în teritoriul în care el, acum e stăpân, e sigur de el. Are fața senină, ochii sunt satisfăcuți, pare că visează în timp ce-și pune la întâmplare niște lucruri, pare că nu-l interesează dacă au să-i trebuiască sau nu. Cu mişcări lente, bizare se mişcă prin dormitor, nu mă vede sau nu face caz, nu-mi dă atenţie. Atunci am înţeles că nu mai are rost să-l întreb nimic. Să-l las să plece fără să-l trezesc la realitate, poate că aşa e mai simplu. Mă aşez în fotoliu. Sigur va trece prin faţa mea, va trebui să-mi spună, de ce pleacă? De ce pleacă el?

Nu ştiu ce să fac, mă ghemuiesc şi aştept. Sunetele care vin din dormitor de uşi şi sertare care se deschid şi se închid, mă lovesc, simt că sunt vorbele lui. Dar oare de ce simt asta? Mă ridic şi mă îndrept spre dormitor hotărâtă să încep o discuţie. Nu se poate să nu mai avem ce să ne spunem. Pun mâinile pe cadrul uşii, gata am blocat ieşirea. El se apropie cu valiza în mână, cu cealaltă îmi ia delicat mana şi o sărută. Apoi trece. Lasă valiza lângă uşa de la ieşire. Se întorce şi se aşază pe un scaun la masă. Mă ridic şi mă aşez lângă el. E linişte, ne privim, pare că nu ştim ce să ne mai spunem. Se întoarce spre mine, îmi ia ambele mâini într-ale lui. Eu stau cu ochii pe faţa de masă, nu am curaj să-l privesc.

-Nora, spune numele meu cu delicateţe. Priveşte-mă, trebuie să-ţi văd privirea ca să pot să-ţi spun adevărul. Eu plec pentru o săptămână la Iaşi, la o conferinţă.

În acel moment am simţit că am cuprins toate bucuriile lumii. Şi că eu sunt Nora, că el nu mă părăsea aşa cum crezusem eu. Sar de gâtul lui, îl îmbrăţişez cu toată puterea mea fizică de parcă voiam să nu cumva să mă părăsească.

-Cummm? Nu pleci de la mine? Nu mă părăseşti?

-Nu, de ce să te părăsesc?

Am muţit. Nu voiam să ştie că l-am văzut. Primisem înapoi ce credeam că am pierdut pentru totdeauna. Sunt bucuroasă, chiar nu mă mai înţeleg. De ce? De ce mă bucur? Eu deja îmi făcusem planuri cu Emil. *Credeam că sunt liberă. Şi el, soţul meu, iar mă încurcă.*

Deşi mă bucur, sunt tristă, pentru că nu mai ştiu nici ce să cred şi nici ce să fac. Mă aşază pe scaunul meu, el stă în picioare. Se uită serios la mine.

- Nora, când mă întorc o să trebuiască să avem o discuţie serioasă referitoare la noi doi. Dar să nu speri că o să găsim noi o soluţie la toate aceste încurcături în care viaţa ne-a băgat.

Rămân cu gura căscată, deci, nu e totul sfârșit, m-a avertizat, m-a pus în gardă ca să-mi dea temă de casă, ca să mă pună pe jar. Se ridică și dă să plece. Eu îl prind de mână și-l trag înapoi.

-Ei nu, dragul meu, nu când te întorci, acum. El se eliberează, se întoarce și se așază din nou în fața mea.

-Ei bine, dacă așa vrei tu. Uite despre ce e vorba, Nora. Când mă întorc, vreau să discutăm despre divorț. Cum ai văzut, eu sunt îndrăgostit de Cristina, o studentă la Belle Arte. Vezi doar că s-a produs o ruptură emoțională între noi, și asta se rezolvă doar dacă divorțăm. Altfel, o să avem o viață stresantă și dureroasă. Și apoi tu tânjești după aventură și dramatism, tu trebuie să te zbați ca să ai atenția unor bărbați pe care îi alegi tu, Nora. Nu știu după care criterii îi alegi, dar asta e treaba ta.

-Când ai înțeles asta, Valentin? mă uit la el cu interes.

-La întrunirea de absolvire a facultății.

-Speri să ai o căsătorie mai reușită decât a noastră?

El nu răspunde. Parcă-mi pare rău. Rău de ce? Că doar a stat la jocul meu.

-Eu pot doar să-ți mulțumesc pentru faptul că ai răspuns dorințelor noastre de tineri, când am făcut primii pași în viață, Nora. Nu are rost să facem o tragedie. Chiar dacă ne certăm, rezultatul va fi același. Eu am simțit de multe ori că te încurc.

-Tu ai văzut că relația noastră a pierdut din dorința de a fi împreună?

-*Nu am avut niciodată o legătură profundă, mai exact, eu mi-am făcut datoria față de tine, pentru prilejul pe care mi l-ai dat ca să intru în viață la braț cu tine. Ca să fiu sincer am sperat că o să avem o căsnicie lungă împreună, dar nu o vedeam pentru toată viața. Așa cum nici tu nu ai crezut în ea. Acum cred că este momentul potrivit să terminăm, Nora. Dacă amânăm, o să ne chinuim împreună, o să devenim incomozi.*

-Sunt de acord. Cred că dacă o să fim liberi, încercăm să găsim adevărata fericire, atunci o să ne felicităm că nu am persistat în prostie să lungim relația noastră searbădă, la infinit.

Eu las privirea din nou, îmi curg lacrimile. Îmi pare rău. Nu știu de ce, poate doar pentru că odată cu pierderea lui nu mai am stabilitate, nu mai am un model de bărbat care nu corespunde dorințelor mele, dar care a

demonstrat că are un suflet frumos și că a fost responsabil, a încercat să
avem și noi o familie ca altele.

-Valentin, vrei să rămânem prieteni? Cum o să facem cu casa? Cu lucrurile
tale? Îmi șterge lacrimile cu drag și mă sărută pe obraz. Da. Mă mir că mai
are putere să o facă.

-Rămâi tu în casă, Cristina are casa ei și vom sta împreună. Trebuie să
rămânem prieteni Nora, ce întrebare mai e și asta, am crescut împreună, apoi
tot împreună am trăit bucuria dăruirii corpurilor noastre tinere și dornice,
dar nu știam că mai avem nevoie și de dragoste. O să mai stăm până după
divorț împreună, dacă ești de acord.

Mă îmbrățișează, se duce spre ușă, eu după el. Deschide, îmi sărută mâna
și pleacă. Alerg la fereastră. Deschide portbagajul, aruncă valiza în mașină,
se uită la fereastra la care știa că stau câteodată ca să-i fac cu mâna. Nu știa
că voiam doar să fiu sigură că a plecat.

Mă simt rău. Nu credeam că ar fi putut avea așa un efect plecarea sau
despărțirea noastră. Doamne, câte nu știm despre noi. Mi se pare totul
foarte ușor, nu se poate să fie totul așa de simplu. Nu mai ies cu Emil, merg
la cursuri. Îmi văd de ale mele. Vreau parcă să încerc să mă comport ca
o soție cuminte în lipsa soțului. Emil mă sună zilnic. Mă lasă pe mine să
hotărăsc. Nu mă împinge spre nimic. E ca și cum m-a lăsat pe autostradă,
între mașini, să mă descurc singură. Nu-i simt lipsa, curios. Aștept să se
întoarcă Valentin, să văd dacă nu cumva a schimbat ideea, a mai reflectat și
că poate preferă o căsnicie ca a noastră, decât una prea încărcată cu emoții.

Confuzie

Ies de la cursuri. Deschid portiera. Pe lângă mine trece o mașină neagră în
viteză, aproape, simt că mă atinge. E vina mea, nu m-am asigurat. Mă sperii,
mă așez, îmi tremură genunchii, îmi amintesc vocea unui bărbat care urlase:

-Asigură-te, cucoană. Îmi dau lacrimile. Sunt speriată. Pun brațele pe
volan și încep să plâng, iar lacrimi, nu mai văd, simt cu groază ce s-ar putea
întâmpla.

Cineva se așază lângă mine, mă strânge la piept și mă mângâie pe păr.
Cunosc doar mirosul pe care-l degajă. Mi se pare cunoscut. Încerc să

mă eliberez, văd un bărbat, dar nu pot să-mi dau seama cine e din cauza
lacrimilor și a părului care se revărsase peste fața mea răvășită. Îmi dă părul
peste cap, îmi șterge ochii cu o batistă parfumată. Îl văd, îl văd, e el, Emil.
Mă agăț de gâtul lui și plâng din nou, mai tare. Îl întreb printre sughițuri.

-Tu erai să mă lovești cu mașina?

-Da, eu. Ca să vezi, tocmai eu aș fi putut să te lovesc. Noroc că nu era
nimeni în stânga și am avut cum să trag de volan. Hai, gata. Potolește-te!
Poți să conduci?

-Nu pot.

-Hai, vino cu mine!

Deschide portiera, mă ajută să-mi iau ce aveam în mașină. Mă duce la a
lui. Îmi cere cheile. Ia mașina mea și o duce în parcarea din spatele clădirii.
Apoi plecăm spre undeva. Nu știu unde. Încep să mă liniștesc. Ieșim din
București.

-Unde mergem?

-Te duc la plimbare ca să poți să-ți revii, Nora.

-O nu, te rog, Emil, du-mă la spital, la spitalul Colțea.

-La spital? De ce, te simți rău?

-Nu, nu știu. Știu doar că acolo a fost dus Valentin, a fost lovit de o mașină.
Te rog. În timp ce întoarce, eu îmi iau celularul și îi arăt mesajul pe care-l
primisem când era el să mă lovească și pe mine, eram confuză, voiam să
alerg direct la spital.

Trage pe dreapta. Face o cruce mare.

-Doamne ferește, Nora. Cum de nu mi-ai spus?

-Nu mai știam nici eu ce e cu mine, Emil. Sună din nou telefonul.

-Sunt cei de la spital, îmi spun din nou că Valentin a fost lovit grav de o
mașină în cursă pe trecerea de pietoni dintre locul de parcare și aleea spre
intrarea spitalului, de un individ care se grăbea cu soția care stătea să nască
în mașină. Îngrozit, nu a mai văzut și l-a lovit din plin. Mă cheamă continuu
cei de la spital, vezi, ei cred că nu am văzut mesajul pe care l-au trimis încă
de când eram la cursuri. Dar aveam telefonul închis.

Ajungem la spital, trage într-o parcare rezervată. Era cu mașina consulat-
ului.

-Vezi că e rezervat, îi spun.

-Nu-i nimic, îi cunosc pe toți. Vino! Dă-mi mâna! Mă trage după el, eu pe măsură ce mă apropii simt că nu mai pot, că mă fac tot mai mică de frică și de mila lui Valentin. Ajungem în blocul operator. Nu ne bagă nimeni în seamă. Emil mă așază pe un scaun și se duce să caute un medic sau pe cineva care ar fi putut să ne dea informații. Mă ridic și mă plimb agitată pe coridorul pe care erau doar medici și infirmiere. Vreau să-mi amintesc cum a fost dimineața noastră, astăzi. Îmi amintesc cum se îmbrăca și cum eu îl admiram și mă gândeam că stilul lui e foarte potrivit. Adevărul e că e și frumos, orice pune pe el îi stă bine. Emil nu se vede, merg până la capătul coridorului, îl văd așezat pe un scaun în fața unui birou, unde era un medic care îi spune ceva. Nu știu ce, că el a băgat mâinile în păr și a lăsat capul în jos. Părea disperat. Medicul se apropie de el. Îl bate ușor pe umăr. Îi dă un pahar cu apă și o pastilă. Îi mai dă una. Îi spune ceva, apoi îl conduce spre ușa la care eram eu înmărmurită. Când mă vede scapă paharul și se repede ca să mă prindă în brațe. Am înțeles. Valentin murise. Poate în clipa în care Emil era să mă omoare și pe mine, bietul de el și-a dat duhul. Poate că ar fi vrut să murim împreună. Nu mai aud și nici nu mai văd bine. Simt acul unei seringi care se îndeasă în brațul meu inert și mai simt că cineva mă ține de mână. Nu știu după cât timp am deschis ochii. Sunt pe un pat, într-un salon din spital. Lângă pat el, Emil, cu mâna mea lipită de obrazul lui pe care curgeau șiroaie de lacrimi. Cred că-mi plânge de milă. Sunt obosită. Închid ochii din nou. Îmi amintesc ce nenorocire s-a întâmplat. Mă ridic din pat. Emil mă oprește.

-Nora, liniștește-te, te rog! Așază-te să vedem ce e de făcut. Să știi că am sunat-o pe Clara. O să se ocupe de practici.

-Unde e? Unde e Valentin?

-Cred că e încă în salon, au să-l ducă la autopsie.

-Vreau să-l văd. Și scap, alerg pe coridor disperată, îl strig, Valentin, Valentin. Colegii lui ieșeau de pe unde erau, doi alegau după mine și Emil după ei. M-au prins. M-au îmbrățișat, am bocit împreună, pe măsură ce noi plângeam mai tare, cercul care mă strângea se făcuse mai mare, erau toți cei care au lucrat cu el, unii chiar colegi de facultate și prieteni. Eu, lipită

159

de Emil. Nimeni nu s-a întrebat cine e el, *bărbatul căruia Dumnezeu i-a dat o misiune atât de grea: să fie el lângă mine acum, când îl pierdusem pe cel care mă sărutase prima oară în parc. Cel care m-a luat de soție. El, care stătea și se minuna de mine, de ce trăsnăi îmi trec prin cap. El care m-a iertat că am ieșit cu Liviu. El, în care-mi pusesem toate speranțele mele de viață. Știam că pot să fug acasă la el după fiecare boacănă și că el o să mă primească, o să mă mângâie și poate că mă iartă dacă greșesc.*

Mă simt ca într-un vârtej, că nu mai am aer. Emil îi roagă pe cei ce sunt strânși în jurul meu să lărgească cercul, de parcă ar fi vrut să mă mai apere și de alte rele. Andrei, un fost coleg de facultate, ne conduce în salonul în care abia fusese eliberat de toate tuburile și aparatele din timpul operației. Ne face semn să așteptăm. Intră. Așteptăm până când ușa se deschide și apare el cu lacrimi pe față și ne cheamă înăuntru. Mă desprind de Emil. Merg singură. Este întins pe pat și acoperit cu un cearșaf alb. Emil se apropie din nou. Îl simt cum trage aer pe nas. Nimeni nu are curaj să-l descopere. Eu mă arunc peste el și îl îmbrățișez. Pare că se mișcă. E cald încă. Îmi iau inima-n dinți și trag cearșaful. Este cu ochii tumefiați, deschiși. Se uită undeva sus. Acolo unde poate că a făcut ultimul drum. Este vânăt pe față, imposibil să-l recunosc. Sunt distrusă, nu mai rămăsese nimic din frumusețea lui, mai erau bucăți care nu au mai fost cusute, era inutil, murise în mâinile lor. Doar gura se mai vedea deschisă, umflată, de parcă aștepta un ultim sărut de la mine. Mă apropii de ea și o sărut, asta aștepta. Îi închid ochii cu mâna mea și cu durerea pe care nu am cum să o descriu, nici nu știu dacă am destulă ca să pot să mă chinuiesc o viață, să mă plâng și să-l chem înapoi.

Salonul se umpluse cu cei care voiau să-l salute pentru ultima dată, dar mai ales *să fie lângă mine, femeia pedepsită de Dumnezeu, poate, pentru nesațul meu de a mă juca cu bărbații. Și iată a venit momentul, l-a luat pe el ca să nu mă încurce sau ca să nu sufere, sau pentru că eu nu-l merit, sau pentru că Dumnezeu îi ia numai pe cei buni.* Îl aud pe Emil cum începe să spună Tatăl Nostru, încet, încet s-au unit toate vocile, eu făcusem baltă de lacrimi, cădeau pe mâna pe care o țin într-a mea, e inertă, sper să pot să-i dau viață din nou. Cineva își face loc spre mine, e Clara cu părinții mei. Emil îi dăduse nr. de acasă, de pe celular, era la el. Rămăsesem goală pe dinăuntru, mintea mea era amorțită

160

de la injecție, știam doar să las lacrimile să curgă. Ei nu s-au atins de mine. *Mă priveau ca pe ceva care dacă o ating, se sparge sau dispare odată cu el, cu Valentin, tânărul plin de vise neîmplinite, de drumuri neparcurse, de dragostea pe care abia începuse să o dea Cristinei...*

Emil mă ia cu forța, el merge, eu mă târâi, sunt distrusă, nu mai vreau să merg, vreau să mă întorc, să stau cu el. După noi, părinții, cu Clara, veneau distruși și ei. Coridorul e lung și luminos. Mă uit înainte absentă. Știam că afară nu mai am la cine să mă întorc și nici acasă. Îmi șterg ochii. De departe, spre noi, venea un om, un bărbat, înalt, de durere cred că e Valentin. Nu se vede, e ca un punct care se mișcă spre noi și care, pe măsură ce se apropie, mă face să disper de neînțelegere, sunt sigură că mintea mea este distrusă. Pe măsură ce se apropie, mi se pare că e el, Valentin. Îl strâng de braț pe Emil, îl strig, mă desprind de omul de lângă mine, alerg spre el, spre umbra care grăbește pasul, e el, e Valentin uimit de mine, de prezența mea în spital, de omul de lângă mine, de părinți și de doamna blondă. Toți cei care am plâns de mila lui.

-Ce-i cu voi aici?

-Credeam că ești mort, ne-au chemat de la spital că ai avut un accident.

-Ce accident? Nu, dragă, am fost la poliție că mi-au furat actele.

Confuzie totală, ne îmbrățișăm cu toți, și cu Emil, cu Clara cu ai mei și cu colegii lui care se țineau după noi ca după un cortegiu funerar. Am plecat distruși la un restaurant să sărbătorim minunea de la Dumnezeu. Mă uitam la ei cum mănâncă, întâmplarea a făcut ca la masă, Valentin să stea lângă Clara, mama și eu lângă Emil, așa că eram amestecați. *Doamne, mă gândesc, Tu ai vrut să-mi dai o lecție? Ce trebuie eu să înțeleg?*

Nine

Capitolul 9

Vreau să cred că ideea
de a căuta dragostea
se extinde în viețile noastre.

Întorși acasă după tot necazul, confuzia și pățania cu accidentul, Valentin nu mai pomenește nimic de divorț. Nimic, nici o discuție, pare că nu-mi spusese nimic, niciodată. Eu încep să fierb, iar mă cuprinde neliniștea, acum chiar că trebuie să mă feresc de el. Cine știe, poate că a hotărât să rămână cu mine după ce a văzut cât de distrusă eram în spital, la așa zisa moarte a lui, mai exact a celui care-i furase portofelul. Ce tristă soartă avusese bietul de el, ce scump a plătit.

Sunt tristă. Emil plecase la Paris. Pe Liviu nu-l mai văzusem. Eu am terminat cursurile și mă străduiam să găsesc un spațiu pentru farmacie. Nu mai am chef de nimic. Pare că nu mai am vlagă în mine. Că nu se mai refac dorințele mele de a mă distra cu ei, cu bărbații, îmi trecuse. Oare sunt semne de îmbătrânire sau de înțelepciune? Aiurea. Îmi vine să râd. *Trecutul și cu prezentul se joacă cu mintea mea, nu-mi dau pace, ba mai mult, acum mă gândesc eu să mă despart de Valentin.* Nu mai aveam nimic care să ne atragă. Eram buni prieteni în casă, atât. Nu mai împărțeam nici patul conjugal. Mă întreb de ce vrea să mă chinuie nu se hotărăște să ducă gândul cu divorțul până la capăt. Ce vrea de la mine? Astăzi o să-i cer eu divorțul. Prind curaj. Abia aștept să vină acasă. Mă îmbrac și-l aștept nerăbdătoare. Cineva sună la ușă. Mă mir. El are cheie. Curioasă, mă îndrept spre ușa care nu știam că e între mine și cineva care, odată intrată în casa noastră, va schimba totul. O deschid larg, în prag o văd pe domnișoara cu care era Valentin la restaurant.

-Bună ziua, doamnă. Nu vă supărați, îl caut pe domnul doctor. Lasă privirea în jos rușinată, știe cine sunt.

-Nu este acasă, dar trebuie să ajungă. Vreți să-l așteptați? Ea dă din cap afirmativ. O invit în sufragerie, pe un fotoliu, să-l aștepte. E foarte stingherită. Se ridică.

-Doamnă, poate că nu am făcut bine că am venit acasă la dumneavoastră. Am să plec, o să merg mâine la spital. Se ridică, mă salută și iese.

-El nu-mi mai răspunde la telefon. Nici mie, soția lui.

Îl aud pe Valentin că intră. Mă pregătesc să-i spun de vizita Cristinei. Valentin intră în bucătărie. O găsise pe Cristina la ieșire.

-Nora, draga mea, Cristina e însărcinată, așteptăm un copil. Nu știu nici ce să spun și nici ce să fac. Să-l dau afară să-și vadă de viețile lor? Să-l felicit? Asta ar fi absurd. Rămân fără glas, nu știu ce să spun. Îi privesc, dar nu-i văd bine, privirea e încețoșată, simt cum îmi scade tensiunea, cred că o să mă prăbușesc în fața lui. Mă sprijin de marginea aragazului care e în spatele meu, e cald, pare că nu mă lasă să mă pierd. Impactul cu el e surprinzător, mai ales efectul, de teamă să nu mă ard, îmi revin. Dar, el nu mai e. A înțeles că nu e cazul să-mi spună mie, soției sau, mă rog, fosta lui soție, dar mai ales că nu mă mai privește viața lui, chiar dacă am promis să rămânem prieteni.

Și așa dus a fost. Ne mai vedeam câteodată întâmplător. Ei, cu copilul, o adevărată familie.

Eu nu mă văd cu un bărbat de braț care să împingă cărucul cu copilul prin parc sau pe străzi, așa aiurea, doar ca să vadă lumea...

Singurătatea femeii fatale

Rămasă singură, după ce am terminat toate formalitățile divorțului la modul cel mai civilizat, lăsând avocații noștri să ne rezolve problema, am început să prind viață. Să vreau să văd ce au mai făcut cei pe care-i pusesem pe lista mea. Încep cu Liviu. Mă duc la un concert. Cumpăr același loc, în primul rând, ca să mă vadă.

M-am prezentat singură, el a înțeles, nu a făcut nimic deosebit. Ba mai mult a schimbat poziția pe scenă în așa fel încât să nu mai fiu eu în obiectivul lui. Cum locul meu era chiar la mijlocul rândului, el stătea puțin într-o parte. Îi urmăresc privirea și observ că de data asta, obiectivul lui e în partea stângă a primului rând. În pauză mă ridic și mă îndrept spre ieșirea din stânga. Trec prin fața persoanei, tot măritată, cu soțul lângă ea, unul mare, cred că e militar. Mă duc direct la bar, beau repede un cocteil Manhatan, care mă ajută abordez un zâmbet, unul sarcastic. Mă rotesc cu scaunul de la bar, pe lângă mine trece femeia ochită de el spre locul unde fusesem și eu acum două luni, ea, noua doamnă, viitoarea victimă. Se duce acolo unde fusesem și eu plină de vise și dorințe ca să-l cunosc pe Liviu. Hîmmm! În loc de oftat.

Mai comand un cocteil, parcă mă văd pe mine. O aștept ca să văd dacă e satisfăcută de întâlnirea cu el. O văd cum se strecoară printre spectatorii care discutau despre concert, despre el. Se apropie de soțul ei, îl prinde de braț. Se vede că e fericită, ce mari actrițe suntem. Dau filmul înapoi, mă revăd pe mine, apoi, cu ea, noua posibilă parteneră de tango. Nu știu de ce, din cauza cocteilului sau din cauza mea, îmi vine să râd în hohote. Îmi fac pe loc un plan. Mâine, la aceeași oră, să trec pe la Capșa, să văd dacă pe toate le duce acolo și apoi acasă la el ca să le danseze. Intru, mă așez cu fața spre el.

Dacă măcar o clipă m-ar privi din nou, aș începe să-l aplaud, așa, să fie pentru succesul de mâine. Intră, salută publicul, eu nu mai exist, toată atenția lui este în altă parte. Începe să cânte.

Sunetele viorii mi se par niște scârțâieli imposibil de ascultat. Valoroasa lui vioară pare că nu-i mai e complice, că refuză să mai vrăjească auditoriul cu sunetele-i divine. *Mă rog la Dumnezeu să i se întâmple ceva ca să nu mai poată să țină arcușul, să i se rupă coardele.* Fixez privirea, mă concentrez, dar nu se întâmplă nimic. Gândul meu nu are nici un efect. Îl privesc pe cel care mă vrăjise, mă scosese din minți. Pare un cântăreț oarecare, ce cântă pe la mese prin restaurante, nu mai strălucește, nu mai e impozant și nici virtuoz. Și când abia plimba arcușul pe corzile viorii, mă ridic încet, atât de încet că scaunul meu a început să scârțâie, să-i acopere sunetele pe care abia le descătușa de pe partitură. În sală rumoare. Un domn se uită chiorâș la mine.

-Șttt, liniște. Mă uit la el. Pare că s-a sculat din somn. Mă umflă râsul.

Părăsesc sala de concerte, trec prin fața scenei și a doamnei care se uită curios la mine văzând că îi trimit un zâmbet discret.

Ies, sunt singură, simt mocheta sub picioare, moale, confortantă, pare că fac niște pași spre ceva nou. Trec pe la casă și o informez pe doamna casieră că vreau să anulez abonamentul pentru următoarele concerte pe care le plătisem anticipat.

-Chiar pe toate? mă întreabă doamna cu ochelari contrariată.

-Da, chiar pe toate.

-Plecați din țară?

-Nu, nu plec.

Ea e curioasă.

-E păcat să pierdeți niște concerte atât de frumoase, doamnă.

-Poate.

Între timp îi dau cardul meu de bancă și îmi pune banii la loc. Îl iau, o salut și mă grăbesc să ies în parcare. Sunt fericită.

Polițistul

E seară, aerul este răcoros. Îmi strâng șalul și mă îndrept spre restaurantul unde-mi lăsasem mașina parcată. Pe bancheta din dreapta, un buchet de trandafiri roșii. Nu-mi vine să cred. Aproape că nu vreau să știu cine ar fi putut să-i lase. Mă urc la volan. Las capul pe spate, închid ochii și vreau să mă gândesc la cine mi-ar face plăcere să-i fi lăsat. Curios, primul care-mi vine în minte e Valentin. Îmi dau una peste frunte, nu mai vreau să mă joc cu mintea care e confuză. Iau buchetul, scot plicul, îl deschid, scot cartea de vizită. Sunt nerăbdătoare și curioasă. În grabă se rupe plicul, este roz și miroase a ceva. Îl duc la nas, nu se poate, mă intrigă, știu precis al cui e. Îl arunc pe banchetă și plec acasă, agitată. Mi se pare că am viteză prea mare, luminile străzii, vitrinele luminate și reclamele, sunt ca un carusel, niște linii luminoase pe lângă care trec ca vântul, gândindu-mă că nu e posibil, nu, nu se poate, nu poate să fie el. Simt cum mă enervez pe mine, pe el și pe tot ce mi se-ntâmplă, totul potrivnic, mă grăbesc să fac lucruri pe care nu ar trebui să le fac la repezeală, sub impuls. Mă trezesc din amestecul de gânduri, era imposibil să nu fie așa, în dreapta mea mașina poliției cu sirena care urla la mine și cu un polițai a cărei față nu o văd. Văd doar paleta albă pe care scrie STOP, care se mișcă în sus și în jos, făcându-mi semn să trag pe dreapta. Îmi dau părul peste cap ca să-l văd mai bine. Na, îmi spun, acum să vezi ce ai să pățești. Trag și aștept.

-Bună seara! Actele la control. Deschid torpedoul. Le scot și întind mâna fără să mă uit la el. Sunt răvășită și nervoasă. Mă feresc să nu cumva să spun cine știe ce, ca să poată să mă amendeze. Cine știe, poate că scap.

-Doamnă, știți ce viteză aveați pe Magheru?

-Pe Magheru? întreb de parcă nu aș fi trecut pe acolo. Nu, îi răspund, cu un glas vinovat.

-90 de km/ la oră doamnă.

-Nu m-am uitat la vitezometru, vă rog să mă scuzați. Ridic ochii spre el. De sub cască se văd doi ochi cum nu mai văzusem, mari și albaștri ca marea. Îl privesc cu atenție. E un tânăr cu mustață delicată sub nasul drept de dac, obrajii proaspăt bărbieriți, cred că abia a început serviciul de noapte. Îmi ridic părul într-o parte și-l văd mai bine, este înalt și foarte serios. Mie îmi vine să râd. Pun mâna la gură și înăbuș un râs obraznic. Mă privește curios.

-Doamnă, să fim serioși, nu e nimic de râs, îmi spune în timp ce trage carnetul cu amenzi și se pregătește să scrie. Se uită la buchetul de trandafiri insinuant. Crede că am fost cu un bărbat și că m-a păcălit cu un buchet de flori, că sunt fericită și că de aia merg cu viteză.

-Cum să nu râd? Vă rog să mă iertați, nu ați venit ieri dumneavoastră în farmacie la mine, cu un bilet pe care scria că vreți 20 de prezervative?

Scoate casca, se apleacă să mă vadă mai bine. Se sprijină pe portiera mea, îmi ridică și el niște șuvițe de păr care-mi acopereau fața. Eu nu spun nimic, doar că m-a atins pe obraz și am simțit că sunt vie. Le lasă, dar ele se întorc la locul lor, nu e chip să-mi vadă fața. Deschide portiera și mă invită să ies din mașină. Sunt în fața lui, el, înalt, ca un străjer de noapte, și eu, mai mică, o femeie care nu-și găsește liniștea. Îmi apuc părul și-l trag la spate. El se bate cu mâna peste frunte.

-Doamna farmacistă? Aveți dreptate. Cum de nu ați uitat?

-Păi cum să uit când erați roșu la față, cred că abia stăteați în picioare de rușine și emoții.

-Aveți dreptate, îmi era tare rușine, nu mai cumpărasem niciodată prezervative.

-Dar spuneți-mi sincer, de ce tocmai douăzeci?

-Păi nu erau toate pentru mine, am luat și pentru colegii mei.

-Și ei tot de noapte?

-Da. Știți că mai găsim și noi câte o fată care nu ne refuză. Decât să plătească amenda, mai bine se lasă iubite. Unele sunt chiar dornice. Știți, și noi, tineri. Ce mai…

-Ei, așa sunt fetele.

-Ei fetele, mai ales doamnele, multe măritate, cu câte o verighetă mare pe deget de crezi că nu și-ar înșela soțul nici măcar c-un actor.

-Ce actor, că sunteți mai frumos ca un zeu, îi spun cu admirație. Mă uit la el șăgalnic. Cu mine, ce faci? Mă amendezi? Mă privește respectuos.

-Ei, vă amendez. Cum să vă amendez?

-Da ce vrei?

-O nu, doamna farmacistă, nimic. Păi chiar pe dumneavoastră care nu m-ați făcut de râs la rând, în farmacie?

-Atunci cred că o să mai vii. O să ți le dau tot așa în pungă de hârtie, să nu se vadă. Numai să-mi spui câte vrei. Ca să nu se prindă ceilalți.

-Și cum să vă spun câte vreau?

-Păi dumnevostră mă întrebați când plec la țară, și eu vă spun, pe 20 sau pe 30, dacă vreau mai multe o să spun că peste două luni.

Mă uit la el ce inventiv e și mă pun pe râs. Atât mi-a trebuit că a început și el să râdă. Doamne, ce dantură, ce frumos e, cum să nu-l vrea doamnele de noapte să se bucure de el. Treabă grea, ce mai.

Îmi deschide portiera și mă invită în mașină.

-Doamnă, vă rog să nu mai depășiți viteza legală prin oraș. Data viitoare o să vă amendez. Pune mâna la cascheă, mă salută și-mi aruncă un zâmbet de m-a luat mama dracului pe scaunul din fața volanului. Nu știu ce naiba are bărbatul ăsta că m-a dat peste cap. Plec, dar mă opresc într-o parcare în fața unei cofetării să mă liniștesc. Respir adânc, iar vorbesc cu Dumnezeu, *Doamne, ce frumoși îi mai faci, astea da, minuni. Dar noi cum să facem să rezistăm păcatului, dar păcătuim și cu gândul? Sau numai cu fapta?* Iar mă uit la trandafiri. Zac, parcă îmi pare rău. Îmi propun să rezist până acasă. Din cofetărie iese un tip cu un carton de prăjituri și niște flori, garoafe. Unde naiba s-o duce la ora asta? mă întreb. Mă uit la ceas, e zece și un sfert. Nu e chiar așa târziu pentru o vizită, mă gândesc. Cine știe cine se bucură de el în noaptea asta. *Numai eu, singură.* Încă nu m-am restabilit, nu mi-am găsit echilibrul. Tocmai eu, care credeam că dacă o să fiu liberă, o să fac și-o să dreg. Și acum, nu mai am chef de nimic. *Și muzicantul ăsta care mi-a înșelat toate așteptările.* Mă asigur din spate și plec spre casă.

Nu aduce anul ce aduce ceasul

Parchez, în fața casei, îmi iau trandafirii. Las plicul și cartea de vizită la intrare odată cu cheile, caut o vază.

Aud soneria. Tresar. Chiar că nu aștept pe nimeni. Sunt tristă din cauza lui Liviu.

Simt că am pierdut lupta cu el, primul bărbat de pe lista mea, care nu mai e, gata, s-a terminat, nu mă mai interesează. Trebuie să-l șterg, mă gândesc, îndreptându-mă spre ușă.

-Cine e? întreb curioasă, fără să mă uit pe vizor.

-Sunt eu. Recunosc vocea, e lui, e Emil.

Nu-mi vine să cred, știam că e la Paris. Cum de nu m-a anunțat, oare? Deschid cu gândul să mă arunc în brațele lui, dar nu pot, are mâinile ocupate cu multe pungi, care mai mari care mai mici. Sub braț are și el un buchet cu trandafiri tot roșii, boboci. Mă umflă râsul.

-Bine ai venit, Emil. Mă bucur că te văd. Când ai ajuns? Nu mai încetam cu întrebările.

-Vin direct de la aeroport, nu am mai avut răbdare să-mi las valizele acasă.

168

Ce faci, Nora? Îmi era tare dor de tine.

-Și mie, mă bucur că ai venit, am mare nevoie de tine Emil. Lasă pungile, cadourile pe divan, florile pe masa joasă de cafea, se întoarce și închide ușa care rămăsese deschisă, de parcă ar mai fi trebuit să vină cineva. Se întoarce, mă ia în brațe, mă îmbrățișează și iar îmi spune că abia aștepta să mă vadă.

Mă ia de mână și mergem pe divan, unde sunt darurile lui. Ne așezăm. Nu ne mai săturăm să ne privim.

-Cine ar fi crezut că o să fie atât de frumos momentul revederii, Emil? Să știi că eu mă gândeam la tine, după ce ne vedeam pe skype, mi se făcea și mai dor, aș fi vrut să fii aici cu mine.

-Uite că dorințele se împlinesc. Nu te mai întreb nimic pentru că știu tot, am tot povestit, așa că acum hai să vedem ce ți-a adus bărbatul pe care l-ai scos din minți cu mintea ta de femeie rătăcitoare.

Mă uit la el cu o plăcere nemărginită. Se ridică, scoate din diplomat o cutiuță lungă. Se întoarce la mine, se așază, îmi cere mâna și-mi pune o brățară pe mână. Fină, din aur, e o bandă întreagă pe care sunt niște bride cu mici diamante. Îmi vine să plâng, eu am brățări cumpărate de mine, de ai mei, dar asta este foarte fină și foarte elegantă. Și apoi nu mă așteptam.

Mă pune pe genunchii lui, îmi sărută mâna și mă întreabă?

-Tu știi ce zi e astăzi, Nora?

-Da, e vineri.

-E 7, ziua în care ne-am cunoscut. Mai ții minte? A trecut un an, Nora. Un an de când te caut și te doresc. De când mă tot gândesc ce să fac cu tine.

-Și ai găsit răspuns?

-Nu, nu știu, câteodată cred că sunt fericit că te-am cunoscut, altădată mă cuprinde o tristețe pentru că sunt mai mare cu 12 ani decât tine. Ești aproape o copilă, Nora. Ce să fac eu cu tine? Cum de mi-ai luat mințile?

-Să mă iubești, îi spun în timp ce-mi apropii buzele dornice de sărutul lui de demult, de atunci de când dorința și destinul ne-a așezat față-n față, ca să ne iubim. Dar nu am făcut-o, el de frică să nu mă sperie, să nu strice tot, să mă lase pe mine să hotărăsc, și eu care eram la răscruce de drumuri, nu mai eram nici o tânără fără experiență, dar nici o femeie care să poată să hotărască, nu aveam curaj. Pare că am mai crescut, că aproape știu ce vreau.

Sigur e că acum știu că el mă va face fericită.

-Nora, vrei să vii cu mine la Paris, săptămâna viitoare? Am o săptămână în care pot să-ți arăt Parisul, orașul îndrăgostiților. Ce zici? Imediat îmi vine în gând că aș putea fi cu el de ziua mea.

-Da, vreau. Răspunsul meu îl bucură, se ridică, iar mă ia în brațe și se învârte cu mine prin casă. Doamne, simt că pocnesc de bucurie, nu mai pot să tac, strig, *sunt fericităăăăă. Mă* lasă și mă îmbrățișează fără să mă sărute, se uită la mine curios.

-Ce ai? îl întreb.

-Nu am mai văzut o femeie care să strige că e fericită în brațele unui bărbat. Crede-mă, Nora, este fantastic! Este spectaculos. Și când mă gândesc că noi am făcut tot. *Doamne, cum să-ți mulțumesc?*

Își scoate haina, apoi se descalță, are până și ciorapii asortați, e totul perfect, așa cum îmi place mie. Intru într-o stare emoțională teribilă. Pare că sunt transformată în ceva care vrea să vadă cum e să fii în brațele unui bărbat adevărat, matur, care știe ce înseamnă să ai o femeie și cum să o faci să se piardă de bine. Gesturile lui mă incită. Arunc pantofii, el e în spatele meu, m-a prins de mijloc cu un braț, m-a blocat, mă lipește de el, apoi apucă de fermoarul rochiei și trage încet, excitant de încet. Îmi amintesc de Liviu. Aceeași scenă. Rochia îmi cade peste umeri și alunecă, mă lasă în fața lui dezbrăcată, doar în bikini și un sutien din dantelă care abia acoperă jumătate din sâni. Nu mă lasă, mă ia în brațe, simt că plutesc, mă duce în dormitor, mă așază cu drag în patul în care mă gândisem la el, la acest moment, mă privește fără să spună nimic. Eu bag mâna la spate și în timp ce el lasă pantalonii să cadă fără să mă slăbească din ochi, deschei capsele și las sânii descoperiți, care stau drepți. Privirea lui se schimbă, se pregătește să facă ceva ce cu un an în urmă nu a îndrăznit. Și acum eu sunt gata să-l primesc în brațele mele, în care nu mai aveam pe nimeni. Rămăsesem cu ele goale, de parcă am fost pedepsită de soartă. Fără speranță. Și acum aștept să se întâmple minunea, să-l pot iubi, să mă pot dezlănțui, să mă dăruiesc lui, bărbatul care, deși mă dorea, m-a respectat și apoi s-a îndrăgostit de mine fără să aibă nici o garanție că dragostea noastră ar putea să corespundă cu dorințele noastre, nu numai cu cele prezente, dar mai ales cele viitoare. Mare curaj avem. Acum putem să construim sau să stricăm totul, să vedem că de fapt nu era necesar să facem proba cu patul, că asta poate să ne dezamăgească sau poate să ne unească pe viață. Totul este incert. Îl simt cum se apropie de mine ca o boare de vânt de primăvară, ușor, ca dragostea, ca visul ce se împlinește, ca dorința nemărturisită, ca valul care mă trage în marea de vise și apoi mă trimite pe uscat ca să pot să văd dacă a fost adevărat sau iar am visat...

Dimineață de vară caldă, în timp ce mă duc cu mașina la vernisajul unei expoziții, îmi vine în minte Emil, plecase la Paris. Mă întrebam cum să fac să pot să-mi iau niște zile libere ca stau cu el acolo. *E curios că, pe zi ce trece și sunt departe de el, parcă nu mă mai încing și nici amintirea sărutului lui nu mă mai dă peste cap, ca înainte.*

Dan

Începe să plouă din senin, abia mai văd, simt cum mașina mă trage pe stânga brutal. Mă îngrozesc, dacă am pană, cum naiba să cobor. Oricum, trag pe dreapta și ies să văd la care roată. E o singură soluție, să o schimb în ploaie. Mă uit în jur să apelez la ajutorul unui bărbat sau șofer, dar nu cred că mă va ajuta cineva cu ploaia asta. Trebuie să găsesc o soluție. Nu mai condusesem pe ploaie torențială de mult timp, iar pană nu făcusem niciodată. Așa că m-am gândit să mai aștept să văd dacă sare cineva în ajutor. Locul în care mă oprisem nu e bun, dar nu am altă soluție. Dau drumul la luminile de avarie. Am pus niște semne de începătoare pe parbriz, pe care le am de mult în mașină. Iau manualul ca să văd ce am de făcut, și alerg sub streașina magazinului în fața căruia parcasem. Mă uit de aici cu ciudă la roata cu pricina, mai întâi de sus. Mă duc din nou lângă mașină, mă așez pe vine ca să o văd mai de aproape, mă scarpin în cap și-mi zic, *și acum ce se va întâmpla?* Deschid nervoasă portbagajul și încep să caut ce-mi trebuie, nu prea știam ce, dar caut.

După câteva minute aud cum mă claxonau mașinile care trec pe lângă mine. Întorc privirea curioasă crezând că poate oprește cineva. Da de unde, nici vorbă. Cei prinși în trafic claxonează și-mi fac cu mâna satisfăcuți că sunt sub ploaie și că mai am și pană. Unul chiar a strigat cât a putut: *Așa e când femeia e la volan!*

Ca ei să vadă că nu mă pricep, scot cartea mașinii si mă uit să văd care sunt sculele de care am nevoie, din nou, doar, doar se oprește cineva. Pun mâna pe o cheie și încep să scot niște șuruburi, e greu, nu prea am putere. Mă uit cu draci la roata de rezervă, și mă întreb de ce nu vrea nimeni să mă ajute. Îmi amintesc că văzusem pe cineva care schimba roata că parcă o ridicase cu un cris, da eu nu am, sau nu știu eu care e.

Când îmi luasem orice speranță, trece Fiatul roșu pe lângă mine cu viteză redusă. Șoferul îmi zâmbește și mă claxonează. Întoarce mașina, o parchează pe partea cealaltă a străzii și coboară. Se apropie.

-Nu te descurci, nu? îmi strigă, venind spre mine.

-Nu prea, habar nu am de unde să încep și, uite, am și cartea mașinii, îi răspund liniștită.

-Ai noroc că am timp să te ajut, îmi spune el. E un tip brunet, la vreo 30 de ani, bine îmbrăcat, cu niște pantofi impecabili și eleganți, italienești, sigur, și care îmi fură privirea, mă cuprinde mila când văd cum își schimbă culoarea sub picăturile ploii, devin din ce în ce mai închiși, par că sunt puși la murat.

-Știam eu că nu știi să o schimbi, îmi spune de parcă s-ar bucura de asta. Văd că e cam nouă mașina ta, astea nu au cameră. Cred că ai trecut peste ceva ascuțit și ai tăiat-o undeva, de asta s-a dezumflat. O să-ți spun imediat ce i-ai făcut, îmi spune în timp ce începe să deșurubeze roata. După ce termină scoate roata, se uită la ea. Nu e nicio înțepătură, e curios. Nu știu ce să cred doamnă. Cum spuneați că vă cheamă?

-Eleonora Pascu, domnule...

-Dan Dumitrescu, îmi răspunde în timp ce ia roata de rezervă.

-Vă mulțumesc domnule Dumitrescu. Nu știu ce să mai spun. Mă uit la el cum se scurge apa de pe manșetele cămășii albastre care au ieșit pe jumătate de sub sacoul în carouri. Are pe mână un ceas elegant și un inel interesant. Pare de familie, așa ca cele din familiile aristocrate, cu un cap de ceva în relief, ceva ce nu văd bine.

-Să vă duceți la un atelier, dar să vă luați sculele ca să nu rămâneți fără ele, doamna Pascu.

Nu știu de ce mă fascinează, adică știu, pe mine toți mă fascinează, dar ăsta e special, dar mai ales are ceva ce nu cred că au toți bărbații, creează o atmosferă specială, familiară, deși nu face nimic deosebit, doar cu prezența lui.

După ce termină de înlocuit roata, iau geanta din mașină, scot portofelul sub privirea lui intrigată. Voiam doar să-l recompensez pentru ce făcuse.

-Fiți serioasă, doamnă, nu-i nevoie, îmi spune în timp ce se uită la mine cum se lipise rochia fină pe corp de parcă aș fi fost goală. Mătasea fină devenise aproape transparentă. Îmi dau seama și pun mâinile la piept de parcă aș fi ieșit atunci din baie. Mă privește cu milă.

-Știi ceva, Eleonora, ia vino tu cu mine. Mă ia de mână și alergăm spre mașina lui de parcă dacă am fi mers încet, ar mai fi contat câteva picături de ploaie în plus. Ne urcăm în mașina lui. În acel precis moment s-a oprit ploaia, ieșise soarele. Rămânem uimiți. Începem să râdem în timp ce pornește spre o direcție pe care eu nu o cunosc. Nu după mult timp intră în subsolul unui bloc elegant, în parcare. Coborâm și mergem spre ascensor. Apasă pe butonul etajului 7. Ajungem, dar când se deschide ușa, suntem exact în apartamentul lui, nu era nici un culoar, eram înăuntru, gata.

-Vino cu mine, doamnă, să vezi unde e baia. Am mers de mă dureau picioarele, deschide o ușă, în fața mea un salon, cu o cadă în mijloc. Mă întreb uimită, ce-o mai fi și asta? Oglinzi, plante, divane, fotolii, suporturi pentru haine, un dulap cu multe halate de baie agățate pe umerașe, jos papuci absorbanți, și un raft cu multe prosoape albe, totul alb. Se așază pe marginea căzii care are picioare de leu și era pusă pe o mochetă moale, dar într-un colț e o masă de masaj. Îmi vine să-l întreb dacă face masaje, că mușchi are, masă are. Mă răzgândesc ca să nu fac vreo gafă în casa omului. Vine cu două pahare cu ceva, nu știu ce e, dar văd cuburile de gheață și frunzele de mentă, proaspete. Ciocnim pentru ploaie.

-Vino să vezi ceva. Pe partea dreaptă a salonului, acoperit cu un cearceaf alb, e ceva ciudat. Ia cearceaful, este un fel de fotoliu cam ciudat.

-Știi ce-i ăsta?

-Nu, nu știu. Credeam că o să-mi arate el, da mă invită să mă așez. Ia telecomanda și fotoliul începe să vibreze sub mine, mai întâi mai încet și apoi din ce în ce mai tare. Acum simt sub pulpele de la picioare niște cilindri care se mișcă, mă masează plăcut, închid ochii, el mă reazemă ușor pe spătar și cu capul pe ceva special, un fel de pernă cu două părți mai mici pe dreapta și pe stânga, în așa fel încât capul să stea fix. Apăsând pe alte butoane pe coloană, pe ceafă și pe cap am simțit alte mici rulouri moi care mișcau și-mi puneau toți nervii și circulația în mișcare. Nu mai avusesem o asemenea experiență. După câteva minute, s-au oprit la comanda lui și a început partea de sub mine să vibreze, mai ales între pulpele mele, mai întâi mai delicat ca apoi să se întețească intensitatea din ce în ce mai mult până când nu am mai rezistat și am sărit de pe acest fotoliu dat dracului de nerușinat.

El se strâmbă de râs.

Mă îmbrățișează nevinovat și-mi explică cum că l-a cumpărat pentru el și că-l relaxează teribil.

-Pe tine nu te relaxează, Nora?

-Pe dracu, pe mine m-a scos din sărite, adică știi tu ce vreau să spun. De unde naiba ai cumpărat drăcia asta? Auzi, Dane, dar dacă se strică și ies drăcoveniile alea din înăuntru și te iau la bumbăcit?

-Ei da, vezi-ți de treabă, că ăsta e făcut cu cap. Dar hai să trecem la lucruri serioase.

-Știi ceva, Dane, mă simt bine cu tine, pare că suntem prieteni de cine știe când. Tu nu?

-Eu sunt ca vulpea, ai grijă că acuși o să sar pe tine.

-Aiurea, ești un bărbat serios, se vede.

-De multe ori aparențele înșală, Nora. Dar tu câți ani ai?

-Peste o săptămână fac 30, îi spun în timp ce iau o gură serioasă din pahar.

-Ăăăăă, ești cam bătrână pentru mine, Nora. Eu credeam că ești mai tânără, o studentă prin anul întâi.

-Haide să ciocnim și să ne bucurăm de momentul acesta unic, în care ne-am cunoscut. Am impresia că ne cunoaștem, e totul frumos, liniștitor, nou pentru mine.

-Mă bucur că ne-am cunoscut. El mă privește curios. Cred că-l impresionează siguranța și curajul meu de a fi în compania unui bărbat fără să-mi fac probleme. Chiar așa, nu îmi este teamă de el. În fond, ce ar putea să-mi facă? Altceva decât Valentin și acum mai nou Emil. Da' chiar așa, ia să văd și eu care ar fi diferența între ei. Deci, Dan e mai tânăr, e mai timid, e mai frumos și mă atrage ceva ce încă nu știu ce. Mă întorc la el, mă privește și bea din pahar contemplându-mă.

Se apropie de mine cu pași siguri, Doamne, râde, Doamne, ce frumos e, ce ochi luminoși are, ce mâini frumoase, nu mă recunosc, cum de am intrat tocmai eu într-o asemenea încurcătură?

-Vezi tu, Nora, vine un moment în viața fiecărui conducător auto când se produce inevitabila, pană de cauciuc.

-De acord, dar e foarte dezagreabilă și nu suntem întotdeauna pregătiți.

-Mai întâi trebuie să te asiguri că ai parcat mașina la loc sigur, nu în mijlocul șoselei. Nora, dar tu cum de aveai roata umflată la normă? Ai verificat-o tu?

-O nu, eu habar nu am, așa e de când am cumpărat mașina. Fostul meu soț îmi tot spunea să o schimb acasă de câteva ori, ca atunci când o să am nevoie, să știu să o fac.

-Și ai făcut așa?

-Nu, dragă, dar ce crezi, că l-am ascultat?

-Bine, acum vezi ce faci, fă o baie caldă și să-mi dai hainele să le pun în mașina de uscat te rog. OK?

-Da, da' ieși afară.

-Sigur că ies, doamnă. Așa a și făcut. Am făcut baie, el mi-a uscat hainele. Sunt gata de plecare, el e în halatul de baie, făcuse duș în altă baie. Îmi iau geanta, îi mulțumesc și plec. Iau un taxi și mă duc să-mi iau mașina.

O zi ca asta chiar nu știu unde să o trec, pe ce listă? A unei zile frumoase sau aiurită, complet imprevizibilă. Ajung acasă obosită. Mă schimb și mă arunc pe divan. Vreau sa o sun pe mama să-i povestesc ce mi s-a întâmplat. Îmi caut celularul. Nu-l am. L-am pierdut și asta mă întristează. Vreau să o sun cu telefonul de casă dar când să pun mâna pe el a început să sune. Răspund.

-Alo.

-Sărut mâna, eu sunt, Dan. Ți-ai pierdut telefonul la mine. Cum facem să-l ai? Unde stai că vin eu să ți-l aduc.

-Ceeee? Cum să vii tu? Nu, ne vedem la terasa de lângă tine și dau o cafea.

-Bine, e bine, când?

-Peste, peste, stai așa că trebuie să mă schimb și să-mi aranjez părul.

-Schimbă-te da lasă părul așa, pare că ești mai tânără cu el așa răvășit. Mie îmi placi mai mult.

-Ce-ai spus? Glumești?

-Nu, nu glumesc deloc, îmi place de tine, am o, ceva pentru tine. Dacă tot văd că e obraznic îi răspund în doi peri.

-Atunci sună-mă când se întărește. De dincolo pauză. Apoi îl aud râzând copios.

-Ce-ai spus???? Vezi cum ești? Făceai pe serioasa la mine și acum...

-Da, sunt serioasă. Hai, lasă-mă să mă schimb! Ne vedem acolo. Închid telefonul și încep să râd de una singură. Doamne, cum de am putut să-i spun așa ceva?

Luasem celularul de la Dan care a ținut să-mi aducă și câteva garofițe frumos mirositoare. A rămas să mai vorbim la telefon. E foarte simpatic și mă simt foarte bine în prezența lui. Dar pe el nu vreau să-l trec pe lista mea, nu am rubrică pentru toți bărbații, vreau doar să fim prieteni.

Liviu

Intru în magazin să cumpăr niște capsule pentru mașina de cafea Nespresso. Nu puteam să mă hotărăsc asupra aromelor. Domnișoara din fața mea se străduiește să-mi explice că are și altele arome noi, dar pe mine nu mă interesau, nu aveam chef să le testez pe cele noi.

Le pune într-o pungă pe cele pe care le comandasem cu marca magazinului, le plătesc. În același moment cineva din spate ia punga și mă îmbrățișează. Am recunoscut mâna, una e și aceea este unică. E a lui, unică, cea lui Liviu. Uitasem de seara în care am anulat biletele la concertele lui, uitasem de doamna care-l căutase ca și mine, uitasem de tot. Nu voiam să mă duc înapoi cu gândul. Planific alte aventuri, noi și poate mai interesante. Poate că m-a ajutat și timpul care trecuse fără să mai știm nimic de noi. Dar acum, iată, cineva iar l-a adus în calea mea. Oare de ce? Ce pot eu să mai fac cu un bărbat față de care am numai ciudă? Atunci îmi venea să-l omor, acolo, pe scenă, dacă aș fi avut un pistol mic, de poșetă, aș fi tras, să văd cum tâșnește sângele pe partitura lui și cum scapă vioara și arcușul din mână, arma lui cu care mă nimerise pe mine atunci din toată sala, dintre sutele de femei, pe mine...

Nu mă simt în brațele unui magician care poate să facă ce vrea cu mine. Mă întoarce cu fața la el. Nu-l văzusem niciodată râzând. Pe scenă era serios, când am dansat tangourile acasă la el era concentrat, dar acum îl văd în toată splendoarea lui. E într-adevăr un bărbat frumos. Sau cel puțin așa îl văd eu, acum. Dintr-o dată simt că am recuperat ceva ce crezusem că am pierdut pentru totdeauna. Nu-l mai voiam, dar nici nu-l șterg de pe listă, e la rubrica *cine știe?*

La picioarele lui e vioara, o lăsase din mână, nu e cea valoroasă, cine știe, poate că o fi furat-o cineva.

-Nora, Nora, îmi spune ținându-mă la pieptul lui, strâns. Nu știu de ce, dar nu mă mai impresiona vocea lui. Ce bine că te-am văzut!

-Și eu mă bucur. Ce mai faci? Pe unde ai mai fost?

-E mult de povestit, dacă vrei ne vedem undeva ca să povestim. Ce zici, Nora?

-Ce să mai povestim? Mă ia de braț, își ia vioara și ieșim din magazin. Ne așezăm chiar în fața magazinului, la o masă mică, rotundă, suntem față în față.

-Spune-mi despre tine? Ce ai mai făcut, Nora? Mă uit la el curioasă și intrigată. Ce întrebare, a pus-o în așa fel, încât spera că o să-l cred că-l interesează.

-Nimic deosebit, Liviu.

-Văd că nu mai ai verigheta pe deget. Te-ai despărțit? Mă calcă pe nervi, știe, că mă văzuse la concert singură și nici măcar nu văzuse că sunt singură, nu a avut timp să-mi arunce o privire.

-Da, eu m-am despărțit. Văd că tu te-ai însurat sau porți verigheta doar așa, ca să te lase femeile în pace?

-Ei, nu, eu chiar că sunt căsătorit, doar că nu mă prea văd cu soția, este pianista cu care m-ai văzut în concert, dar acum are niște contracte pe cont propriu, așa că nu ne prea vedem, poate că asta ne dă posibilitatea să ne simțim liberi. Ne vedem prin hoteluri când mai avem câte un concert împreună sau sunt eu mai aproape de unde are ea concerte.

Interesant. Nu se mai oprește cu explicațiile intenționat, ca eu să înțeleg că acum are cum să facă să ne mai vedem. Sper.

Abia aștept să-i dau o pleașcă de refuz ca să se învețe minte să se mai joace cu sufletele noastre, ale femeilor care credem că l-am prins pe Dumnezeu de un picior când se uită unul ca el la noi.

-Interesant, foarte interesantă e viața ta. Se uită la ceas.

-Nora, eu trebuie să plec, vrei să ne vedem după repetiție, astăzi la ora cinci, tot la Capșa?

-Nu, nu pot, astăzi nu, poate mâine, o să te anunț eu când o să ne putem vedea. Se schimbă la față. Nu se aștepta să iasă musca din lapte. Se ridică, îmi întinde mâna, mă salută în grabă și se îndreaptă către ieșirea din Mall.

Na, mă gândesc, ca să te înveți minte Nora. Dar îmi vine o idee, să fac eu o plimbărică și să văd cu cine o să se ducă el la Capșa, astăzi, că sigur o să meargă cu altcineva, uite așa, ca să văd cu ochii mei.

Ten

Capitolul 10

~⚬∞⚬~

Din motive personale
ne întoarcem în timp,
este cineva care ne
trimite înapoi.

Trec pe la mama, stau cu ea la masă, mai vorbim despre ea și Zoli. Este foarte calmă și liniștită. Îmi spune că din toată povestea nevinovată a tinereții au rămas cele mai frumoase amintiri.

-El ce face? E fericit? Are familie? Ea evită să-mi spună. Pare că-i este greu să povestească.

-Nu e chiar bine, draga mea, are o căsătorie care nu mai are nimic de-a face cu dragostea, cu sentimentele, cu bucuria de a fi cu cineva.

-Așa a spus el? Poate că vrea să te atragă într-o cursă. Să te facă pe tine să-i cedezi. Cine știe? Mama se uită urât la mine.

-Cine m-a pus să-ți spun? Vezi, dacă nu-l cunoști, nu ai de unde să știi cum e.

-Te rog să mă scuzi. Se lasă liniște. Terminăm de mâncat.

-Știi că soția lui nu l-a iubit, era însărcinată din ultimul an de facultate și a trebuit să o ia de nevastă.

-Ei da, așa spun toți, mamă, ce nu știi? Tu chiar îl crezi. Iar pare că am supărat-o. Mă, dar important mai e, dacă o doare când fac câte o remarcă.

-Știi ceva, nu o să-ți mai spun nimic. Spuneai că trebuie să fii undeva la cinci. Ai uitat.

-O, nu, mulțumesc că mi-ai amintit. Scap, alerg. Plec cu mașină ca să ajung la timp.

Urmărirea

Sunt emoționată, dar bucuroasă, cine știe ce descopăr. Constat că mă bucur de răul lui.

Poate că nu vine sau vine singur, sau cu un coleg...

Stau mai deoparte sub un copac cu o coroană mare, destul de bine apărată de razele soarelui. Aștept, mă tot uit spre parcare. La cinci fără zece apare Liviu, parchează chiar în fața cafenelei. Coboară, se uită primprejur, apoi se duce partea din dreapta și deschide portiera. Coboară o doamnă, îmi pun ochelarii de soare, îmi trag pălăria mai pe ochi și cobor ca să văd mai bine. Da, e ea, e chiar doamna de la concert, tot ea, cum naiba nu a schimbat-o de atâta timp? Aici nu e treabă curată. Ăstia, dacă au așa o relație lungă, sau sunt îndrăgostiți, sau bărbatul ei e prost, și nu știe nimic. Intră împreună. Dau să mă întorc la mașină când, în spatele meu parchează cineva care sare din mașină și se grăbește spre intrare. Doamne, ăsta e soțul ei, cum naiba a făcut? Oare îi urmărește? Nu stau pe gânduri fiind mai aproape de intrare mă grăbesc, intru, îi caut cu privirea, el tocmai îi săruta mâna, alerg la masa lor, trag scaunul și mă așez disperată spre surprinderea lor.

-Vine soțul ei, apuc să spun când el e tocmai lângă masa noastră. Suntem uimiți. Trage și el ultimul scaun liber, se așează lângă soția împietrită, mută.

-Am trecut pe aici și am intrat să beau o cafea. Aici e unul dintre puținele locuri unde poți să bei o cafea ca lumea. Stupoare. Liviu îmi ia mâna și o sărută. Eu mă uit la doamna pe care nici măcar nu știu cum o cheamă.

-Ce ai mai făcut de când nu ne-am văzut? o întreb de parcă am fi fost prietene, *nu partenere la ospățul trădătorului pe care aș fi vrut să-l văd distrus de pumnii lui, intrigatul care nu e deloc prost.* Ceva, ceva a înțeles. Liviu vrea să mă ajute în farsa din care soțul doamnei ar trebui să înțeleagă cum că eu aș fi cu el, marele virtuos.

-Doamna Rodica, spuneați că aveți o nouă carte ce trebuie să iasă anul acesta?

-Da, abia răspunde, uitându-se nedumerită la Nora și terminată de impactul întâlnirii cu două persoane total neavenite la masa lor, care ar fi trebuit să fie o plăcere, nu un chin. Eu văzusem romanul în fața ei, probabil era destinat să-l ofere tot lui Liviu.

-Eu trebuie să plec, domnule, vă las în bună companie. Rodica ne vedem diseară acasă. Îi sărută mâna. Pe mine mă salută și se prezintă foarte ciudat, de parcă ar fi vrut să nu-i uit numele.

-Vlădescu Bebe, avocat. Bagă mâna în buzunarul de la piept și scoate o carte de vizită. O iau privindu-l. Vreau să înțeleg dacă face pe prostul sau chiar e. Îi arunc o privire interesantă, languroasă, de probă să văd cum reacționează. Dă mâna cu Liviu și dispare.

Rămânem singuri. Niciunul nu are curaj să spună nimic. Mă uit la ea. Se uită în ceașca de cafea neatinsă. Liviu își ia inima în dinți și mă întreabă.

-Ce faci, mă urmărești, Nora?

Mă înfurii și mă ridic de la masă și ies nervoasă și contrariată. Mă, da nesimțit ești, după ce că v-am scos din r....t. Da de unde atâta prostie? Mai bine o lăsam pe namila aia de bărbat al Rodicăi să le de o lecție. Rău am făcut. Și tot așa, certându-mă, iar sunt nervoasă la volan. Mă duc direct în parc, pe banca mea, care pare că mă așteaptă să-i mai spun ce am mai făcut. Știu că mă ascultă sau poate pe acolo se simte bine și îngerul meu păzitor, de multe ori simt niște rafale ușoare de vânt de parcă ar fi lăsate de aripile lui ocrotitoare.

* * *

Detectiva

E vară, mă uit la covorul de flori din față, le privesc și tac, nu mai am cuvinte. Doar gândul pare că vrea să desprindă momentul, simt cum dorul mă cuprinde de Liviu. Îmi este dor, speram să mai putem să fim aproape. Aș alerga pentru clipele petrecute spre el, sufăr mult, mai ales mă doare sufletul. *Unde ești, înger păzitor, te poți tu ruga să-mi schimbe Domnul soarta?* Privesc departe și izbucnesc în plâns, mă gândesc la el, aștept vântul, aștept o schimbare. De ce am o minte nebună? Oare de ce mintea își bate joc de mine? De ce mă visez din nou cu el, oare visul chiar nu moare? Îmi rămâne doar speranța, am atâta încredere în mine, și acum văd că nu e așa cum vreau eu, așa cum știu să fac, nu e bine. Da' oare el mai ține la mine sau a fost o simplă trecere prin dorințele mele neclare de a fi alături de el?

Poate că el atâta a putut să-mi dea, emoție, timpul lui, răbdare și chemare la viață, să nu lâncezesc sau să mă pierd în lucruri banale. Poate că uit de lucruri importante, uit de Dumnezeu și am o soartă așa complicată, sunt ca un drumeț rătăcit, oare de ce nu învăț din ce fac că doar știu că viața e trecătoare, de ce oare nu pot să mă bucur doar de un răsărit de soare? Cred că trebuie să mă gândesc la bucuriile mici, care uneori mai vin chiar cu o lacrimă în ochi, pe care cred că Dumnezeu mi-o dăruiește. Îmi povestea mama că avea o prietenă care nu putea să plângă. Ce ciudat, oare cum făcea să nu plângă, să nu simtă lacrimile pe obraz?

Îmi iau agenda, astăzi am două ore la dispoziție să-l urmăresc pe Liviu. O să mă duc să văd ce face. Sunt curioasă. Nu mă mai caută și nici nu cred că o va mai face. Mă duc acasă ca să mă pregătesc de misiune. Mă îmbrac cu o pereche de blugi, un tricou închis, scurt, până în talie, ochelari mari, de soare, care să-mi acopere fața și nelipsita pălărie cu boruri ca să fiu camuflată. Sunt obsedată, domnule, de ce face, am ceva care nu mă lasă în pace, trebuie să-l cunosc mai bine.

Cred că vrea să mă pedepsească că nu am stat la el după tango. Iar o iau razna. Îl urmăresc, vecinii m-au luat la ochi, unii mă salută, portarul de la sala de repetiții la fel, ca și cei de la Capșa. E clar nu sunt bună de așa ceva, toți m-au recunoscut.

Stau într-un loc de unde el nu poate să mă vadă chiar lângă casa lui, îl văzusem de mai multe ori cu Rodica. Dar astăzi, pe partea cealaltă, văd mașina lui Bebe, și el îi urmărește, asta îmi place. Da. Acum să văd cum au să o scoată la capăt. Poate că ar fi bine să-i avertizez. Ăsta e gândul bun. Cel rău îmi spune să-i las să se descurce. Așa că eu mă liniștesc. Acum mă mai duc doar ca să văd dacă Bebe mai e prezent. Este, da. Acum aștept să văd când ies și dacă pleacă împreună. Nu a durat mult și au ieșit fericiți, bucuroși și de mână. Oare au dansat tangou sau au făcut dragoste? Se urcă în mașină și dispar. Interesant e că Bebe nu pleacă după ei ca altădată. Acum aștept să văd ce face el. Coboară, în mână are ceva, nu văd bine ce, dar se uită împrejur și se duce spre intrare.

Eu plec. Îmi văd de ale mele că aici nu e de mine, cine știe ce mai iese până la urmă.

Poliția

A trecut aproape o săptămână, sunt la masă la ai mei, e duminică și stăm povestind despre ideea mea cu farmacia proprie. Am adus un carton cu prăjituri și așteptăm să ne delectăm cu gusturile delicate.

O întreb pe mama, de Valentin. Ea știe de el. Mai trece pe la ea să-i ia tensiunea ca atunci când eram împreună. Tocmai îmi povestea de el când sună cineva la ușă.

-Așteptați pe cineva? întreb.

-Nu, chiar că nu așteptăm pe nimeni. Acum se aud bătăi nerăbdătoare în ușă. Tata se ridică și se duce să deschidă. Înainte întreabă.

-Cine e?

-Poliția, deschideți.

-Poliția? întreabă în timp ce deschide.

-Cine e Eleonora Pascu?

-Eu sunt.

-Doamnă, sunt locotenentul Vlase și aș dori să vorbesc cu dumneavoastră. Aveți un dosar și vă invităm la sediul nostru, mâine la ora 9 dimineață, la camera 30. Vă rog să semnați aici.

-Puteți să-mi spuneți și pentru ce?

-Nu, nu sunt în măsură, și apoi eu sunt trimis cu convocarea, nu-mi cereți mai mult, vă rog.

Semnez. După ce a plecat domnul Vlase, mama a început să plângă, tata se foia, nu-și găsea locul și eu, înmărmurită, nu știam ce să le spun. Nu făcusem nimic care să poată să mă tulbure în halul ăsta. Într-un târziu, tata se apropie de noi, se așază la locul lui și ne spune ce trebuie să facem.

-Mai întâi să ne spui tu, Nora, de ce?

Se uită în ochii mei fără să pot să nu-i spun tot ce știu. Problema e că nici eu nu știu de ce.

-Nu știu de ce. Vă rog să mă credeți, dar mai ales cred că este o greșeală. Așa că nu vă alarmați. Haideți să fim calmi.

Mama-și șterge câteva lacrimi care-i ajunseseră pe mâini, apoi se ridică se duce lângă tata, trage un scaun aproape de el, îl ia de mână, o strânge.

-Noi, suntem, ne vezi, Nora? Noi nu te lăsăm, indiferent de ce ai făcut. Acum credem că nu știi despre ce e vorba. Când vom afla, inclusiv tu, atunci o să vedem ce trebuie să facem. Se întoarce la tata și îl întreabă:

-Mitule, dragule, nu crezi că ar fi cazul să angajăm un avocat?

-Ba da. Și eu mă gândeam la treaba asta, dar voiam să discut doar cu tine ca să o scutim pe Eleonora să se mai agite, mai ales că ne spune că nu știe de ce e convocată la poliție.

-Bine, atunci haideți să vedem pe cine să chemăm sau să ne ducem la un birou de avocatură, sunt foarte multe.

-Cunosc eu două avocate.

-De unde? mă întreabă mama uimită.

-Una e Bianca, fostă colegă de liceu, acum lucrează la primărie.

-Nu cred că are experiență, ne trebuie un avocat care să aibă experiență în aulă, să lucreze în sălile tribunalului, unul tare care să știe ce să facă. Ea, cu tot respectul, nu cred că ar ști cum se procedează în cazul în care ar fi un cap de acuzare.

-Și cealaltă? Întreabă mama.

-Cealaltă, e o doamnă, Clara Panait, care lucrează la consulatul Român din Franța, cu un consul pe care l-am cunoscut.

-Când? întreabă tata scurt.

Nu mai pot să nu le spun ce am făcut, și ei au avut curaj și mi-au destăinuit secretele vieților lor, așa cum au fost. Și acum e rândul meu.

-Acum un an și câteva luni.

Nu mai pot continua pentru că mama a și completat.

-Erai încă cu Valentin?

-Da, așa e, încă eram cu Valentin. Tata se uită la mine, dar nu mă mustră, e calm, curios să afle ce a mai făcut fata lor în timp ce pe ei îi pusese să-și pună trecutul pe masa adevărului, a confesiei, a purificării sufletelor lor, părinților ei. Și ea ce a făcut? Ea se îndrăgostea de altul, deși era măritată. Las ochii în jos. Apoi îmi iau inima în dinți și îi privesc în ochi, în timp ce încep să le povestesc și din ochii mei curgeau lacrimi, lacrimi de vinovăție, de păcat, dar mai ales de bucurie că pot să le împărtășesc și lor isprava cu Emil. Și apoi o să-i las pe ei să mă judece. Sunt hotărâtă să le spun tot.

-Era într-o sâmbătă, după un concert la care fusesem cu Valentin și unde m-am îndrăgostit de Liviu, violonistul care avea o vioară Stradivarius într-o mână și arcușul în alta. Atunci, în timp ce ascultam sunetele viorii, îl aveam pe el în față, am uitat de Valentin. Am simțit că renasc. Că prind viață, că am minte și sentimente, că pot să visez, că pot doar să vreau, să cer și că Dumnezeu îmi va da tot ce vreau. Simțeam și din partea lui ceva că mă lasă să mă duc cu mintea după el, după sunetele lui care m-au răscolit și mi-au dat viață. Simțeam ceva nou, special, simțeam că exist. În pauză m-am pierdut de Valentin prin mulțime și am plecat direct în locul în care știam că-l voi găsi într-un moment de pauză. Ne-am cunoscut și m-a invitat a doua zi la Capșa.

-Sper că nu te-ai dus. Când mai aveai timp, nu te duceai la servici?

-Ba da, când puteam și voiam, am o normă flexibilă, mergeam, dimineața sau după amiaza, când aveam timp doar ca să pregătesc rețetele. Practic, după nu prea aveam ce face.

-Și? întreabă tata curios.

-Am fost la întâlnirea cu el la Capșa.

Nu mă mai uit la ei, nu mai am curaj. Fixez privirea pe masă. De acolo, m-a luat de mână și m-a dus acasă la el. Nu vreau să-i văd. Sigur sunt mirați.

-Și te-ai culcat cu el, spune mama intrigată.

-Las-o dragă să povestească.

-Nu, nu m-am culcat cu el.

Aud un oftat eliberator, de parcă ar fi spus, Slavă Domnului.

-Dar ce-ați făcut? întreabă tata curios, încet.

-Am dansat.

-Ați dansat? întreabă amândoi în același moment, curioși.

-Da, am dansat tango.

Mă bucur că am cum să le spun și lor ce am simțit, ce am putut să fac, ceva ce ei nu au făcut niciodată.

-În pas de tango, el, Liviu, a devenit mai fascinant pentru imaginația mea de copil crescut fără ritmuri și senzații de viață tumultoase, ferită de tot ce ar fi putut să mă sperie, să mă despartă de voi. În plus mă încânta faptul că era deosebit, nu puteam să-l încadrez în tiparele societății din vremea asta. *Devenise eroul meu, abia atunci începusem să privesc lumea prin ochii lui, iar senzualitatea mea de femeie atunci era în întregime sub semnul acelor influențe.* Dincolo, era el, un specialist al instrumentului, al muzicii și al femeilor pe care știa să le folosească la fel ca și vioara, pe noi să ne trezească la viață, pe el să-l încânte sunetul, să-l trimită spre noi și să ne facă să înțelegem că trebuie să trăim cu adevărat. El mi-a trezit dorința și gustul pentru viață.

Am reușit însă să înțeleg care erau rațiunile vehemenței împotriva rigidității mele în brațele lui.

Am înțeles că tangoul nu este un dans nerușinat, este un exemplu de eleganță rece, distantă, chiar respectuos, aș spune, acum. Nu era un dans de societate latino-american.

Era un dans, lipiți unul de altul, trebuia să reconstituim în mod imperfect partea platonică, eram incapabilă să mai înțeleg ceva, era complicat, numai el știa tainele lui, eu eram la prima lecție, o femeie avea nevoie să-și pună corpul în sintonie cu mintea, cu pasiunea, cu ritmul precis. Toate aceste elemente schimbă persoane, schimbă dorinți, rămâne ca o enigmă care trebuie descoerită depă ce au încetat acordurile precise ale lui, tangoul pasional. asta am aflat mai târziu, mai exact, acum.

Doar el vedea în tango o altă dimensiune, aceea care preia din tradiția originală, curajul, permițând să etaleze fără cuvinte concepția despre curaj și onoare. În brațele lui am descoperit emoții atinse de grație, care transmiteau şi o stare de nobleţe aproape imposibil de explicat în mod raţional. Dorinţă şi abndon. Lupta cu mintea şi corpul care erau la primul contact cu dragostea amestecată cu ură, nestatornicia cu siguranţa, curajul cu frica, realul cu visul, sensibilitatea cu dureţea, neascultarea cu supunerea.

Eu eram într-o stare confuză, aveam în interiorul meu o stare de frică de frig de neacoperire cu dragoste, de neştiinţă şi prostie aproape imposibil de mişcat a secretului ce-l purtam cu mine continuu, cu aroganţă.

Ridic privirea, două statui care aveau lacrimi în ochi, mă priveau de parcă abia acum m-au văzut pentru prima oară, pe mine fata lor, pe care nu o cunoşteau. Şi eu care a trebuit să caut atât de mult ca să descopăr o mică parte din mine, Eleonora. Şi abia acum, odată cu acest trist eveniment care ne-a trezit la realitate, să trebuiască să mă destăinuiesc lor, celor care mi-au dat viaţă, şi atât...

Investigaţii

Mă apropii de uşa cu numărul 30. Iar mă ia cu groază. 30, vârsta mea. Mă uit împrejur să văd dacă nu cumva mă vede cineva. Îmi fac o cruce mare şi spun în gând, *acum te rog, Doamne, să nu mă laşi, să mă ajuţi şi să îmi dai curaj.* Bat uşor, cineva răspunde.

-Intră. Deschid, parcă nu-mi mai este teamă, îl aveam pe El, pe Dumnezeu, cu mine, şi sunt sigură că nu mă lasă.

-Bună ziua, sunt Eleonora Pascu. Am fost convocată de urgenţă la dumneavoastră.

-Luaţi loc, vă rog. Mă aşez. Sunt atentă la tot ce va spune acest tip din faţa mea. Unul impozant, ca fizic, adică mult. Transpira şi se tot ştergea cu o batistă albă care încă mai purta urmele fierului de călcat. Citeşte dintr-un dosar. Dă din cap de parcă ar fi vrut să spună că nu-i vine să creadă că sunt eu. Sunt nerăbdătoare, dar nu spun nimic. Într-un târziu închide dosarul, mă priveşte şi îmi spune:

-Aţi fost convocată la noi pentru că sunteţi acuzată de tentativă de omor.

Dau să deschid gura să spun ceva. El ridică mâna în semn că trebuie să tac. Cum să tac dacă eu nu am făcut nimic?

-Nu trebuie să spuneţi nimic, acum. Ca orice inculpat puteţi beneficia de asistență juridică. Ați venit cu un avocat?

-Nu.

Răspund, neputând să mai adaug altceva pentru că deja deschide palma de parcă voia să prindă o muscă, o trece prin fața lui și o închide. Asta însemna că trebuie să tac.

-Ar fi fost bine să veniți cu un avocat, trebuie să dați prima declarație, aveți dreptul la apărare.

-Nu știu de ce sunt convocată și nici acuzată. Cred că nu am auzit bine, tentativă de omor?

-Vă rog să ascultați. Aveți dreptul și la asistență gratuită, veți fi reprezentată gratuit de un avocat, așa că aveți dreptul să solicitați asistență statului, se face la cererea inculpatului. Deci eu sunt organul de cercetare penală, am fost obligat să vă informez înainte de a vă lua prima declarație, despre dreptul la apărare, și asta va fi consemnat de asemenea în procesul-verbal.

Cineva bate la ușă. O doamnă frumos îmbrăcată, cu ochelari și cu părul strâns la spate într-un coc. Are o mapă cu documente și un dosar galben pe care scrie numele meu cu un număr și o dată. Se așază la birou. Deschide dosarul. Mă privește curios.

-Doamna Pascu, trebuie formulată o cerere în scris cu următoarele informații:

Numele și prenumele....

După șase ore ies năucă. Chem un taxi și plec direct acasă, la părinți. Ei mă așteptau, au vrut să vină, dar le-am explicat că nu e cazul, că sigur se va rezolva repede problema, pentru că eu, nu am făcut nimic.

Îi găsesc cu masa pusă, e șase seara, nu au mâncat nici ei, au tot sperat să ajung la timp la masa de prânz. Nu au întrebat nimic, așteptau să termin de mâncat. Apoi am început să strângem masa ca să prind curaj să reiau toată povestea de la capăt.

Ne așezăm, tata mai pune un pahar cu vin și cu apă minerală.

-Știu că abia așteptați să vă povestesc cum a fost la poliție. Dar pentru a înțelege mai bine trebuie să termin istoria cu bărbații pe care i-am cunoscut, pe toți trei în aceeași zi. S-au așezat gata să asculte ce am mai făcut.

-Ai intrat în restaurant singură? întreabă mama.

-Nu, nu în restaurant. Deci, după ce am ajuns cu Liviu la ultimii pași de tango eram într-o stare confuză, părea că mă dezbrăcase de mine, de dorința mea de a mă juca cu el. Mai exact de a mă folosi de el, aveam nevoie să fiu curtată, nu voiam să mă culc cu el. Și s-a declanșat în mine o stare de autoapărare imediat după ce se terminase tangoul. Așa că mi-am luat geanta și am plecat.

-Slavă Domnului Nora, îmi spune mama îngrijorată.

-Dar neștiind nimic despre aceste periculoase porniri ale mele, acel ceva care mă împingea să mă apropii de ei doar ca să-mi satisfac o plăcere de suprafață, să știu că cineva mă dorește, se gândește la mine, mă incită și îmi dă un fel de energie, de forță personală, mă fac să cred că sunt o femeie frumoasă, știind că nu e așa.

Interesantă și răscolitoare de gânduri, stau la poarta lor, bat, dar nu intru. Îi las să sufere ca să-i incit.

După ce m-am despărțit de Valentin, am fost singură la un concert sperând că el o să continue ceva cu mine, mai precis de multe ori mă gândeam că este o victimă sigură. Dar nu a fost așa. Avea deja altă femeie cu care se purta așa cum se purtase și cu mine. Am plecat de la concert, rănită în orgoliul propriu. În mașină am găsit un buchet de trandafiri roșii de la el, era și un mesaj din partea lui. *Nu poți să fugi la infinit din calea destinului. Lasă-te dusă de imaginație!*

Am ajuns acasă furioasă. După puțin timp a venit Emil direct de la aeroport. A rămas la mine.

-Chiar așa, tipul de la spital. Unde l-ai mai cunoscut și pe ăsta? Întreabă tata curios.

-Îl cunoscusem în ziua în care plecasem de la Liviu, confuză, derutată și neștiutoare, nu voiam să merg acasă, acolo găseam doar pe cineva care nu mă bucura. Era, atât, era acasă, dar nu simțeam nimic pentru el. Și cum spuneam, m-am oprit în parcul Tineretului, m-am așezat pe o bancă gândindu-mă la ce am făcut și dacă știu ce caut. Asta a fost problema mea. Voiam să fac ceva despre care nu știam că sunt și riscuri, că nu satisface dorințe, ci doar orgoliu de femeie care-și poate permite să se joace, doar că este o problemă serioasă, am înțeles după aia. Îmi căutam identitatea, eu nu știam cine sunt precis. O curtezană, o soție, sau o potentă amantă a celor ce mă voiau.

Începuse ploaia, o ploaie caldă, care părea că mă spală de gânduri, de pașii pe care-i făcusem la pieptul lui Liviu, eram prinsă profund în gândurile mele. Atunci, Emil, care trecea cu mașina chiar prin fața parcului a văzut mașina, era deschisă, cheile erau în contact și pe mine pe bancă udă leoarcă. Și-a imaginat că mi s-a întâmplat ceva rău. A venit cu umbrela, m-a dus la el acasă.

-Doamne, Nora, cum ai putut să te duci acasă la el? se miră mama de parcă cine știe ce făcusem.

-Așa bine, nu ai văzut ce bărbat e, nici unei femei nu i-ar fi fost frică de el. De atunci a fost aproape de mine, m-a încurajat și a înțeles care sunt intențiile mele. Mi-a spus clar, *eu nu stau la jocul tău, doamnă, eu sunt serios și am o experiență de viață. Eu pot doar să te ajut să te regăsești, să nu mai rătăcești pe drumuri neștiute de tine, care pot fi periculoase.*

-Se vede că e un adevărat bărbat, ce mai… spuse tata, mândru de mine că am găsit unul ca lumea.

-Și așa suntem prieteni de un an și…

-De când ai început relația cu el? mă întreabă mama curioasă.

-Vrei să știi dacă m-am culcat cu el atunci? Nu, nu m-am culcat cu el atunci, după două luni când a venit de la Paris.

-Dar spuneai că ai mai cunoscut unul în aceeași zi.

-Da, unul special.

-Ce avea special? întreabă tata.

-Ăsta era un gigolo.

-Un ce? se grăbește mama să mă întrebe.

-Un gigolo, dragă, ce, nu ai auzit bine? o potoli tata.

-Da, un gigolo, dar nu unul precum cei de doi bani, care agață femei pe stradă și se oferă pentru câțiva lei.

-Cum adică, ăstia cer bani femeilor cu care se culcă?

-Sigur, dragă, mă ajută tata. Părea expert.

-Și ți-a cerut și ție bani ca să se culce cu tine? Se făcuse liniște, așteptau răspunsul meu.

-Nu, nu am ajuns așa departe, era așa simpatic și frumos. Cu el am legat o prietenie, *el mi-a explicat că tot ce fac eu nu e bine şi că am nevoie să învăţ, să ştiu exact ce vreau şi apoi dacă mai am curaj, să intru în joc.*

-Ca să vezi, de la cine nu te aştepţi, poţi să ai surprize. Tocmai el?

-Chiar aşa, vorbeşte cinci limbi, are catedră la Facultatea de Filologie. Restul face parte de viaţa lui personală, este secretul lui.

-Asta-i culmea, un bărbat ca el să facă aşa ceva?

-Păi el se duce cu doamne de clasă şi nu le cere bani, le face fericite.

-Atunci nu e un gigolo, spuse tata repede, de parcă voia să-i ia apărarea.

-El le însoţeşte în vacanţe scumpe, la expoziţii prin marile muzee ale lumii, la marile restaurante şi uneori la întruniri pe unde doar ele pot fi invitate, şi asta pentru că fac parte din înalta societate, dar nu aici în ţaraă, numai în străinătate.

-Dar de ce, astea, pardon, doamnele acestea sunt, sunt doamne? Adică nu sunt de pus în discuţie? Nu au soţi? Ei ştiu şi nu le pasă sau sunt şi ei în alte companii în afara căminului conjugal.

Tonul mamei era interesant, a formulat întrebarea în aşa manieră de parcă aş fi putut să jur că e interesată direct.

-Dacă e să ne luăm după fapte, doar ca să le judecăm, totul este în afara dorinţelor ascunse, personale, mă refer la partea sentimentală, nesăţioasă şi care face tot ce e posibil ca să ne pună în încurcătură. Aş spune, mai exact, să ne distrugă pe cei de rând care nu am putea accepta asemenea comportament.

-Nici pe noi nu ne opreşte nimeni să căutăm ceva ce credem că ne lipseşte. Problema e că nu ştim unde şi mai ales ce preţ o să plătim pentru curajul de a vrea.

-Păi daaaa, spuse tata, dar ele trăiesc undeva unde noi nu ştim dacă nu e o modă să ai un gigolo care să te acompanieze chiar dacă ai riduri şi piei lăsate. Că, în definitiv, el nu se uită la asta, e doar dornic să vadă cum trăiesc ei şi cât ar mai trebui să strângă ca să poată să fie admis printre ei. Aşa că, la braţul lor, el are intrarea liberă, dar mai ales este un mod de publicitate. Imaginaţi-vă câte femei îl trec pe listele lor personale. Câte nu dorm nopţile invidiind-o pe cea care-l are. Îmi vine să râd. Cred că stârneşte un taifun prin sufletele şi gândurile *acestor femei, care cred că au de toate, dar când îl văd pe el, își dau seama că nu au nimic.* Nu trăiesc, sunt doar purtătoare de mesaje triste, de căsătorii făcute din interes.

-El mi-a arătat că ce vreau eu să fac e foarte dificil, așa că l-am trecut pe liste cu prieteni apropiați.

-Deci nu din cauza lui ai fost chemată la poliție, spuse mama liniștită, dar curioasă să afle ce am făcut acolo.

-Nu, trebuie să vă spun că după ce Liviu, nu s-a mai uitat la mine am început să-l urmăresc.

-Asta e. Gata, am înțeles, spune tata în timp ce se bate cu palma peste frunte. Din cauza asta ești suspectată de tentativă de omor. Mama se face palidă la față când aude ce spune.

-Dar tu de unde știi așa ceva? Este groaznic, fata noastră criminală?

Se ridică de la locul ei și începe să se plimbe prin casă agitată. *Vai de mine și de mine! Vai de noi, Doamne, nu ne lăsa, te rog, ocrotește-ne!*

Puse mâna la gură și se apropie de mine. Trage un scaun și se uită în ochii mei.

-Nora, spune adevărul, sunt eu, mama ta, chiar ai vrut să-l omori? Pe el, omul care spui că te-a bucurat, bărbatul care te-a ținut în brațele lui? Pe el?

-Nu mamă, nu, nu l-am otrăvit eu, dar cred că știu cine.

-Ai spus și la poliție?

-Ce?

-Că știi.

-Nu, ar fi însemnat că acuz o persoană, și eu nu am probe, cuvântul meu nu contează, sunt prima acuzată.

Mă ridic de la masă, amorțisem. Ei se uită după mine ca după o nălucă umblând prin casă. Intru în bucătărie și mai aduc o sticlă cu vin roșu, așa ca cel pe care-l băusem cu Emil la restaurant. Mă eliberasem de probleme, erau aproape toate pe masa la care stăm și ne destăinuim, așa cum au făcut-o și ei atunci când au trebuit să spună lucruri pe care doar ei le știau. Umplu toate paharele, apoi mă așez din nou, dar mai departe de ei așa ca să-i văd mai bine din față.

-Cu Liviu e altă poveste. După ce am văzut la concert că nu se mai uită la mine, am simțit nevoia să văd ce face, ce simt dacă-l văd cu altă femeie. Să înțeleg dacă pot eu să cer cuiva să-mi dea doar mie toată atenția.

-Bine, dar asta e absurd, Nora, spuse mama uimită.

-Cred, dar atunci atât voiam să văd cu ochii mei, să mă conving că nu am fost ceva important pentru el. Și așa l-am urmărit peste tot, cum aveam timp, plecam după el. Dar eu habar nu aveam că trebuie să mă feresc mai ales de cei din jur, cei care locuiesc aproape de el și de persoanele cu care el intră în contact. Așa că m-au văzut vecinii care mă și salutau, ospătarul de la Capșa care sigur a înțeles ce caut eu acolo ascunzându-mă pe după bar ca să-l văd cu cine e și ce face. Sigur, că dacă poliția a luat declarații de la ei, m-au descris, și apoi, cum el nu-i mort, a crezut că eu am făcut-o din gelozie.

-Bine că n-a murit, dar-ar să dea...în el.

-Gabriela, nu cumva să blestemi. Știi că și eu am făcut-o lată, așa că asta e. O fi și el amețit în spital după tratament.

-Nu am voie să părăsesc orașul și să fiu la dispoziția lor pentru cercetări. Poimâine merg cu ei să facă o reconstituire.

-Venim și noi, spune tata.

-Nu, vă rog să nu veniți.

-Vine și el? Liviu? Iese din spital până atunci?

-Nu știu, o să văd atunci.

Mă ridic și mă duc aproape de ei. Îi îmbrățișez pe amândoi cu mare drag.

-Mă simt eliberată, am prins putere. Iertați-mă dacă puteți! Poate că ar fi trebuit să vă spun atunci.

-Sigur că te iertăm.

S-au ridicat să mă îmbrățișeze, mă pregăteam să plec acasă. Îi salut și ies. E seară, aerul răcoros îmi dă putere, aproape că mă simt bine, mai ușoară, mai încrezătoare că o să fie bine...

Eleven

Capitolul 11

꧁꧂

Am descoperit ce este o
mulțumire
și recunosc că nu pot
să trăiesc fără să
mulțumesc pe cineva.

Și astăzi plouă, aud picăturile ploii bătând în geamuri, de parcă m-ar întreba dacă sunt acasă.

Da, sunt, le răspund doar cu gândul, sunt tristă și știu de ce, nu am nimic cu ploaia, nu e ea cea care mi-a înecat destinul.

Buzele-mi rostesc numele tău, Emil, privesc acolo unde aștept să-ți văd numele pe peticul de cer, printre norii care umbresc soarele, gândurile noastre frumoase și sufletele din cauza depărtării.

Oare e posibil să uităm de noi? Să plângă lacrima iubirii, pe pieptul tău, pe obrazul brăzdat al timpului, pe care încercăm să le ștergem cu năframa amintirii. Acea pe care ne-a dat-o un Dumnezeu al nimănui, doar al nostru, țesută din iubirea noastră. Și noi am făcut icoane ca să putem să ne rugăm, să le purtăm la gâturile noastre la ceas de suferință, crezând că am putea construi, propriul nostru Paradis. Să uităm de cimitirul cuvintelor, din care am scos la iveală povestea noastră, pe care poate că o credem falsă, că nouă nu ne mai aparține, că am luat-o la un preț de nimic și că sunt distanțele care ne țin departe.

Oare am putea păși prin clipele care trec fără să fim împreună, măcar să le mai oprim, să mai aștepte până la întoarcerea ta, Emil. Rostesc numele lui cu voluptate, simt buzele care au învățat să-l rostească fără frică, pentru că acum ele te cunosc, s-au înfruptat din gustul tău, din bucuria și dragostea ta, fără să simtă că ne ascundem de noi, de voile noastre. Da, a fost altarul dragostei, al speranței care aștepta în pragul ușii destinului, care s-a deschis la rugămintea sufletelor noastre încuiate cu chei ruginite, cu alte jurăminte ce le făcusem și care nu mai au putere să ne descuie. Nu ne rămâne decât să așteptăm, să ne refugiem întreaga noastră iubire vândută pe taraba unor iluzii ale fericirii la un preț de nimic.

Dac-aș putea să vin la tine,
Acum când vreau, dar nu mai pot,
Nu pot să cred că vrei, cu mine,
Să ai în viață un alt rost.
E scris să vreau când nu se poate,
Și să nu vin, atunci când pot...

Simt cum inima mea nu e niciodată liberă, caută continuu, ceva nou. Acum, îl caut pe Emil, vreau să fie aici, deși sunt cam bulversată pentru tot ce se întâmplă cu mine, acum, când sunt cercetată de poliție. Ce mascaradă. Oare o să pot să le demonstrez că eu nu sunt vinovată?

Cred că e mai bine să las sentimentele de iubire să primeze, să le las să-și facă de cap. Aș vrea să depășesc timpul care mă trage înapoi, nu mă lasă să uit ce am făcut sau, mai exact, mă ține pe loc. Oare de ce? Vrea să vadă în ce direcție o iau? Vede că sunt confuză, nu mai știu dacă îl iubesc pe Emil sau dacă aș vrea să mai fac un tango cu Liviu, sau să stau de vorbă cu Paul, sau să mă duc la Dan.

Ia să văd dacă e măcar unul pe care l-aș vrea acum lângă mine. Unul pe care să-l alerg ca și Tom să-l prindă pe Jerry.

Aș vrea să-i scriu ceva lui Emil. Văd că e primul care mi-a venit în gând. Să-i spun că-mi este dor, că am mare nevoie de el acum, când am probleme cu justiția. Că vreau să plâng la pieptul lui, că vreau să mă mângâie ca altădată. Adorm cu el în gând...

E dimineață, cineva sună și bate în același timp în ușa de la intrare. Mă duc somnoroasă să deschid. Odată cu soarele dimineții, la ușa mea a bătut și Emil. Mă bucur, iar îi sar de gât. Oare până când am să pot să sar și el să poată să mă mai poată ține?

-Bună dimineața, Nora. Trezește-te! Hai că avem treabă!

Eu mă frec la ochi, mă alint, pun bot și mă duc spre baie cu pași mărunți. Acum nu mai aveam de ce să mă tem.

A venit el, salvatorul meu. Bărbatul care m-a iubit cu delicatețe, ca mângâierile vântului, cu șoaptele ploilor de vară scurte și calde, ca zumzetul de albine în căutare de nectar în floarea iubirii de mine. Și eu care îl primisem, să mă bucure, să mă facă să văd că sunt mai multe feluri de a putea iubi femeia.

Să o vezi mai întâi, să o prețuiești și să o așezi pe patul dorințelor atunci când ea te invită, cu gesturi, cu șoapte, cu mângâieri și dăruire...

Ne îndreptăm spre mașina lui. Este foarte serios. Intrăm într-un mic restaurant unde să putem să luăm micul dejun. După ce am terminat, Emil m-a luat de mâini, de amândouă, eram față în față.

-Acum te rog să-mi povestești toată tărășenia cu domnul Liviu. Se uită fix la mine de parcă ar avea teamă că nu o să-i spun adevărul. Dar cum nu aveam nimic de ascuns, îi povestesc totul, cu lux de amănunte, nimic, absolut nimic în plus. Nu aveam motive să ascund faptul că m-a atras, asta știa, am mai plâns odată la pieptul lui pentru Liviu, pentru Valentin și cine știe pentru câți am să mai plâng?

-Asta e tot.

-Bine, îmi spune în timp ce se ridică de la masă mă ia de mână ca pe un copil pe care îl ducea într-un loc unde trebuie să-l pedepsească. Ajungem la poliție. Intrăm în același birou pe ușa căruia numărul corespunde cu anii mei. Înăuntru era Clara care vorbea cu persoana care îmi luase prima declarație. Se ridică și dă mâna cu el, cu Emil. Cu mine nu, că eu eram vinovată după el. Mă așez din nou în fața lui. Nu-mi mai este teamă. El întreba și eu răspundeam la toate întrebările cu lux de amănunte în timp ce era totul înregistrat și scris. Clara era foarte atentă, ca și Emil. Clara era atentă mai ales la mimica mea în momentele în care răspundeam întrebărilor precise. Eu răspund sigur, scurt și la obiect. A durat mai bine de trei ore. Pe ușa din dreapta intră un subaltern cu niște hârtii în mână. Apoi pleacă.

-Doamna Pascu Eleonora, acum suntem în măsură să vă spunem că acuzația a fost retrasă de victimă. Între timp, investigatorul a reușit să găsească persoana care a comis faptul. Aveți dreptate, nu sunteți dumneavoastră vinovată.

-Păi ce vă tot spun, și nu vreți să mă credeți. Eu nu știu absolut nimic.

-Vă rog să luați loc, doamnă. Citiți și semnați documentul în care au fost trase concluziile referitoare la caz, din care rezultă ce vă spuneam mai înainte. Dacă nu aveți nimic de obiectat, vă rog să semnați.

Se face liniște. Sunt foarte concentrată și atentă. Primele documente se refereau la acuzația mea de atentat la viața domnului Liviu, apoi erau cele ale celor care s-au ocupat de caz, mai precis au făcut cercetări sau investigații cum spun ei. La urmă e partea cea mai frumoasă pe care cred că am citit-o vreodată, referitoare la mine. Era un fel de caracterizare asupra pregătirii mele profesionale, referințe de la locul de muncă și, în final, concluziile lor. Menționăm că avem toate probele și documentele, inclusiv declarația pârâtului, că s-a înșelat asupra persoanei care atentase la viața lui și că, doamna Pascu Eleonora nu a comis nici un act de tentativă de omor împotriva mea. Având în vedere aceste declarații, nu este vinovată. Semnătura și data.

Mă uit cu ochii în lacrimi la toți, fusesem acuzată pe nedrept, doar pentru faptul că într-o seară la concert, mă îndrăgostisem de ceva, de cineva care a acceptat să joace acest joc al sentimentelor și simțirilor umane, nevinovate.

Semnez. Îi dau documentele. În timp ce el le băga într-un dosar, mă ridic în picioare și întreb:

-Dar cu mine cum rămâne?

Toți au rămas uimiți. Se așteptau să ies fără să spun nimic, sau să trântesc ușa pe care am deschis-o fiind acuzată, sau să-mi șterg ochii și să ies cu fruntea sus dintr-o situație neclară.

-Ce vreți să spuneți, doamnă? întreabă domnul din fața mea, curios.

-Repet întrebarea: Cu mine cum rămâne? Am fost acuzată, am fost cercetată, nu am fost crezută, nu ați luat în considerație declarațiile mele și acum îmi spuneți că aveam dreptate. Dar eu, domnilor, am suferit o traumă. Una umană. Care ar fi putut avea consecințe grave. Care a lovit în persoana mea nevinovată, care a suferit și a încercat să demonstreze nevinovăția... Și acum vin și vă întreb din nou. Cu mine cum rămâne? Vreți să m-ascultați?

-Da, vă rog.

-Așa cum ați văzut, acuzația a fost nefondată. Deci domnul Liviu a făcut un denunț calomnios la adresa mea. Este sau nu o infracțiune?

-Este, răspunde inchizitorul ei.

-Deci, este un articol din codul penal care să-l pedepsească pe acuzator?

-Este, Art. 259 din Codul Penal, răspunde Claudia.

-Ce spune acest Cod penal, vă rog?

-Spune că *învinuirea mincinoasă făcută prin denunț la săvârșirea unei infracțiuni de către o anumită persoană se pedepsește cu închisoare de la 6 luni la 3 ani.*

-Bine, acum pot să știu ce va fi cu acuzatorul meu?

-Domnul Liviu... *a dat o declarație înainte de a pune în mișcare acțiunea penală, împotriva dumneavoastră ca, persoana denunțată, a recunoscut că plângerea lui a fost mincinoasă, neavând argumente precise, dar mai ales pentru că era într-o stare confuzională în spital.* În tot acest timp totul a fost de asemeni scris și înregistrat.

-Deci, dumnealui a făcut un denunț. Eu am fost acuzată, deci pot să cer să fie pedepsit? Se făcu liniște. Nu uitați că eu am suferit traume psihice, eu familia și prietenii mei. Deci, acum ce e de făcut?

-Vedeți, doamnă, după cum a reieșit din anchetă, aici este vorba despre o dramă sentimentală. Nu cred că acum dumneavoastră vreți să-l vedeți după gratii.

Mă priveau curioși. Așteptau răspunsul meu.

-Ca să fiu sinceră o lecţie aş vrea să-i dau. Una după legile noastre, ale femeilor care nu ştim pe mâna cui ne dăm atunci când suntem în căutare de senzaţional, de nou, de dragoste sau senzaţii tari.

-Cum? mă întreabă uimit, anchetatorul care mă priveşte curios.

-Vreau să-şi ceară scuze, aici, cât de curând posibil. Să dea un concert gratis pentru cei ce sunt acuzaţi pe nedrept şi sunt după gratii, ca să poată fi plătiţi avocaţii din banii lui, pentru ca cei nevinovaţi.

Oare de ce nu avem acum un înger? Suntem oameni şi cerem prea mult. Uşa din dreapta se deschide din nou. De data asta intră Liviu cu avocatul lui. Momentul mă emoţionează. Mă ridic şi merg spre el, îmi întinde mâinile, amândouă, îmi cere să-l iert. *Lasă privirea în jos, apoi îmi sărută mâna pe care o ţinea strâns, atunci când, fără griji, intrasem într-o lume a noastră, nu mai existase nimeni şi nimic, eram doar noi şi sufletele noastre dornice de a comunica într-o linişte perfectă, fără să cerem nimic, doar timp ca să putem să avem cum să ne facem înţeleşi sau poate că chiar noi nu ştiam de ce avem atâta nevoie de ceva nou, să ne dăruim fără să cerem.*

Ar fi vrut să deschidă gura să spună ceva. *Eu îi pun degetul arătător pe buzele-i fierbinţi şi uscate. Uscate de sete, crăpate, cu locuri pe unde au trecut cuvintele cu care mă acuza, pe mine, femeia care s-a dăruit lui cu gândul, atunci când era imposibil de ajuns, când era vrăjitor de suflete şi minţi. Mă luase cu el ca să poată să-mi arate şi alte locuri unde oamenii pot fi fericiţi fără să fie văzuţi şi judecaţi. Şi eu, care căutam ceva, dar nu ştiam ce şi am crezut că-l caut pe el, care mă făcuse să uit de Valentin, de mine, de tot şi să alerg spre locul unde ne-am strâns pentru prima oară mâinile, le-am atins şi am înţeles că atunci, eu, am simţit toate viorile din lume, toate senzaţiile de bucurie, ca într-o Odă a Bucuriei, ca acea unică scrisă de Beethoven în simfonia a 9-a.*

Trag aer în piept, încerc să mă eliberez din mâinile lui care mi-au încălzit sufletul şi mintea cu părere de rău, ştiam că nimic nu va mai putea fi şi că acel loc va rămâne pentru noi, unic, acolo doar gândurile noastre se vor putea întâlni, la timp de seară sau de tristeţe, de căutare de noi, amândoi.

Nu mai era nevoie de cuvinte. Mă întorc spre Emil, îl iau de braţ şi ieşim. El rămase acolo să audă că eu nu-i cer nimic imposibil, îi cer doar să facă ceva cu care să-i ajute pe cei ce aşteaptă o zi să primească un semn de la

Dumnezeu, să le mai dea speranțe și libertate.

Twelve

Capitolul 12

~❧⚮❧~

Dacă am şti că vom întâlni
omul potrivit, am aştepta
cuminţi acasă.

Iar plouă, se pare că ploaia îmi poartă noroc. Înaintăm strânşi, lipiţi, în tăcere, simţim picăturile pe braţe, pe umeri, se scurg spre suflete. Sunt ca nişte mângâieri pe ochii şi buzele noastre care aşteaptă să rostească cuvinte, vântul din noi să le ridice, spre dorinţă, curaj şi forţă. Acum e momentul să le spunem, acum, când ploaia ar putea să le spele, pe toate cuvintele grele. Visăm la un mâine, când soarele va străluci peste noi, ne va duce iar spre locul pentru vise ce le vom înlocui cu altele noi, aşezate în ordine, pe ani, luni, zile, dar mai ales minute. O să ne minunăm odată cât de bine s-au păstrat o să le ascultăm pe ritmul unui vals de vis, senzual. Ajungem la capătul aleii, ca la un capăt al unei poveşti triste. Ne oprim. Emil mă priveşte cu drag, mă sărută, ar vrea să-mi spună *Femeie, în ochii tăi trebuie să apară răsăritul!* Un sărut cu gust de libertate, de eliberare de ceva nedefinit, dar care m-a trimis spre omul care este acum cu mine. El, cel care a văzut doar femeia slabă, plăpândă. Nu a văzut ce zace în mintea mea.

-Nora, tu ești ca un început de viață, dar aș vrea să fie și de sfârșit. Dar, mai întâi, ești iubita mea. Să nu uiți asta.

-Cum să uit? Fusesem blocată într-o lume solitară, a tăcerii, lipsită de speranțe după divorț. Apoi ai venit tu, care îmi dai curaj și speranță.

-Ce-ai zice dacă am merge la restaurant să mâncăm ceva?

-De acord. Unde? îl întreb fericită. Da, sunt fericită, repet, simt ceva deosebit, sunt liberă de gânduri, sunt cu el care sigur va avea grijă să nu mai dau de belele care specialitatea mea.

-Nu mă pricep la restaurante, Emil, îi spun strângându-l de brațul de care sunt ancorată efectiv. Îl țineam cu drag și cu nădejde.

-Dacă îmi amintesc bine este un restaurant ZEXE pe Mihai Eminescu, lângă Teatrul Metropolis, doar că este dificil să ajungem acolo, trebuie să trecem printr-o alee foarte lungă și îngustă. Stai așa, că mi se pare că s-a mutat, pe Icoanei, pe unde era Piața Galați înainte, să fie vreo zece ani de atunci, dacă nu și mai bine.

-Tu știi pe unde e?

-Nu. Nu știu, abia îți spusesem că eu cu restaurantele nu le am.

-Bine. Dacă-mi amintesc bine, acolo fusese un restaurant italienesc, Garibaldi, ținut de un italian mucalit, care avusese perioada lui de glorie, după care a luat-o în jos, nu știu de ce.

-Să mergem la cel de pe Icoanei, ce zici? Îmi este foame.

-Gata, îmbarcarea. Curios e că mai întâi a trecut pe la el, pe acasă. S-a scuzat, intrase lăsându-mă singură în mașină. S-a întors, schimbase sacoul cu unul foarte șic. În aproape zece minute eram în fața restaurantului. Și ăsta era într-o casă veche. Avea loc de parcare. Niște copii băteau mingea printre mașini în mijlocul străzii, sunt generații amestecate, unii stau pe scaune în fața porților, să vadă cine mai trece pe stradă.

Intrăm, trecem prin spațiul unde este terasa cu acoperiș retractabil, foarte frumos amenajată, cu flori și plante verzi, care dau, cu adevărat, o atmosferă din alte timpuri. Urcăm la etaj unde sunt câteva saloane, nu prea mari, intime, amenajate cu aceeași atmosferă. Una care mă face să cred că mâncarea e mai bună, nu mă îndoiesc, mai ales că sunt cu Emil, bărbatul de lângă mine.

Suntem invitați într-un salon mic, foarte elegant, cu candelabre pe mese, puține, mă uit discret împrejur, doar trei mese, așezate distant între ele, pentru a putea crea un spațiu mai intim celor care vor servi masa aici.

Emil se scuză și iese, se întoarce după câteva minute satisfăcut, calm, bucuros. A fost la toaletă, mă gândesc și acum se simte mai bine.

-Bucătarul de aici este un fel de filosof al gastronomiei românești, Nora, al acelei boierești, vechi, în parte uitată, pe care vrea să o aducă din nou în farfuriile clienților. Este un fel de pasionat al gastronomiei românești.

-Interesant. Ce mai știi despre el?

- Că a înființat o asociație, caută cărți și documente vechi despre cum se prepară mâncarea, spune că gătitul este o artă. Că în fața unei mese pline și a multor pahare de vin, este momentul să filosofezi, să tragi concluzii fără încetare până noaptea târziu.

Pe masă au adus două platouri cu afumături și mezeluri care au un parfum îmbietor și un vin alb. Am servit o ciorbă de perișoare, delicioasă. Felul doi, vrăbioare cu garnitură de legume la grătar. Astea le-am servit cu un pahar de vin roșu. La desert eu am preferat papanași cu dulceață de trandafir. Ce spectacol. În timp ce mă pregăteam să tai din primul, a venit ospătarul cu șampania. Iau cuțitul, îl așez la jumătate, apăs, abia așteptam să văd cum se scurge dulceața pe farfurie, dar e ceva tare. Mai ales observ că Emil trăgea cu ochiul la mine. Cuțitul se oprise în ceva tare, desfac cu furculița papanașul umflat, parcă supărat că a suferit când l-au rumenit. Printre brânză și dulceață un inel printre petale mici care parcă voiau să-l ascundă. Rămân uimită. Îl iau cu degetele din dulceață, mă uit la Emil care e bucuros și curios să vadă ce fac. Încep să-l ling incitant, scot limba puțin și îl curăț, mai întâi unde era piatra, pare un diamant care pe unde îl linsesem prinsese viață, strălucea, voiam să văd cum. Emil ia un pahar, cel de-al treilea cu șampanie și-i dă drumul înăuntru. Apoi îl scoate pe șervetul alb pregătit special. Îl șterge. Se ridică și vine la mine, îmi ia mâna și mă întreabă;

-Nora, vrei să fii soția mea? Eu sar și-l îmbrățișez în timp ce el abia se ridicase în picioare. Sigur că vreau, cum să nu Emil. Încep să-l sărut pe unde apuc.

-Sunt fericit, sunt fericiiiit, repetă cu mine în brațe. Într-un colț, câțiva ospătari care știau, se uitau la noi și aplaudau discret.

Am ieșit îmbrățișați, lipiți, părea că suntem în același corp amândoi. Am plecat la el acasă și am stat trei zile. Doar atât am făcut am dat telefon acasă și la servici ca să nu intre în panică...

Pregătirile de nuntă, uraaaaaa!

Facem pregătirile pentru nuntă după ce am anunțat evenimentul persoanelor apropiate. El a contactat o firma de evenimente ca să nu ne dea bătaie de cap, nu aveam noi timp de așa ceva. Eram fericiți, pe unde ne vedem, ne sărutăm și îmbrățișăm la infinit.

Surpriza cea mare a fost când Emil a cumpărat bilete de avion să mergem la Paris, să-mi cumpăr rochia de mireasă, voia să am una specială, de vis. Doar că aici e o problemă, că el nu poate să vadă rochia înainte de cununie.

Mă duce la un mare magazin de rochii scumpe, intră cu mine, vorbește cu șefa de magazin, Madam Danielle, elegantă, slabă, uscată, oare ce mănâncă franțuzoaicele astea de sunt așa de slabe, mă întreb în timp ce mă conduce într-o cameră mare, cu un cerc din mochetă roșie la mijloc. Mă invită să iau loc. Aștept câteva minute, din dreapta mea au început să vină niște fete foarte tinere, îmbrăcate în rochii de mirese. Slabe și uscate și astea. Mă uit la ele cu milă. Una îmi plăcuse, da' nu cine știe ce, dar ca să nu refuz direct deranjul, îi spun doamnei că cea cu numărul 5 mă interesează. Mă conduce într-o mare cameră cu oglinzi unde trebuia să mă schimb, bineînțeles de față cu două vânzătoare care trebuiau să mă ajute. Deocamdată rochia e pe umeraș, în fața mea, nu știu cum fac și îmi arunc ochii pe eticheta neagră pe care era numele magazinului și prețul care nu se mai termina cu zerourile. Mă frec la ochi, mă mai auit odată, 16,500,00 de euro. Mă așez pe scaun, mă aplec să-mi scot un pantof sub privirile reci și nepăsătoare ale asistentelor de magazin, apoi mă apuc cu mâna de stomac și mă prefac că-mi vine să vomit, mă ridic, caut geanta, mă scuz și ies cu mâna la gură de parcă aș fi fost gata să vomit la ele în magazin, spre mirarea și indignarea lor care îmi deschideau toate ușile inclusiv pe cea de afară ca să nu le murdăresc magazinul. Respir, îmi fac vânt cu poșeta, mă uit după mașina lui Emil, o văd în parcare, el citea ceva. Ca prin minune mă vede. Are fața îngrijorată. Eu nu. Deschid și mă așez la locul meu victorioasă.

-Ce e, Nora, ai terminat așa repede?

-Da, am terminat, te rog să-mi oferi ceva rece de băut și o să-ți povestesc cum a fost.

După câteva minute eram la o masă pe o terasă unde povesteam și râdeam de ne prăpădeam.

-Chiar așa ai făcut, Nora?

-Păi cum să fac, dragul meu, cum aveam să scap de acolo. Păi tu știi ce prețuri au? Și îi povestesc printre râsete toată tărășenia. Când ne-am mai potolit, Emil îmi spune serios.

-Nora, te rugasem să folosești cartea mea de credit, este cadoul meu. Nu cumva credeai că nu acoperă acea sumă?

-Nuuuu. Eram intrigată cum pot să pretindă atâția bani pentru niște rochii de mireasă. Să știi că nu erau chiar așa de speciale. Sau nu mă pricep eu, sau nu sunt frumoase.

Fac o pauză. Apoi completez.

- Pentru mine. Prea multe dantele, volane, trene, complicate, foarte complicate. Cu o rochie așa pompoasă, mirele chiar că rămâne într-un plan neimportant, departe de privirile invitaților.

-Ca și în viață, Nora, noi rămânem mereu în urma voastră. Voi gândiți și luați decizii rapide. Le puneți în practică imediat. Și apoi...

-Dumnezeu cu mila, completez eu râzând. Hai să ne întoarcem la subiect Emil. Rochia pentru fatidica zi când va trebui să spun că te vreau de bărbat. Cum crezi tu că aș vrea să fie rochia de mireasă, Emil?

-Simplă, de doamnă, de vis, să nu mă poți atinge Emile, alături de tine să fiu delicată, transparentă, să nu te acopăr de volane și dantele, ca să-ți iau din personalitate, să te vezi și tu lângă mine, să se vadă emoțiile prin care o să trecem, să se vadă că suntem fericiți. Ai înțeles? Asta trebuie să iasă în evidență. FE-RI-CI-REA.

Rămân surprinsă văzându-l pe Emil cum mă privește, rămân cu privirea asupra lui, era minunat când povestește despre ceva, orice, are un farmec deosebit, mă uit uimit la gura care vorbește continuu. Îmi este drag.

Închid ochii, nu știu dacă e iubire, dar are ceva special. Un sentiment puternic de stabilitate îmi dă această femeie pe care am ales-o dintre mii de alte femei. Își mușcă buza de sus în colțul din dreapta, o prinde cu caninul care este puțin mai lung decât restul danturii. Asta mă incită, mă face să fierb. Simt cum trimite spre mine mii de semnale de nerăbdare, de îmbrățișări și săruturi. Sunt bărbat, am mai fost îndrăgostit de femei mai frumoase ca Nora, dar niciuna nu a reușit să mă impresioneze, dar mai ales să mă facă să o doresc continuu, în orice ipostază. O văd nerăbdătoare. Nu-mi vine să cred. Tace. Am înțeles, așteaptă propunerea mea.

-Cred că știu ce vrei. Hai să te duc în alt magazin, cu rochii de mireasă și de seară. Vrei?

-Da, când?

-Acum sau vrei să servim masa mai întâi, e abia 11 dimineață, îți este foame?

-Da, foame de tine. Îi spun languros ridicându-mă de la masă.

* * *

Știu exact ce vreau. Sunt în magazin, tot unul elegant, domnișoarele tinere care se tot învârteau pe lângă mine îmi arată modele peste modele, la un moment dat una mă atacă delicat.

-Pot să vă întreb ceva? Mă privește în așteptarea răspunsului. E simpatică așa că mă bucur că a îndrăznit. Eu care eram înțepată ca Coana Chirița, părea că sunt greu de abordat.

-Vă rog. Răspund cu un zâmbet abia schițat.

-Sunteți la prima căsătorie? Întrebarea ei mă face să cred că sunt bătrână pentru a fi la prima.

-Nu. E a doua căsătorie.

206

-Ați avut o rochie lungă la prima ceremonie?

-Da. Una lungă, elegantă, bogată în dantele cu voal lung, poate prea lung pentru cât a durat căsătoria. Nu înțeleg unde vrea să ajungă.

-Dacă îmi permiteți în acest caz vă recomand o rochie până deasupra genunchiului, elegantă, distinsă. Știți că simplitatea de multe ori dă rafinament și eleganță.

-Sigur că sunt de acord. Mă uit după ea, mă privește de parcă îmi ia măsurile. Apoi se îndepărtează, se ridică pe vârfuri și scoate o rochie, una împachetată sau, mai exact, acoperită cu o husă albă, elegantă. Se apropie, mă emoționez, abia aștept să o văd. Nu-mi vine să cred, este fantastică, e un vis, e așa cum nu am știut eu să o doresc, nu eram hotărâtă asupra modelului. E largă din talie, într-un cloș nemaipomenit de frumos, este midi, realizată din tafta și dantelă, are și cupe integrate în top, ce mai, îmi place, abia aștept să o probez.

-Această rochie, după cum vedeți, are un model care amestecă sensibilitatea romantică cu linia modernă.

Simplă, cochetă și elegantă. Nu reușesc să spun nimic, este pe gustul meu. Domnișoara din fața mea continuă.

-Este perfectă în cazul în care a venit momentul în care v-ați decis să oficializați relația de iubire. Se vede că sunteți fericită, doamnă. Până când o probați o să vă pregătesc o toaletă de seară. Vă interesează?

-Da, îi spun bucuroasă.

Intru în cabină, colega ei mă ajută să îmbrac rochia cu care o să fiu la brațul lui. Realizez, sunt în Paris, probez rochia de mireasă, simt cum încep să intru în viața reală. Când ies din cabină, vânzătoarea care alesese a rămas impresionată de faptul că a reușit să îmbrace o femeie fericită din prima. Sunt în fața oglinzii, îmi vine să fug afară în parcare să-l chem pe Emil, să mă vadă atunci, pe loc. Îmi amintesc că se spune că nu e bine să o vadă înainte, aiurea, Valentin nu a văzut-o și tot ne-am despărțit. Până la urmă nici nu-i chiar așa de rău să te desparți, ai noi experiențe. Și uite că eu am găsit fericirea.

Trebuia să probez toaleta de seară, pentru restaurant. Tot ea o alesese. Sunt curioasă. O aduce în cabină, are și o pereche de pantofi cu toc asortați.

Rochia, un vis, este din voal şifon, uşor elastic, bustul acoperit cu un bolero fin de culoare roz, roz trandafir, până în talie. Îmi pun pantofii. Nu-mi vine să cred. Eu, care am haine frumoase, pare că nu stau aşa bine. Este o linie care mă avantajează, pune bustul în evidenţă, discret şi elegant, are o linie frumoasă pe şolduri şi mă lungeşte. Mă învârt sub privirea admirativă a domnişoarei, al cărei chip nu numai că nu o să-l uit, dar o să mai trec pe la ea când mai vin la Paris cu soţul meu.

Sunt la casă, plătesc relaxată, nu mai vreau să ştiu câte zerouri sunt la preţ, oricum sunt rezonabile, am tras eu cu ochiul. Ies afară şi alerg efectiv spre Emil care ieşise din maşină şi mă aşteaptă cu braţele desfăcute. Cu pungile în mână părea că zbor, că sunt un înger şi că mi-au crescut aripi... Doamne cât sunt de fericită...

Mai pe scurt la ora 13,24 de minute ies din magazin cu două pungi elegante, imense, uşoare ca visele mele de femeie pierdută de bucurie prin Paris cu el, cu viitorul meu soţ...

La Paris în restaurant

În faţa mea un bol cu supă, mă uit înăuntru şi văd un ou crud. Emil are o supă de chimen. După ce mâncăm, stăm la un pahar cu vin. El doar sărută paharul. Cad pe gânduri. Îmi amintesc cum a fost sărutul sub Turnul Eiffel. Închid ochii, îi simt aroma. Emil mirosea a ceva proaspăt. Eu priveam spre înălţime în timp ce el mă săruta, am simţit o plăcere deosebită, în acel loc în care au visat milioane de oameni să ajungă, să se bucure de măreţia şi arhitectura lui. Este construit pe schelet de oţel şi este înalt de 324 de metri. Bineînţeles că este simbolul Franţei. Trebuia să servească drept arc la intrarea Expoziţiei Universală din anul 1880, un târg mondial, ce sărbătorea centenarul Revoluţiei franceze.

-Emil, cum să-ţi mulţumesc pentru toate aceste bucurii. Ştii că îmi este frică să mă bucur prea tare ca nu cumva să văd că e doar invenţia mea, că visez.

-Nora, Nora, tot copilă eşti. Îmi ieşti dragă, dar acum, că ai văzut muzeul de artă Luvru, Catedrala Notre Dame, Arcul de Triumf, te-am plimbat cu vaporul pe Sena, o să trebuiască să te duc la muzeul lui Brâncuşi. Să ştii că eu am venit prima oară la Paris, pe vremea studenţiei, într-o excursie cu nişte colegi şi college, numai cu rucsacul în spate, dorinţa mea cea mare a fost să vizitez prima dată muzeul lui Brâncuşi. Pe celelalte le-am pus pe planul secund. Nu pentru că nu erau importante, ci pentru că citisem acasă o carte, despre *Sfântul din Montparnasse,* unde e vorba despre el, marele Brâncuşi. Şi aşa am şi făcut, eram singur, colegii meu s-au împrăştiat pe unde au crezut că dorinţa este mai puternică pentru primul impact cu Parisul. Ce spui de această propunere, Nora?

-Sunt de acord, abia aştept...

După două zile am plecat împreună la Strasbourg, unde este Consulatul general al României şi unde locuieşte el. Grande Ile este inima oraşului înconjurat de un râu şi de un canal. Oraşul este dominat de catedrala Notre Dame din Oraşul Vechi.

-Această catedrală a rămas neschimbată din Evul Mediu. O să mergem în piaţa principală Kleber să mâncăm într-un restaurant interesant, e Restaurantul Au"Crocodile pe 10 rue, în cartierul Carre d^Or. Intrăm, în faţa noastră, pe culoarul care duce spre intrare, pe peretele din faţă tronează un crocodil cu picioarele desfăcute, de parcă era pe o cruce specială pentru răstignit crocodili. Nu am făcut caz, deşi nu cred că e pe gustul meu să văd animale pe pereţi. Intrăm. Interiorul foarte frumos, cu mese rotunde, cu feţe de masă albe, cu aranjamente florale în vaze mici din porţelan alb, cu câteva floricele delicate. Pe masa central, dreptunghiulară, un aranjament floral mai mare, cale şi vâsc, destul de interesant. Pare că e pregătit pentru nunta noastră. Este romantic, simt un parfum interesant. Pare un templu al gastronomiei simplu şi fascinant.

-Uite meniul, Nora, îmi spune Emil în timp ce-mi pune în mână un pliant. Mă uit la meniu ca mâţa-n calendar. Nişte nume de feluri de mâncare despre care eu nu numai că nu auzisem, nu ştiam să le citesc şi nici nu ştiu dacă sunt pe gustul meu. Cred că cel mai bine e să-l las pe el să aleagă.

-Mulţumesc, îi spun. Tu ai găsit ceva care ţi-ar place, Emil? Tu eşti obişnuit cu preparatele lor?

-Draga mea, aceste preparate sunt foarte apropiate de cele cunoscute pe bază de legume, pește, carne și așa mai departe. Doar numele ți se par ciudate pentru că nu le știi încă. În concluzie, am mâncat bine de tot și foarte interesante gusturile, puțin diferite de ale noastre. Stăteam de vorbă despre noi, despre ce trebuie să facem pentru nuntă.

-Emil, îi spun, privindu-l cu dragoste.

-Da, Nora, te ascult.

-Uite la ce m-am gândit. Să luăm lista cu invitați și să o verificăm.

-De ce, vrei să mai scoți câțiva?

-Da, îi spun hotărât. Doar dacă ești și tu de acord.

-Știi ceva, lista e la mine, ia să vedem pe cine și de ce să-i ștergem.

-Părerea mea este că, gândindu-mă mai bine, am ajuns la concluzia că acest eveniment ar fi bine să-l sărbătorim într-un mod special.

-Special va fi cu siguranță, Nora.

Am discutat despre numărul de invitați, am ales restaurantul, are cine să se ocupe de organizarea evenimentului.

-Ar mai fi ceva, Emil.

-Ceva la care te-ai gândit tu că ar fi bine să schimbăm?

-Da. Uite că eu nu mai vreau să facem o nuntă mare, cu mulți invitați și toate zorzoanele pe care au să le atârne cei care se ocupă de eveniment, cum spui tu.

-Cum așa?

-Așa bine, Emil. Cred că ne-am grăbit cu organizarea.

-Să înțeleg că acel moment nu te mai interesează să fie special?

-Greșești. Eu vreau ca acel moment să fie unic, de neuitat.

-Și ce-i lipsește, Nora?

-Asta e, că nu-i lipsește, e prea mult, Emil.

-Când ai ajuns la această concluzie, draga mea?

-Astăzi, în timp ce eram în primul magazin cu rochii pentru mirese.

-Adică vrei să spui că acolo a fost locul potrivit să te gândești la lucrul ăsta?

-Da. Acolo.

-Cum așa, am tot discutat și nu ai avut nimic împotrivă.

-Pentru că eram amețită, luată de febra pregătirilor, nu mai știam ce vreau exact, într-un cuvânt eram fericită și spuneam mereu DA, la tot ce propuneai.

-Deci să înțeleg că-i vina mea?

-Da. Că tu m-ai impresionat, prin prezența, ta cu drăgălășeniile tale, cu atenţiile, cu inelul cu diamante, cu Parisul, acum aici la Strasbourg, amândoi față-n față.

-Nora, crezi că am greșit? Că ar fi trebuit să-ți fi oferit totul într-un timp mai lung. Ca să ai timp să guști din plin toate aceste evenimente?

-Nu ai greșit, doar vezi că eu acum m-am trezit la realitate, mai exact cred că dacă am să te rog să asculți propunerea dar mai ales motivul, ai să înțelegi.

-Bine, te ascult.

-Vezi, dragul meu, prieten bun și curtezan, Emil. Tu ai fost căsătorit?

-Da. Am fost.

-Eu am fost căsătorită?

-Da, ai fost.

-Eu am fost mireasă, am avut nuntă mare cu aproape 200 de invitați. Tu ai fost mire?

-Da, am fost cum spui tu. Unde vrei să ajungi, Nora? Să nu-mi spui că nu mai vrei să te măriți cu mine? Mă îngrijorezi.

-O, nu, nu o să spun că nu te mai vreau. Dar vezi tu, Emil, e prea mult ce vrem noi să facem. Atunci am făcut o nuntă pompoasă și cu tam-tamuri.

-Păi tot noi am vrut așa.

-Acum, cu tine, vreau ceva special.

În acel moment Emil scoate un oftat, un sunet ciudat, ceva care îl ținuse în tensiune și acum, în sfârșit, s-a edificat și nu-i mai e teamă că m-am răzgândit.

-Bine că ai ajuns la partea esențială. Hai spune cum vrei tu să fie, să văd dacă e o idee bună sau nu.

-Bine. Mai întâi să știi că vreau o ceremonie intimă, cu părinții și câteva familii apropiate, absolut speciale. Ce spui de ideea asta?

-Subscriu. Sunt de acord. Deci nu mai avem nevoie de wedding planner, de restaurant mare și alte minuni care să ne încurce, să ne ia din timp. Știi, eu vreau să pot să stau cu tine, cât mai mult.

Emil se ridică, se apleacă și mă sărută pe gura pe care eu o țineam numai bine de sărutat...

Căsătoria

Astăzi trebuie să mă pregătesc pentru a merge cu Emil la Starea civilă. Aveam invitați doar o familie de tineri prieteni. Ștefan și cu Vichi. Arhitecți amândoi.

Mama se tot învârte prin casă și îmi pregătește o toaletă din mătase, fină, o rochie cu taior, pantofii, poșeta și alte cele. E foarte agitată.

-Hai, mamă, grăbește-te să nu-i faci să te aștepte. Trebuia să te duci la coafor, părul stă frumos, dar parcă ai prea multe bucle după părerea mea, s-a cârlionțat părul după duș. Dar îți stă bine așa.

Eu o auzeam doar că planul meu nu se potrivea cu al ei. O rugasem să vină cu tata la restaurant direct. Era nedumerită. Cum să nu vină la Starea Civilă? Până la urmă am convins-o, nu i-am spus mare lucru doar că ea era fericită și făcea tot ce-i spuneam eu.

-Gata, îi spun. Acum te rog să-ți iei mașina, să te duci acasă, să te pregătești și tu, și tata și ne vedem la restaurant la ora stabilită. Bine?

O sărut ca să o fac să se hotărască să plece mai repede.

-Bine, îmi spune în timp ce-și ia geanta nedumerită și se îndreaptă spre ușă crezând că am să o chem înapoi. În ușă îmi spune: tu ești încă în halatul de baie, când o să reușești să te pregătești?

-Nu-ți fă griji, draga mea, o să fiu la timp.

O sărut și încui ușa după ea de teamă să nu se întoarcă să vadă ce fac.

Mai întâi îmi iau pungile pregătite în mare secret în camera mea din care scot un set de lenjerie intimă fină pentru mine. Acum sunt goală în fața oglinzii, mă uit pe toate părțile să văd cum sunt, apoi îmi pun superbele și micile piese intime, apoi din cealaltă pungă scot o pereche de ginși albaștri ca marea. Îi trag pe mine. Iar mă uit în oglindă. Îmi stau al naibii de bine și deaspura îmi pun o ie de borangic, cusută cu floricele frumoase, tot cu albastru și cu roșu. Mă simt în elementul meu sau, mai exact, mai tânără și mai fericită. Îl sun pe Emil.

-Ce face cel pe care vreau să-l fac fericit, astăzi?

-Iubita mea, încep să mă îmbrac, când văd câte trebuie să-mi pun pe mine și vestă, și haină, și cravată, drept să-ți spun mă cam ia cu frică, e atât de cald afară.

-Știi ceva, pune-ți o pereche de blugi și o cămașă de vară, dacă ai una albastră, îți stă foarte bine.

-Nora, draga mea, tu glumești?

-Nu, nu glumesc, te rog. Și să nu scoți mașina din garaj.

-De ce? Să nu-mi spui că vii cu trăsura, îmi spune râzând. De la tine mă pot aștepta la orice.

-Tu fă cum îți spun eu și o să vezi că o să fie bine. Să nu-mi spui că mergem mai întâi la ștrand...

-Hai, grăbește-te, ajung în câteva minute. Și închid telefonul. Îmi pun după gât o geantă discretă tip porthart, și mă duc în garaj. Acolo e secretul meu. Acolo e motocicleta mea curată și aranjată de parcă abia o cumpărasem. O scot, îmi pun casca, mă asigur și plec spre Emil. Abia aștept să văd ce față face. La un stop, chiar lângă mine, Paul, cu decapotabila cu o doamnă, mă vede, mă strigă.

-Bună, Nora, ce faci? Unde mergi așa frumoasă?

-Mă duc să mă mărit.

-Ceeee. Glumești?

-Nu, e adevărat. E verde și eu demarez. El după mine.

-Cu cine?

-Cu un bărbat. El începe să râdă și o ia la dreapta pe strada pe care trebuia să plece.

Ajung, în fața casei, Emil se plimbă în sus și în jos. Mă vede. Coboară de pe trotuar pe locul unde trebuia să opresc. Desface picioarele larg. Eu mă opresc cu roata din față drept între picioarele lui. Apucă motocicleta de coarne în timp ce eu cobor să-i scot casca. Mă apropii și îl sărut. Îi pun casca în mână și-l invit să urce. Nu se împotrivește. Pornim spre locul în care, oficial, o să spunem că vrem să fim împreună, cu martori. Noi doi ca doi nebuni. Daaaa, nebuni de fericire.

În fața primăriei ne așteptau prietenii noștri Ștefan și cu Vichi. Venise și Paul bine înțeles cu noua lui prietenă, se potolise, găsise și el o femeie care să știe să-i dea ce căuta de mult, dragoste adevărată. Avea un braț mare cu flori de câmp, toate culorile, splendide pentru mine.

După ce am spus că-l vreau pe domnul consul, Vichi mi-a pus florile în brațe, ne-am pupat pe săturate și am ieșit. S-au urcat și ei pe motocicleta lor, Paul era în urma noastră, am pornit împreună undeva, unde numai noi, doamnele, știam. La piscină. Acolo am tras aproape, am descălecat, i-am luat pe băieți de mână cu forța cu noi și ne-am aruncat îmbrăcați în piscină strigând de bucurie.

Ce a urmat? Ne-am uscat puțin la soare, apoi am plecat spre casele noastre să ne schimbăm pentru restaurant.

La restaurant, 12 persoane, o masă frumoasă, într-o încăpere special rezervată. Am primit urările de bine, apoi ne-am ridicat, i-am salutat, ne-am urcat în mașina lui Emil cu care am plecat la aeroport, de unde urma să plecăm în luna de miere.

În Insulele Maldive...Waaaaau!

About the Author

Ce spun alții despre autoarea Mara Popescu-Vasilca

*****

Un profil impresionant, Mara Popescu-Vasilca, un nume care mi-a atras atenția în mod deosebit, o persoană, o scriitoare, o personalitate în lumea culturii, care a reușit să își deschidă sufletul înspre oameni folosindu-se de talentul său literar.

Apariția ei ca scriitoare poate fi asociată cu deschiderea unei cutii de comori, valori care au stat ascunse, iar acum pot fi admirate și apreciate, etalându-și frumusețea.

Mara Popescu-Vasilca, a reușit să transforme oroarea anului pandemic 2020, într-o colecție de volume, să creeze în loc să se afunde în suferință și frică, să preschimbe durerea în splendoare.

Prețuire și admirație sinceră, pentru un exemplu de viață, voință și energie pozitivă!

Felicitări din toată inima!

Gabriela Raucă,

Scriitoare
Viena, 12 ianuarie 2022

*****

Mara Popescu Vasilca are dreptate, "viața este complicată " și toate încurcăturile și labirinturile emoționale prin care ne poartă cu atâta profesionalism autoarea, ne fac să apreciem și să fim mai fericiți cu viața noastră, pentru că, încă o dată subtil și fin, fără să ne dăm seama, scriitoarea ne dă lecții de viață!Pentru că destinul dar și principiile de viață sunt specifice fiecărui individ, la fel ca și nevoia de iubire, de dragoste împărtășită și de atașament, lecțiile de viață pe care le primim tind să ne facă să ne descoperim pe noi înșine, parcă mai buni, mai norocoși și mai fericiți
    Clădirea atentă a romanului"Vanda, între Dorință și Rațiune" prin bogăția evenimentelor,profilului psihologic al fiecărui personaj și multitudinea personajelor dar și al evantaiului emoțional dăruit cititorilor, fac din scriitoarea Mara Popescu Vasilca un romancier de excepție care ne uimește prin profunzime și meticulozitate și care, va dărui cu siguranță și alte romane la fel de valoroase literaturii contemporane.

Mihaela CD
Scriitoare
Membru al Ligii Scriitorilor Români
Membru al Uniunii Scriitorilor din Canada
Președinte al World Poets Association filiala Canada

*****

MARA POPESCU-VASILCA
UN EVENIMENT DEOSEBIT ÎN LUMEA LITERARĂ A ANULUI 2021

Nu cu multe luni înainte de a se încheia anul 2021, numele autoarei Mara Popescu Vasilca era necunoscut în lumea literară. Nu de mult, Adrian Erbiceanu, Președintele Asociației Scriitorilor de Limbă Română din Québec (ASLRQ), mi-a atras atenția asupra acestei autoare. Așa am luat legătura cu dânsa și a fost o surpriză cu adevărat plăcută. Am aflat că autoarea a început să scrie nu de mult. Gândul m-a trimis la ideea că fiecare eveniment din viața noastră își are un timp al lui și, astfel, fiecare putem descoperi artistul exilat în interiorul nostru, poate chiar acel creator necunoscut, neobservat, dar care așteaptă nerăbdător ocazia să creeze bucurie de viață și împlinire. Și așa am mai aflat și câte ceva despre recentele sale scrieri. După ce am primit pe internet câteva romane, surpriza a înflorit. Nu e vorba de o surpriză oarecare, ci de una care îți cere o pauză de gândire pentru a te asigura că ai auzit bine și ce ai auzit e veridic. Autoarea mi-a spus că a început scriind șase romane într-un singur an, 2020. Fiind la începutul acestei noi pasiuni și neavând contactele necesare, în plus trebuind să se supună rigorilor pandemiei, autoarea nu a reușit să-și facă scrierile cunoscute. Cele câteva încercări, făcute de către editură, au rămas fără ecou.

În acest timp, stăpânită de vocația cuvântului scris, s-a lăsat în voia stării de spirit cu participarea întregii sale ființe, așa cum mi-a destăinuit aproape de fiecare dată prin telefon: „Am scris fiecare volum în decurs de două luni și le-am terminat într-un singur an. Aveam un fel de febră a scrisului. Nu puteam să fac pauze, fiindcă personajele mele mă chemau, trăiau ca ființe vii și îmi povesteau ce li s-a mai întâmplat. Uneori mi se întâmpla să-mi apară subiectul următorului roman, înainte de a-l termina pe cel aflat în lucru. Scriu pentru a mă împlini pe mine, împlinind astfel destinele altora". M-au încântat cele aflate și i-am sărit în ajutor.

Vestea s-a răspândit și s-a întors cu traista plină cu bucuria unei victorii emoționante. Acum Facebook-ul și internetul au multe imagini ale cărților sale și multe comentarii care au surprins-o și au făcut-o mai încrezătoare în scrisul său. Romanele Marei au în centrul atenției iubirea și sunt dedicate femeilor, dar nu numai. Titlul lor cuprinde numele personajului feminin și tema întregului volum: „Vanda, între dorință și rațiune", „Nora, în căutarea identității", „Paula, împlinire târzie", „Catia, gustul amar al trădării". „Ursula, o mamă judecată de copii" și „Bianca, printre castele de nisip." Toate au fost adunate într-o colecție: „Dragostea, arză-o-ar focul!"...

Elena Buică
Scriitoare

Pickering, Toronto, Canada
Decembrie 2021

*****

Autoarea, Mara Popescu-Vasilca e neîntrecută în crearea de caractere, de personae puternic conturate, unele fiind chiar arhetipuri ale femeii societății actuale, complexe, neliniștite, veșnic în căutare de un strop de tandrețe, gata să ofere celui de lângă ea, clipe de neuitat, atunci când acesta merită. Dar, chiar și atunci când bărbatul merită mai puțin.

Și dacă, la un moment dat, trăirile emoționale ale personajelor se amestecă, se pot decela unele trăsături de caracter ale fiecăruia, pus anume în context pentru ca acțiunea să fie rotundă.

Fiecare parte din întreg este importantă, la un moment dat, devenind esențială, ca în desfășurarea unui rol într-o piesă în care depinde de măiestria actorului ca să devină personaj principal. Personajele, ele însele se autodefinesc prin ceea ce spun, prin ceea ce gândesc și prin felul în care acționează. Și aici, latura psihologică a autoarei are un cuvânt greu de spus. Ceea ce e deosebit de important în această carte și în toate celelalte scrise de această autoare, este transmiterea de emoții pozitive și de motivații ale sensului vieții, trăit de iubit și că, oricâte nereușite am experimenta în viață, speranța nu trebuie pierdută.

*În "**Cuvânt către cititori**" însă, descoperim adevărata personalitate a autoarei, aici este ea însăși, fără ascunzișuri, fără imaginație ori fabulații. Ea își oferă sufletul direct pe tava ochilor noștri și nu se sfiește să monologheze, de fapt, cu fraze de genul: "Na, acum descurcă-te", "cum să vă spun... ", " Na, acum să văd cum te descurci Vanda", ca să-l oblige pe cititor să ia parte la acțiune, să gândească și chiar să ofere soluții unei situații. Și faptul că ia parte la frământările personajelor, este tot o invitație la meditație.*

Din totdeauna, omul s-a aflat "între dorință și rațiune", fiecare latură alternând în conștiința lui, înclinând terezia când într-o parte, când în cealaltă. A găsi un echilibru între cele două, a armoniza aceste dimensiuni este destul de greu, astfel că ne mulțumim să le urmăm pe fiecare.

Autoarea folosește adeseori tehnica stilistică a povestirii în poveste, după cea a

218

filmului în film. Fiecare personaj devine, la un moment dat, narator, expunându-și propria experiență de viață, fie în dialog cu altcineva, fie ca monolog...

Cezarina Adamescu
  Scriitoare
  15 Octombrie 2021

You can connect with me on:
f https://www.facebook.com/mara.popescu.10

Cărțile din colecția "Dragostea arză-o-ar focul"
Ediția a II-a
VANDA, între dorință și rațiune
  NORA, în căutarea identității
  PAULA, împlinire târzie
  CATIA, gustul amar al trădării
  URSULA, o mamă judecată de copii
  BIANCA, printre castele de nisip

NOI APARIȚII EDITORIALE

STRĂINII
  SUNT EU VÂNZĂTOR DE IUBIRI?

Toate aceste roamne se pot cumpăra în formă electronică de pe marile rețele
de distribuție online cum sunt: GOOGLE BOOKS
  BARNES & NOBLE
  APPLE BOOKS
  RAKUTEN KOBO, etc

IMPORTANT!
  Căutați romanele de mai sus, folosind numele de autor: MARA POPESCU-
VASILCA

CPSIA information can be obtained
at www.ICGtesting.com
Printed in the USA
LVHW102038220622
721764LV00013B/246